Benito Pérez Galdós

Episodios nacionales II
El Grande Oriente

Barcelona **2024**
Linkgua-ediciones.com

Créditos

Título original: Episodios nacionales II. El Grande Oriente.

© 2024, Red ediciones S.L.

e-mail: info@linkgua-ediciones.comm

Diseño de cubierta: Michel Mallard.

ISBN tapa dura: 978-84-1126-394-8.
ISBN rústica: 978-84-9007-288-2.
ISBN ebook: 978-84-9007-250-9.

Sumario

Brevísima presentación

La obra

El Grande Oriente es la cuarta novela de la segunda serie de los *Episodios Nacionales* de Benito Pérez Galdós.

La odisea del protagonista, Salvador Monsalud, le sirve al autor para retratarnos el ambiente de las sociedades secretas de aquellos convulsos años del Trienio Liberal. La obra recoge, en su título, el nombre de una activa sociedad secreta que intervino poderosamente en los acontecimientos que agitaron la vida política española entre 1820 y 1823. Después del pronunciamiento de Riego, el rey Fernando VII tiene que soportar un gobierno liberal, pero en la sombra conspira para que cambie esta situación. De ese modo surgen los clubes políticos y la masonería vive su mejor época. El autor aprovecha la acción para describirnos de la forma más sarcástica y ridícula posible los rituales y grados tanto de la masonería como de los comuneros, que al fin no son más que un calco a la española de los rituales y grados de los masones.

En paralelo, nuestro héroe Monsalud tomará partido contra sus propias convicciones debido a su sentido de la lealtad y del honor. Y así, conspirará para salvar a un amigo absolutista, encerrado en prisión por conspirar contra el Gobierno. Lo conseguirá, pero a costa de renunciar a su amor.

I

Sí; era en la calle de Coloreros, en esa oscura vía que abre paso desde la calle mayor hasta la plazuela y arco de San Ginés. Allí era, sin duda alguna, y hasta se puede asegurar que en la misma casa donde hoy admira el atónito público fabulosa cantidad de pececillos de colores dentro de estanques de madera y muestras preciosas de una importantísima industria: las jaulas de grillo. Allí era, sí, y no es fácil que ningún contemporáneo lo niegue, como han negado que Francisco I estuviese en la torre de los Lujanes y que Sertorio fundara la Universidad de Huesca (que es achaque de los modernos meterse a desmentir la tradición). Allí era, sí, en la calle de Coloreros y en la casa de los rojos peces y de las jaulas de grillos, donde vivía el gran don Patricio Sarmiento.

En lugar de los estanques de madera, vierais, corriendo el año 1821, una ventana baja con rejas verdes a la derecha del portal. Aplicad el oído, ya que la cortineja de indiana rameada no permita dirigir hacia dentro la vista, y oiréis una voz sonora y grandilocuente, ante cuya majestad las de Demóstenes y Mirabeau serían un pregón desacorde. Oíd sin cuidado. Es de día. Detiénense los curiosos y atienden todos sin que nadie les estorbe.

«Cayo Graco, hijo de Tiberio Sempronio Graco y de Cornelia, era liberal, señores; tan liberal, que se rebeló contra el Senado. Decid, niño: ¿qué era el Senado en aquella época?

Una voz infantil contesta:

—El Senado era una camarilla de serviles y absolutistas que no iban más que a su negocio.»

—«Muy bien... Porque habéis de saber que Cayo Graco fijó el precio del trigo para que los pobres tuvieran el pan barato. Como que era un hombre que no vivía sino para el pueblo y por el pueblo. Luego les probó a los senadores que estaban robando el tesoro del Reino... Digo, de la República. Así es que aquellos tunantes no querían que Cayo Graco fuese elegido diputado... Decid, niño: ¿cómo llamaban entonces a los diputados de la Nación?

—Les llamaban Aglaé, Pasitea y Eufrosina.

—Zopenco, ésos son los nombres de las tres Gracias... De rodillas, pronto, de rodillas... ¡Valiente borriquito tenemos aquí!... Tú, Gallipans, responde.

—Les llamaban *tribunos de la plebe*, y había cuatro órdenes de ellos, a saber: el toscano, el jónico, el dórico y el corintio.

—Has empezado como un sabio y concluyes como una mula. ¿Qué berenjenal es ese que haces mezclando a los diputados de Roma con los órdenes de arquitectura?... Pues bien: les llamaban *tribunos de la plebe*. El Senado, aquella pandillita de hombres ambiciosos, que acaparaban los destinos gordos, las superintendencias, las secretarías y, ¿por qué no decirlo?, los ministerios, no querían que Cayo Graco fuese tribuno y estorbaban su elección por medio de intriguillas. ¿Qué habían de querer, si en todas las sesiones de Cortes les ponía de hoja de perejil? No se mordía la lengua el gran patriota, y en plazas y cafés, y en el foro y en los pórticos de las iglesias, por doquiera, señores, convocaba al pueblo para enseñarle las doctrinas constitucionales y condenar la tiranía y los tiranos... Decidme ahora, niño: ¿quién era el cónsul Opimio?

—El cónsul Opimio.

—Muy bien dicho. Un fatuo, un pedante, un cobarde, un servilón, una especie de persa que salía siempre a la cal e escoltado por una cohorte de candiotas, o idiotas, que es lo mismo, para que los partidarios de Graco no pudieran zurrarle la pavana. Decid, niño: ¿cómo se llamaba el amigo de Cayo?

Todas las voces infantiles responden a un tiempo:

—Flaco.

—Ese nombre no se os olvida, picarones, porque os hace reír. Muy bien; pues sabed que un día los partidarios de Opimio, después del sacrificio, que es como si dijéramos al salir de misa de doce, insultaron a los de Graco, los cuales asesinaron a un alguacil, macero, lictor o como quiera llamársele. Vierais allí, cual encrespadas olas de un mar borrascoso, chocar unos con otros, pueblo y tropa, democracia y tiranía, patriotismo y servilismo. La sangre corría por las calles de Roma como corre en la de Coloreros el agua cuando llueve. Se degollaban unos a otros e iban arrojando cabezas al río. Quién gritaba *viva la Constitución*, quién aclamaba a los cónsules diciendo *vivan los verdugos*, y hasta los niños pequeñitos tomaban parte en la encamizada refriega, no de otra manera que los tiernos cachorros del león, cuando se disputan un huesecillo para jugar. Retíranse Graco y Flaco... *(Risas en el menudo auditorio)*.

¡Silencio, digo... O ninguno sale hoy de aquí. ¿Qué risas son ésas? Periquito, Chatillo, Roque... ¿no os da vergüenza de profanar este augusto recinto con vuestras ridículas bufonadas?... Orden, compostura, atención, silencio... Pues decía que se retiraron todos al monte Aventino, que era un monte, pues... un monte que se llamaba Aventino. Pero, ¡ay!, los cónsules les cercan, envían numerosa y aguerrida tropa para que a cañonazos les destruyan allí, y tienen que marcharse, señores, al otro lado del Manzanares, o sea el Tíber, que todo viene a ser lo mismo, a un sitio que bien podría nominarse la Fuente de la Teja, y que estaba consagrado a las Furias, o si se quiere con más propiedad, a los demonios. Los partidarios de Graco empiezan a desertar porque el Gobierno les ofrece destinos y dinero. ¡Perfidia inaudita, escandalosa traición que no volverá a pasar, yo os lo juro!... Al mismo tiempo, Opimio y sus infames cómplices ofrecen pagar a peso de oro la cabeza del gran tribuno. Éste se ve perdido. Dice a su esclavo Filócrates que lo mate. Filócrates vacila... ¡momento de angustia y dolor supremo! Los sicarios llegan, los serviles se acercan rugiendo, cual manada de famélicos lobos. Consérvase sereno y tranquilo Cayo. La fuga le es imposible. Suplica a su esclavo por segunda vez que le dé muerte. Éste obedece. Hiérese él mismo con el estilete, que era una pluma de las que empleaba aquella gente para escribir sobre papel de cera, y cae, bañando el suelo con su sangre preciosa. Los del cónsul llegan, córtanle la cabeza, y van con ella a pedir el vil premio de su hazaña. Decidme, niño: ¿de qué materia llenaron la cavidad cerebral de la patriótica cabeza para que pesara más y aumentase el valor de tan cruento trofeo?

Todas las voces a un tiempo:

—De plomo.

—Perfectamente. Y pesó diecisiete libras. Ahora... basta de historia romana y pasemos a la retórica. Ea, niños: divídanse los dos bandos. Roma, a la izquierda; Cartago, a la derecha. Veremos quién ciñe el lauro de la victoria y quién muerde el polvo en esta honrosa lid de la retórica.

Gran tumulto. Corren unos a este lado, otros al contrario, y agrúpanse en dos bandos al pie de los estandartes españoles con sendos cartelillos, en uno de los cuales se lee *Roma* y en otro *Cartago*. Susurro murmurante, parecido al de las colmenas, precede a las primeras preguntas. Los combatientes esperan con ansia el inicial encuentro, y los juveniles corazones palpitan, vacilando entre el miedo y un honroso tesón.

—Veamos... Comience este pindárico certamen por una proposición máxima. Decid, niño: ¿de cuántas clases son los pensamientos?

—De dos: claros y oscuros.

—Bien por Cartago. A ver, responda ahora la gran Roma. ¿Qué son pensamientos claros?

No se había pronunciado aún la respuesta, cuando oyose gran tumulto en la calle, y una voz gritó en la reja: —¡Hoy no hay escuela!

Y esta voz se confundió con alaridos de la bulliciosa turba, que corriendo decía:

—¡A Palacio, a Palacio!

II

La escuela quedó en un instante vacía, y don Patricio Sarmiento salió a la puerta de la calle. Sesenta años muy cumplidos; alta y no muy gallarda estatura; ojos grandes y vivos; morena y arrugada tez, de color de puchero alcorconiano y con más dobleces que pellejo de fuelle; pelo blanco y fuerte, con rizados copetes en ambas sienes, uno de los cuales servía para sostener la pluma de escribir sobre la oreja izquierda; boca sonriente, hendida a lo Voltaire, con más pliegues que dientes y menos pliegues que palabras; barba rapada de semana en semana, monda o peluda, según que era lunes o sábado; quijada tan huesosa y cortante que habría servido para matar filisteos y que tenía por compañero y vecino a un corbatín negro, durísimo y rancio, donde se encajaba aquélla como la flor en el pedúnculo; un gorrete, de quien no se podía decir que fue encarnado, si bien conservaba históricos vestigios de este color, la cual prenda no se separaba jamás de la cúspide capital del maestro; luenga casaca castaña, aunque algunos la creyeran nuez por lo descolorida y arrugada; chaleco de provocativo color amarillo, con ramos que convidaban a recrear la vista en él como un ameno jardín; pantalones ceñidos, en cuyo término comenzaba el imperio de las medias negras, que se perdían en la lontananza oscura de unos zapatos con más golfos y promontorios que puntadas y más puntadas que lustre; manos velludas, nervudas y flacas, que ora empuñaban crueles disciplinas, ora la atildada pluma de finos gavilanes, honra de la escuela de Iturzaeta; que unas veces nadaban en el bolsillo del chaleco para encontrar la caja de tabaco, y otras buceaban en la faltriquera del pantalón para buscar dinero y no hallarlo... Tal era la personalidad física del buen Sarmiento.

—¡A Palacio! —exclamó, viendo la mucha gente que bajaba hacia San Ginés por delante de su casa y la muchísima que seguía la calle mayor hacia Platerías—. Hoy tendremos otra gresca. ¿A cuántos estamos?

—A 5 de febrero —repuso un joven que junto a don Patricio apareció, con mandil de sastre, sosteniendo en la izquierda mano dos pedazos de tela y en la diestra una aguja—. Parece ser que Narices ha escrito un papel al Ayuntamiento quejándose de los insultos, y para que rabie más, hoy le van a dar más música.

—Aparte de que no me gusta que se hable del Soberano con tan poco respeto —dijo el maestro—, lo que has dicho, querido Lucas, me parece muy bien. Pues que no quiere música, désele más música. Si no, que cumpla sus deberes de rey constitucional y marche francamente por la senda aquella de que nos habló el 10 de marzo del año pasado... Va mucha gente. ¿Por qué no dejas la obra y corres allá? Tal vez ocurra algún acontecimiento digno de ser transmitido a la posteridad. Yo iré después a la Cruz de Malta, a ver qué se decide esta noche respecto a la exposición que se proyecta dirigir al Rey contra el Ministerio. Me parece admirable idea, querido Lucas, porque has de saber que yo combato a Argüelles.

—Y yo también —replicó el sastre—. O nos dan un Ministerio liberalísimo, que de una vez acabe con todos los tunantes, o el pueblo soberano decidirá en su sabiduría... ¿Dejo el trabajo? ¿Cierro el puesto?

—Deja el trabajo, *dimitte laborem*, y cierra el puesto, que tiempo hay de mover el paño. Día llegará en que la patria más necesite de bayonetas que de agujas. Si no tuviera que copiar esos pliegos, también husmearía un poco. Ponte el uniforme, hijo, que en estos sucesos públicos bueno es que cada cual se presente con los arreos de su jerarquía. Los uniformes dan respetabilidad. Procura que la muchedumbre no se desborde; amonéstala, que, al verte, ella respetará la gloriosa institución a que perteneces. No grites, no vociferes, que eso no es propio de quien representa la autoridad, la fuerza pública y la soberanía armada. Consérvate sereno en medio del tumulto, y si tocan a formar y hay lucha con los guardias y demás cohortes del absolutismo, despliega, querido hijo, todo el valor de tu pecho, todo el brío de tu raza, y sé cual indomable león, que no conoce riesgo y hace estremecer al cobarde lobo solo con el rugido de su cólera.

El joven sastre, mientras esto decía su venerable padre, vestíase a toda prisa en el mismo portal que era albergue de la sastrería. En el momento de abandonar la tienda para mezclarse al popular tumulto, un hombre llegó a la puerta y se detuvo en ella, saludando cariñosamente al señor Sarmiento.

—¡Hola, hola... Señor Monsalud! —dijo éste—. ¿Tan pronto de vuelta? ¿No va usted a Palacio? Dicen que habrá tocata de *trágalas* y sinfonía de *mueras* y *vivas*.

—¿Ha salido mi madre? —preguntó el joven sin hacer caso de las observaciones de su amigo.

—No he visto salir a la señora Doña Fermina —replicó Sarmiento—. Debe de estar arriba, acompañando a doña Solita y al Taciturno.

—Subiré a decirle que no salga esta tarde.

—Aguarde usted, don Salvador. Si no va usted más que a eso, le mandaré un recado con Lucas. Quédese usted aquí. Vámonos a la esquina a ver pasar la gente y hablaremos un rato. ¿Qué me dice usted de estas cosas?

—¿Pero no tiene usted escuela?

—He soltado al infantil rebaño. Si no lo hiciera, me alborotaría la escuela, y mis lecciones se perderían en la algazara como semilla que se arroja al viento. Es preciso transigir un poco con la inquietud bulliciosa y la precocidad patriótica de estos chiquillos que han de ser ciudadanos. De esta manera les voy educando sin tiranías, y mansamente les inculco sus deberes y les preparo para que ejerzan la soberanía en los venideros años venturosos, en los cuales nuestra Nación se ha de empingorotar por encima de todas las Naciones.

El amigo y vecino de nuestro excelente don Patricio sonrió.

—No crea usted —continuó el maestro— que imitaré la conducta de ese pedante insoportable, émulo y antagonista mío, el maestro Naranjo, de la calle de las Veneras, el cual, cada vez que hay bullanga o revista de milicianos u otra cualquier función vistosa, encierra a los chicos y no les permite ver ni que regocijen sus tiernas almas con las emociones de la cosa pública. Pero bien sabe usted que Naranjo es un poco y un mucho servilón, hombre forrado en oscurantismo y encuadernado en intolerancias, amigo de los enemigos de la Constitución, indiferente en efigie, pero absolutista en esencia, con vislumbres de *persa* vergonzante y amagos de realista monacal. ¿Qué ha de hacer con los pobres chicos un hombre de estas cualidades? Tiranizarlos, ennegrecer su espíritu, imbuirles ideas despóticas, educarles en el desprecio de la Constitución y en el amor al servilismo. ¡Desgraciada nación la nuestra si prevalecieran en ella los alumnos de Naranjo! Vea usted, señor don Salvador, una cosa de que el Ministerio debiera ocuparse sin levantar mano: extirpar esas infames cátedras, suprimiendo todos los maestros de escuela que con su conducta están sembrando la cizaña del servilismo, para que en lo venidero estorbe y ahogue la frondosa planta de la Constitución.

—Sí, es preciso poner mano en eso —respondió distraídamente Monsalud—. Me parece que ya no pasa tanta gente.

—Si no tuviera que barrer la escuela y copiar unos pliegos, señor don Salvador, nos iríamos usted y yo a meter nuestro hocico en la plaza de Palacio y oír algo de la rechifla... pero ¡cómo ha de ser!... Primero es la obligación que la devoción.

Diciendo esto, don Patricio entró en el aula, y tomando la escoba que detrás de la puerta estaba, empezó su tarea.

—Si usted me lo permite —dijo Salvador, siguiéndole también adentro—, escribiré una carta aquí en la mesa de usted.

—Gran honor es para mí... Aquí tiene usted la pluma que he cortado hace poco; aquí, la tinta; aquí, el papel. Me callaré para que usted pueda escribir tranquilo... Pues, como iba diciendo, yo me alegro de que a Su Majestad, de quien siempre hablaré con mucho respeto, le den estas lecciones de constitucionalismo. Los reyes, amigo mío, no aprenden de otra manera. Les dice uno las cosas, y nada; se las repite, se las vuelve a repetir, y ni por ésas; es preciso gritar y manotear para que fijen la atención... ¡Ah!... Perdone usted. Estoy levantando mucho polvo. Regaré un poquito.

Salvador Monsalud escribió lo siguiente:

«A L.·. G.·. Don·. G.·. A.·. Don·. U.·.

Pod.·. Sob.·. Gr.·. Com.·. y Secr.·. Gran Maest.·. Del Gran Oriente de España. S.·. F.·. U.·.

Aristogitón.·. gr.·. 18.

(SALVADOR MONSALUD.)»

Después se quedó un rato pensativo mordiendo las barbas de la pluma.

—Cuidadito; retire usted un poco los pies, que mojo —dijo Don Patricio, agitando la regadera junto a la mesa—. Ahora se puede barrer sin cuidado... No de otra manera la benéfica lluvia de la libertad impide que se levante el sucio polvo de la tiranía... Vea usted, señor don Salvador, qué poco aprenden los reyes. Como los chicos, no entienden sino a palos. Yo digo que la Constitución con sangre entra. En octubre del año pasado, cuando Su Majestad no quería sancionar la reforma de monacales, por instigación de don Víctor Sáez y del embajadorcillo de Su Santidad, el pueblo amenazó con una revolución y Fernando no tuvo otro remedio que sancionar. ¿Pero sirviole de enseñanza este suceso? No, señor, porque en El Escorial conspiraba contra el Gobierno, y el nombramiento de Carvajal en decreto autógrafo era un proyecto de golpe de Estado. ¡Iniquidad funesta! Pero el pueblo no se duerme. Cuando Fernando entró en Madrid... ¡qué día, qué solemne día! ¡qué 21 de noviembre! En vez de vítores y palmadas, galardón propio de los sabios monarcas, Fernando oyó gritos rencorosos, mueras furibundos, amenazas, dicterios, oyó ternos como puños y vio puños como ternos. No ha presenciado Madrid una escena tan imponente. Allí era de ver el pueblo ejerciendo el soberano atributo de amonestación; allí era de oír el trágala, cantado por las elegantes mozas del Rastro. Miles de brazos se agitaban amenazando y todas las bocas espumarajeaban de rabia. Los que llevábamos en la mano el libro de la Constitución, lo besábamos en presencia del Rey. Un fraile pronunció varios discursos que encendían más los ánimos. De repente, por entre apiñadas cabezas, se alzan multitud de manos que sostienen un niño. Es el hijo de Lacy. La multitud soberana grita: «¡Es el vengador de su padre! ¡Es el hijo del gran patriota! ¡Mueran los tiranos! ¡Viva la Constitución!» El Rey oía todo, y su semblante echaba fuego... Pues bien: ¿cree usted que esta lección fue provechosa? Nada de eso. La camarilla sigue conspirando; la Corte desafía a la nación, al mundo y al linaje humano con la infame conspiración y plan de don Matías Vinuesa que ha escandalizado a Madrid días pasados.

Salvador prestando escasa atención a las palabras del maestro, escribió despacio y con largos descansos lo siguiente:

«Dispensad, H∴ y M∴ Q∴ H∴ la libertad con que os manifiesto mi pensamiento después de saludaros con los s∴ y b∴ C∴. En este Or∴ De Madrid.

«Faltaría a los más altos deberes si no me negara a aceptar vuestros ofrecimientos y la misión que me encomendasteis, porque estando convencido de que ese Or... Es un centro de libertinaje y de anarquía, y tal como está organizado produce efectos contrarios a los verdaderos principios liberales, deseo que se me considere como H∴ Don∴ y se aparte mi humilde persona de todos los trabajos de la O∴ Quizás sea mío el error y no de los de V∴ H∴ pero...»

Al llegar a este punto se detuvo, recorrió con la vista lo escrito, hizo un gesto de disgusto, y, rompiendo el papel, empezó a escribir otro.

—¿No sale, no sale la cartita? —dijo don Patricio, sonriendo—. Se conoce que es de amores. No a todos los mortales es dado manifestar elegantemente sus pensamientos en forma literaria. ¿Quiere usted que vea si puedo yo sacarle del paso?

—Gracias; no es preciso... ¿Con que decía usted, señor don Patricio, que el Rey...?

—No aprende nunca. Veremos qué tal efecto produce la amonestación de esta tarde. Observe puntualmente la Constitución; sea amigo del pueblo; ame la libertad como la amamos todos, y entonces no habrá más que aclamaciones y flores... Pero ¿estuvo usted anoche en *Malta*?

—Yo no voy a ese manicomio.

Y en *La Fontana*? Dicen que van a cerrar los cafés patrióticos.

—Harán bien.

—Bien sé que usted al hablar de este modo, lo hace por espíritu de oposición, y que dice lo contrario de lo que piensa. Es particular que le parezcan a usted detestables esas sociedades tan propias de un pueblo libre, y que se le antojen majaderos y charlatanes los hombres eminentes que en ella derraman el fructífero rocío de la palabra constitucional. Si no conociese el gran entendimiento de usted...

El joven siguió escribiendo sin atender a las palabras del dómine. Pasó un rato, durante el cual uno y otro callaron. Después, Monsalud rompió por segunda vez el papel escrito y empezó otro.

—Vamos, que está durilla esa oración primera de activa. Ya van dos pliegos rotos.

—Antes me dejaré matar —dijo Monsalud en un arranque espontáneo— que contribuir a este desorden y figurar en una sociedad que es un hormiguero de intrigantes, una agencia de destinos, un centro de corrupción e infames compadrazgos, una hermandad de pedigüeños...

—¡Ah, ya veo, ya comprendo de quién habla usted! —exclamó Sarmiento, soltando rápidamente la escoba y sentándose frente a su amigo—. Esos intrigantes, esos compadres, esos pedigüeños, esos hermanos son los masones. Bien, muy bien dicho; todas esas picardías las he dicho yo antes que usted y las repito a quien quiera oírlas. El Grande Oriente perderá a España, perderá a la libertad, por su poco democratismo, sus transacciones con la Corte, su repugnancia a las reformas violentas y prontas, su templanza ridícula, su orgullo, su justo medio, su doceañismo fanático, su estancamiento en las pestíferas lagunas de lo pasado, su repulsión a todo lo que sea marchar hacia adelante, siempre adelante, por la senda constitucional. O hay progreso o no lo hay. Si lo hay, si se admite, fuerza es que demos un paso cada día, que a cada hora desbaratemos una antigualla para construir una novedad, que a cada instante discurramos el modo de dar al pueblo una nueva dosis de principios, y que no se aparte de nuestra mente la idea de que hoy hemos de ser más liberales que ayer y mañana más que hoy... Pero ¿se ríe usted?

—No, no me río. Oigo al señor don Patricio con muchísimo gusto.

—Adelante, siempre adelante —añadió Sarmiento con calor—. En virtud de este criterio, yo y todos los verdaderos patriotas hemos dado de lado a la masonería para fundar la grande y altísima y por mil títulos eminente y siempre española sociedad de *Los Comuneros*.

—He estado mucho tiempo fuera de Madrid —dijo Salvador—, y al regresar he oído hablar mucho de esa nueva hermandad. Por lo visto, el señor Sarmiento pertenece a ella. Sírvase usted explicarme en qué consiste.

—¡Explicar! ¿A qué vienen esas explicaciones? ¿Por qué no ha de conocer usted *de visu* lo que difícilmente podrá comprender *ex audita*? Véngase usted conmigo. Le presentaremos en la sociedad, le haremos caballero de Padilla, y para mí será tan grande honor presentarle como para la Confederación recibirle.

—¡Confederación! ¡Padilla! ¿Qué ensalada es ésa?

—En el primer artículo de los estatutos se dice que nos *reunimos* y nos *esparcimos* por el territorio de las Españas con el propósito *de imitar las virtudes de los héroes que, como Padilla y Lanuza, perdieron sus vidas por las libertades patrias.*

—¿Y la Confederación se divide en talleres?

—¿Qué talleres? Eso es cosa de artesanos. Aquí todos somos caballeros. Llámase nuestro jefe el *Gran Castellano*; la Confederación se divide en *Comunidades*, éstas, en *Merindades*; éstas, en *Torres*, y las *Torres* en *Casas Fuertes*. Todo es caballeresco, romancesco, altisonante. Si la masonería tiene por objeto auxiliarse mutuamente en las pequeñeces de la vida, nosotros nos *reunimos* y nos *esparcimos*, asimismo se dice... para *sostener a toda costa los derechos y libertades del pueblo español, según están consignados en la Constitución política, reconociendo por base inalterable su artículo* 3.º Nada de empeñitos; nada de lloriqueo de destinos ni de asidero de faldones. El artículo 17 del capítulo 2.º, dice que ningún caballero *interesará el favor de la Confederación para pretender empleos del Gobierno*. ¿Qué tal? Esto se llama catonismo. ¡Hombres incorruptibles! ¡Pléyade ilustre! Tenemos Código penal, alcaides, tesoreros, secretarios. Nuestras logias se llaman *Fortalezas*, a las cuales se entra por puente levadizo nada menos. La admisión es peliaguda. Está mandado que al iniciar a alguno no se revele nada del objetivo y modo de la Confederación; pero yo le digo a usted todo, todito, porque confío en su discreción y prudencia.

—¿Y se puede ver eso? ¿Se puede ir allá? —dijo Salvador, demostrando curiosidad—. Supongo que habrá juramentos y pruebas...

—Le presentaré, señor don Salvador. Nuestra Confederación se honrará mucho con que usted entre en ella.

—No; preguntaba si se puede ir a las Fortalezas como se va al teatro, para ver, para reírse un rato.

—Amigo mío —dijo Sarmiento con gravedad—, no es cosa de risa una sociedad donde se jura morir defendiendo a la patria y donde se cumple lo que se jura.

—Eso es lo que no se ha probado todavía.

—Yo se lo probaré a usted, se lo probaré —exclamó vivamente Don Patricio, apoyándose en la escoba como un centinela en el fusil.

—Si usted me hiciera el favor... —indicó sonriendo Monsalud.

—¿De probárselo?

—No; de callarse. Un momento nada más, queridísimo amigo mío.

—Si no digo una palabra... Escriba usted —indicó el maestro, recomenzando su interrumpida tarea—. Voy a purificar mi escuela, a barrer, digámoslo así, mientras usted escribe la carta. ¿Quiere usted que se la dicte?

—No, gracias. El asunto es delicado; pero a la tercera ha de salir.

Y en efecto, salió.

III

Es indispensable el conocimiento de todas las familias que vivían en aquella casa. Ocupaba el principal Salvador Monsalud con su madre, y el segundo, un señor taciturno y reservado, del cual los vecinos, a excepción de Salvador, no conocían más que el nombre, ignorando sus antecedentes y sus ideas políticas, a pesar de las impertinentes pesquisas que por averiguarlo hacía diariamente el curioso Sarmiento. Este y su hijo Lucas, sastre de oficio, ocupaban una de las habitaciones del piso tercero, sirviendo la otra de morada a Pujitos, gran maestro de obra prima, miliciano nacional, patriota, cuasi orador, cuasi héroe, y un si es no es redactor de diarios políticos, que para todo había en aquel desmesurado entendimiento.

El habitante del cuarto segundo era un hombre decente, con indicios en toda su persona de pobreza decorosamente combatida y disimulada por el aseo, la economía, las cepilladuras de la ropa y otros artificios que no siempre realizaban el fin deseado. Tenía más de cincuenta años, aspecto débil y enfermizo, rostro muy melancólico, apagados ojos, ademanes corteses y fríos, escasísima propensión comunicativa y costumbres tan tranquilas como metódicas. Jamás anochecía sin que estuviese dentro de su casa. A horas fijas salía y a horas inalterables entraba. Era rarísimo acontecimiento que alguien le visitase, y su morada era silenciosa y triste, como vivienda de cartujos.

Antes de que penetrara en ella cualquier extraño, tomábanse minuciosas precauciones, y dos ojos negros miraban por la cruz del ventanillo, examinando atentamente al inoportuno. Estos ojos negros eran los de una señorita, hija del señor Gil de la Cuadra (que así llamaban al taciturno) y única compañera suya, a más de una criada, en la triste mansión. Todo lo que tenía de antipático el padre entre los habitantes de la casa, lo compensaba en simpatías la hija. A todos agradaba; solía conversar con don Patricio al entrar y salir, y muy a menudo pasaba a la habitación de Doña Fermina Monsalud, charlando con ella largas horas. Tenía por nombre Soledad, pero como su padre la llamaba Solita, así la decían todos, y más comúnmente doña Solita; que entonces las señoritas cargaban todavía con un *Doña* no menos grande que el de cualquiera quintañona.

Como cronistas sentimos tener que decir que Solita era fea. Fuera de los ojos negros, que aunque chicos eran bonitos y llenos de luz, no había en su rostro facción ni parte alguna que aisladamente no fuese imperfectísima. Verdad es que hermoseaban la incorrecta boca finísimos dientes; mas la nariz redonda y pequeña desfiguraba todo el rostro. Su cuerpo habría sido esbelto si tuviera más carne; pero su delgadez exagerada no carecía de gracia y abandono. Mal color, aunque fino y puro, y un metal de voz delicioso, apacible, que no podía oírse sin sentir dulce simpatía, completaban su insignificante persona. Es sensible para el narrador que su dama no tenga siquiera un par de maravillas entre la raíz del cabello y la punta de la barba; pero así la encontramos y así sale, tal como Dios la crió y tal como la conocieron los españoles del año 21.

El gran misterio de don Urbano Gil de la Cuadra, lo que traía en gran inquietud a los vecinos, y principalmente a don Patricio, era la ignorancia en que todos estaban acerca de sus ideas políticas. ¿Era liberal? ¿Era servil? Enigma terrible que daba vueltas como una rueda pirotécnica dentro del febril cerebro de Sarmiento, sin ser descifrado jamás. A veces, fundándose en conjeturas, en palabras sueltas, en la letra *sui generis* del sobre de una carta recibida por Gil, Sarmiento le declaraba absolutista. Otras veces, fundándose en iguales datos, diputábale revolucionario. Causaba desesperación al buen preceptor que Monsalud lo supiese todo, y no lo revelase a los vecinos.

—O este hombre es un emisario de la Santa Alianza —solía decir Sarmiento—, o un apoderado de los republicanos franceses. A estos viejos ojos que tanto han visto, no se les escapa nada.

Al anochecer de aquel día en que nuestra relación comienza, entró, como de costumbre, en su casa el padre de Solita. Ésta, que se hallaba acompañando a Doña Fermina, subió a su habitación cuando sintió los pasos de Gil. Al poco rato subieron también Sarmiento y Monsalud, acompañados de Lucas, que a la sazón volvía de la plaza de Palacio, y los tres entraron en el principal, porque el maestro de escuela gustaba de platicar con Doña Fermina sobre la cosa pública, en que él era, como el lector sabe, tan experto.

Reunidos los cuatro, Lucas contó los sucesos de aquella tarde, que consistían en dos piedras arrojadas al coche de Su Majestad, en diversos gritos patrióticos, en un miliciano herido por un guardia, y algunas contusiones y corridas de escasa importancia.

—A pesar de eso —dijo Sarmiento gravemente—, no aprenderá. Seguirá oponiéndose a la plantificación lógica del sistema constitucional; fomentará la superstición y el fanatismo. Si yo fuera llamado a regir los destinos de la nación; supongan ustedes que lo fuera... ¿eh?, pues bien: mi primer decreto sería suprimir el cuerpo de Guardias. Mientras la camarilla tenga la probabilidad de ese apoyo, la libertad no echará profundas raíces en el hispano suelo.

—Esta tarde se ha dicho —indicó Lucas— que el Gobierno va a disolver la guardia.

—¿Lo ven ustedes? Mi idea... Es idea mía.

—Y a cerrar las sociedades patrióticas.

—Ésa no es idea mía. La rechazo. Por el contrario, señor don Salvador, Doña Fermina, yo abriría en cada calle dos por lo menos, dos cafés patrióticos, y los subvencionaría con fondos del Estado, para que se propagase la idea constitucional. ¿Qué le parece al señor don Salvador mi idea?

—Excelente —respondió el joven, ocupado a la sazón en hojear varios libros que sobre la mesa de la habitación había.

—Ya que está aquí el señor don Patricio —dijo Doña Fermina, después de hablar un rato con la criada—, no se irá sin tomar chocolate. Y lo mismo digo a usted, Lucas.

Sarmiento que, dicho sea en honor de la verdad histórica, no había ido a otra cosa, respondió de este modo:

—No se moleste la señora... Siento haber venido; pero si se ha de enojar usted con nuestra negativa, aceptamos... Madre e hijo son tan amables que, la verdad, cuando uno entra en esta casa, no encuentra la puerta para salir.

—Gracias, señor don Patricio.

—¿Saben ustedes —dijo con aire misterioso Lucas—, que esta tarde vi en la plaza de Palacio al vecino del cuarto segundo? Estaba hablando con un guardia.

—¿Pero no saben ustedes lo mejor? —indicó Sarmiento, padre—. Pues ya me olvidaba... Que tengo nuevos datos para juzgar de las opiniones políticas del señor Gil de la Cuadra.

Monsalud miró fijamente al preceptor.

—Un precioso dato. Tengo por seguro que es despótico.

—Vamos, no hable usted mal de los vecinos, y menos de ese buen sujeto —dijo Doña Fermina—. Él y su niña son personas muy decentes que merecen el mayor respeto.

—¿Respeto? No se lo niego. Oiga usted el dato, señor don Salvador. Ayer tarde entró en mi academia para que le cortase una pluma. Ya sabe usted que en la pared de enfrente tengo un buen retrato de Riego. Como el señor Gil le mirase atentamente, yo dije: «ése es el grande hombre.» Advertí en el semblante de nuestro vecino una sonrisa picaresca. Mirome, y con mucha suficiencia y pedantería, exclamó: «Es un majadero.»

—Lo mismo dice mi hijo —manifestó la Monsalud, ofreciendo el chocolate a sus dos vecinos.

—¿Lo mismo dice? Será por broma. ¡Riego, don Rafael del Riego! Inmensa figura que se alza sobre el suelo de la patria, y con su majestuosa cabeza toca las nubes! ¡Riego, Sol refulgente que todo lo inunda con su luz! ¿A quién sino a él se debe la libertad que gozamos? ¿A quién sino a él debe España el haberse puesto por montera del mundo y el estar por encima de toditas las Naciones?

—Pues Salvador dice que es una cabeza llena de viento —dijo Doña Fermina, gozando en mortificar al maestro.

—Bromas; son bromas, señor Sarmiento —dijo el joven con benevolencia.

Monsalud había encendido una luz y examinaba cartas y papeles.

—Como bromas pueden pasar; pero son de mal género. Esas bromas puede oírlas cualquiera que no sepa discurrir... Yo no me tengo por ignorante; yo creo haber leído algo; creo poseer alguna ciencia... Digo, me parece a mí...

—Por de contado.

—Algo sabe uno de lo que ha pasado en el mundo: memorables hechos y preclaras acciones, o sea lo que los eruditos llamamos historia. Y si no, que lo diga el señor don Salvador.

Monsalud no dijo nada.

—Pues bien —añadió Sarmiento sorbiendo la mitad de lo que contenía la jícara—, yo declaro que conozco pocos varones de la antigüedad (y ahí está Plutarco que lo certifique...) sí, conozco pocos que se igualen a este atrevido comandante, que desafió al absolutismo, a toda la Europa, señora; a la Santa Alianza, a los Borbones todos, a los serviles todos. Y tan gran fin realizó sin derramamiento de sangre, porque... vean ustedes la historia: Harmodio y Aristogitón derramaron mucha sangre; las sediciones de los Gracos también fueron cruentas; Bruto mató a César; Robespierre y Danton, ya sabemos que cortaban cabezas como yo plumas; Cromwell degolló a Carlos I, etc. Pero nuestro hombre ha dicho: *Sea la libertad*, y la libertad ha sido. Su espada no ha necesitado herir para vencer. Con su vívido fulgor deslumbráronse los tiranos, y, despavoridos, huyeron cual asustadas liebres. ¿No es verdad, señor don Salvador? ¿No es verdad esto?

Monsalud tampoco dijo nada, ni hacía caso de la disertación sarmentil.

—¡Y a hombre tan insigne, a este campeón que le dijo a España, como el ángel a María: *El Señor* o *la Libertad es contigo*; a ese apóstol, señores, se le tiene alejado de la Corte, como si fuera una plaga, un pedrisco u otra calamidad aterradora! Se le desterró primero a Asturias; se le desterró después, porque destierro es, a la Capitanía general de Aragón... ¡Oh! si yo llegase a regir los destinos de la España; si yo... pongamos por caso, llegase a ser ministro... Mi primera disposición sería para recompensar dignamente a ese héroe inaudito...

—¿Más todavía?... —indicó festivamente Monsalud.

—¿Pues qué? —dijo Sarmiento con ciceroniano ademán, poniendo sobre la mesa la jícara vacía—, acaso se le han tributado honores correspondientes a sus servicios? Ni aun en la jerarquía militar ha tenido la elevación a que es acreedor. Él era comandante: le plantaron en mariscal de campo... Bueno; pues eso, digan lo que quieran, es bien poco, es poquísimo; y aún me parecían una bicoca los tres entorchados. Usted tenga presente cómo recompensó Inglaterra a Lord *Vellintón* después de la campañita aquella en que derrotó a Bonaparte. Así se premian los grandes servicios, no con estas mezquindades de aquí.

—Tiene razón el señor Sarmiento —dijo Doña Fermina—. Si por lo de militar merece los tres entorchados, por lo que tiene de orador y de hombre discreto se le puede señalar una renta. Vaya, que la escena y los discursos aquellos del teatro fueron cosa bonita.

—Extraordinariamente buena, aunque usted, señora mía, lo diga con cierto tonillo zumbón. Lucas, ¿te acuerdas?... Nosotros fuimos desde muy temprano a la cazuela. ¡Qué tumulto, qué palmadas, qué entusiasmo! Yo me puse tan ronco que en ocho días no pude dar lección a los chicos. Aún me parece que veo a nuestro querido general levantarse del asiento con aquella majestad que él solo tiene, y echarnos un discurso que me pareció de perlas, si bien con el mucho alboroto no se oía una palabra desde arriba. Aún me parece que estoy oyendo la pomposa música del himno que entonó el público. Riego, con aquella gracia suma que Dios le ha dado, levantose y dijo: «La música del himno no es así, sino de esta otra manera.» Y se puso a cantarlo. Sus ayudantes llevaban el compás.

—¡Estaría bonito!...

—Después, uno de los ayudantes cantó el *trágala, perro*, y aquí fue Troya. Yo creo que hasta las figuras pintadas en el techo cantaron en aquel instante. ¡Sublime momento, señora!... Pero los envidiosos no faltan en ninguna parte. Empéñase el jefe político en decir que aquello era un desorden. Quiere hacernos callar; encréspase el público como el Océano agitado por rabioso Noto; empiezan las puñadas, los dimes, los diretes, los ternos de pimentón, las cantáridas gramaticales. Riego mira con desdén al jefe político. Algunos de sus ayudantes, mostrando una impavidez pasmosa, le insultan. Aporréanle dos o tres paisanos, Paco Rincón y Blas Cortada, si no me engaño; el teatro parecía una caldera hirviendo; el general se retira al fin, y, ¡oh, pavor!, las calles están llenas de gente, la tropa se encierra en los cuarteles, y todo es zozobra y miedo de trifulcas. Sin la imprudencia del jefe político, nada habría pasado. Pero el despotismo es así: no le gusta oír el himno ni el *trágala*; no quiere ver la faz del libertador del hesperio suelo, y aquí tienen ustedes el resultado: *guerras, asolamientos, fieros males*, como dijo el poeta. Nada, nada; según esa gente estólida, a la Libertad debe ponérsele bozal para que no muerda.

—Bozal para que no muerda —repitió taciturnamente Monsalud.

—De la cosa más sencilla, del desahogo más ingenuo —continuó el vehemente preceptor—, toma pie el despotismo para extender su férreo dominio... Volvamos a nuestro invicto Don Rafael. De nada vale el popular deseo. Se empeñan en que ha de salir de aquí, y le echan como se echa un perro que incomoda. Las sociedades patrióticas dejan oír su autorizada voz en contra de tal vilipendio; pero no son oídas. Manifiesta el pueblo su voluntad de mil maneras; fíjanse pasquines; gritamos, pedimos, suplicamos, amenazamos. Yo pongo a todos los niños de mi academia la cinta verde con el lema *Constitución o muerte*. Ni por ésas. ¿Cómo contestan a nuestras honradas exhortaciones? Echando los cañones a la calle; lanzando de los cuarteles la caballería para que pisotee al pueblo; acuchillando sin piedad a la gente indefensa. En tanto Argüelles habla en las Cortes de las célebres *páginas*, y Feliú habla de los *hilos*; se alborotan también los diputados, y cuando un gran patriota como Romero Alpuente se dispone a defender al pueblo, ahogan su generosa voz los chillidos de los serviles. Riego es desterrado, y ¡qué ignominia! disuelven el ejército de la Isla, que había proclamado la Constitución; y por este camino volveremos a la tiranía y oscurantismo del año 14, y al despotismo puro, el cual, después de todo, es mejor que el mixto, vergonzante, tibio o moderado que ahora tenemos. ¿No es verdad, señor don Salvador?

—Sí, amigo don Patricio; todo lo que usted quiera. ¡Y pensar que tantas cosas malas se remediarían con que el señor don Patricio fuese ministro media docena de días!...

—No se burle usted —dijo el preceptor, algo picado—. Yo no seré ministro, yo no puedo ser ministro, porque soy muy honrado, porque no soy intrigante, porque no soy ambicioso. Si tuviera un duro por cada vez que me he negado a aceptar este o el otro destinillo, sería un Fúcar... Pero supongamos que fuera ministro, y sentemos esa atrevida hipótesis...

—Silencio —dijo Monsalud—. Están llamando a la puerta.

Atendieron todos. Oyéronse fuertes golpes en la puerta de la casa.

—¿Quién será? —murmuró con temor Doña Fermina—. Aquí no viene nadie después de anochecido.

—Iré a ver —dijo Lucas, a quien los golpes sorprendieron descabezando un sueño.

Pocos momentos después entraba Solita, con semblante pálido y consternado, sin aliento, encendidos de llorar los ojos.

¡Mi padre está enfermo! —exclamó, dirigiendo a todos una mirada suplicante.

—Iremos a buscar un médico —dijo don Patricio con oficiosidad—. ¡Lucas!... Corre al momento.

—No es preciso médico —dijo Solita, deteniendo a los Sarmientos con un expresivo ademán.

—Yo entiendo algo de medicina...

—No necesitamos cosa alguna —añadió la joven, mirando a Doña Fermina—. Lo que tiene mi padre es muy singular.

—¿Congestión cerebral, ataque de gota, síncope, jaqueca...?

—Mi padre está enfermo del ánimo —dijo tristemente Soledad—. No quiere médicos ni medicinas; lo que quiere es hablar con el señor Monsalud, y por eso vengo a rogarle que pase ahora mismo a casa.

Asombráronse todos de ver enfermedad que se aliviaba hablando.

—También puede que tenga algo que revelarme a mí —dijo Sarmiento, dando algunos pasos—. Voy allá corriendo.

—No, usted no —replicó la joven, deteniéndole—. Salvador solo. Mi padre desea verle y hablarle ahora mismo, ahora mismo.

Salvador subió sin tardanza al segundo piso.

Malísimo humor tenía Sarmiento cuando se retiró a su casa. No pudiendo refrenar la abrasadora curiosidad que le consumía, detúvose junto a la puerta del misterioso vecino, y aplicó el oído, anhelando percibir algo de la conversación o confidencia que dentro se efectuaba; pero ni una sílaba llegó a sus grandes orejas. Resignose a no saber nada, y al entrar en su casa, dijo a Lucas:

—Insisto en que es absolutista, hijo; un infame *persa* que nos ahorcaría a todos si le dejáramos.

IV

Halló Monsalud al señor Gil de la Cuadra en un gabinete estrecho, donde tenía cama y mesa de escribir. Estaba el taciturno sentado en un viejo sillón, donde se hundía su flaco y miserable cuerpo, y todo en él revelaba perniciosa mezcla de abatimiento y exaltación, cual si su espíritu aumentase en actividad y la perdiera a toda prisa el cuerpo, reclamando el final descanso de la sepultura. Sus ojos brillaban, moviéndose en los irritados huecos, y con vaguedad calenturienta y voluble fijábanse en todos los objetos. Movía la cabeza y los brazos sin descanso, asemejándose su inquietud a tentativas de acciones concebidas rápidamente y desechadas antes de la realización. Cada segundo determinaba en aquella alma llena de zozobra un nuevo proyecto, un nuevo plan, un nuevo deseo. Las luchas de insomnio le conmovían, pugilato horrendo que el alma sostiene consigo misma creyéndose otra, y en el cual hay formidables encuentros, caídas y elevaciones, un espantoso temblor de congojas, contra las cuales no hay voluntad ni razón que prevalezcan.

El personaje que ahora nos ocupa no es desconocido para los lectores de estos libros[1]. Apareció brevemente cuando describimos la retirada de los franceses en 1813. Entonces abandonaba el suelo patrio como adicto al Intruso, a quien había servido, desempeñando una plaza de oidor en la Chancillería de Valladolid. Estableciose con su esposa, doña Pepita Sanahúja, en un pueblecillo del Poitou, y poco después de estar allí hizo que le llevaran su única hija, Soledad, a quien, por no exponerla a los peligros de

---

1   Véase *El Equipaje del Rey José*. (N. del A.)

la retirada, dejó en el pueblo natal confiada a los parientes de su primera esposa. Gil de la Cuadra había sido casado dos veces, y Solita era hija del primer matrimonio, pues la señora que el lector conoció en los campos de Álava no tuvo prole. La emigración fue tristísima para el oidor de la Chancillería de Valladolid, a pesar de la dulce compañía de su adorada hija, porque después de haber perdido casi toda su fortuna en el gran conflicto de la monarquía extranjera, tuvo el dolor de ver expirar a su segunda mujer en el invierno del año 18.

De regreso a España, cuyas puertas abrió para los infelices renegados la revolución de 1820, se estableció con su hija en La Bañeza; pero circunstancias funestas que él mismo nos dará a conocer le obligaron a trasladarse a Madrid, donde la casualidad le llevó a la misma casa que habitaba Salvador Monsalud, cuya suerte tan unida estuvo después de la batalla de Vitoria a la del fugitivo matrimonio. A pesar de la amistad contraída en la fatal jornada del 21 de junio y de las buenas relaciones que sostuvieron en la emigración, pues Salvador vivió también algunos meses en Poitiers, Gil de la Cuadra se mostraba en Madrid muy poco comunicativo y afectuoso con su vecino. Era su carácter en verdad inclinado a la reserva, a cierta aspereza misantrópica que entibiaba las amistades. Visitábanse, sí, con frecuencia, y Soledad pasaba algunos ratos acompañando a Doña Fermina; pero Gil de la Cuadra, en sus entrevistas con el antiguo jurado, mostraba el singular recato y la estudiada sobriedad de palabras que indican empeño de ocultar ocupaciones o designios. Por esta misma razón causó sorpresa al joven verse llamado tan a deshora y con tanto anhelo.

Indicándole con una seña que se sentara a su lado, Gil de la Cuadra le habló de este modo:

—Dispénseme usted si me he tomado la libertad de hacerle subir para confiarle un asunto grave. Sepa usted que yo soy muy desgraciado, el más desgraciado de los hombres... Necesito el amparo de un ser generoso, de un buen amigo, de una persona discreta y al mismo tiempo poderosa.

—Yo no puedo ni valgo nada —replicó Salvador—, pero lo que de mis escasas facultades dependa, está a disposición de usted.

—Revelaré todo y decidiremos —dijo Gil de la Cuadra con esforzada voz—. Mi estado nervioso, la furia y exaltación de mi cerebro son tales esta noche que creo moriré si no tomo una determinación salvadora... ¿Quiere usted que le hable con toda franqueza? Pues, amigo mío, yo soy muy cobarde.

Después de esta declaración, Monsalud creyó que el señor Gil iba a poner en su conocimiento cualquier contrariedad insignificante.

—Muy cobarde —añadió el extraño enfermo—. Verdad es que lo que me pasa es gravísimo. Si no tuviera una hija a quien adoro, a estas horas, señor Monsalud, ya me habría dado muerte. En un momento de exaltación, casi llegué a olvidarme de mi pobre Solita, y abrí esa ventana para arrojarme a la calle. Vivir así, no es vivir.

—Dígame usted con calma lo que tanto le mortifica, y resolveremos.

—Ante todo debo recordarle a usted una deuda que conmigo tiene —indicó el taciturno, fijando en su amigo los ojos con expresión patética—. Mi esposa, que en gloria esté, y yo le salvamos a usted la vida en aquellos aciagos días de junio de 1813, que no puedo recordar sin espanto.

—Tampoco yo —dijo Monsalud palideciendo.

—Le salvamos a usted la vida —añadió Gil de la Cuadra complaciéndose en esta idea fundamental de su argumentación—. Después de ocultar a usted diferentes veces, yo autoricé a mi esposa para que, cediendo todas sus alhajas, que eran gran parte de nuestra fortuna, le rescatara a usted del poder de aquellos malvados guerrilleros que querían sacrificarle.

—¡Es cierto! —murmuró Salvador con voz grave.

—¿Cabe mayor abnegación tratándose de un desconocido?

—No, no cabe más. Cien vidas de agradecimiento no bastarían para pagar eso que usted llama deuda, y como tal, con todo mi corazón la reconozco.

—¿De modo que usted, amigo mío, se halla dispuesto a hacer por mí, si me veo en un conflicto supremo, lo que mi esposa y yo hicimos por usted cuando peligraba su vida?

—Dispuesto con toda mi alma —afirmó el joven lleno de piedad y efusión—. Ordene usted lo que debo hacer. Cuanto tengo, cuanto valgo, mi vida y mi nombre están a disposición de usted. No es un sacrificio, es un deber; y si no recuerdo mal, no ha sido preciso que llegaran ocasiones supremas para hacer este ofrecimiento, porque desde nuestra primera entrevista en Madrid me declaré deudor eterno de usted.

—Es verdad; gracias, gracias —dijo el enfermo, estrechando con sus flacas y amarillas manos las de Monsalud—. Mucha atención a lo que voy a referir. Creo haber indicado a usted cuando estábamos en Francia que mis ideas han sido siempre favorables a los derechos absolutos de la Corona y a la monarquía pura tal como durante siglos la disfrutaron las más gloriosas naciones de la tierra. La ambición de mi segunda esposa y debilidades mías, que deploro amargamente, me indujeron a reconocer y servir al intruso Bonaparte. No necesito recordar la ignominiosa caída del partido afrancesado. Yo, que no pertenecí a él de corazón, sino por las sugestiones de mi mujer, tengo más derecho que los demás a quejarme de mi detestable suerte. Volví del destierro sin que mis ideas sufriesen mudanza alguna, y es singularísimo, y a la par muy triste, que los absolutistas del 14, con quienes mi corazón simpatizaba, me cerraran las puertas de la patria, y me las abriesen los liberales, a quienes tengo la desgracia de aborrecer. Esta contradicción real y molesta entre mi modo de pensar y mi gratitud, obligome el año pasado a huir prudentemente de las cosas políticas.

»Retireme a mi pueblo natal, La Bañeza. Como allí conocían todos mis ideas, un día los liberales me acometieron con palos, ordenándome que diese vivas a la Constitución; negueme a tal vilipendio, y aquella deuda que para con ellos contrajeron mis honrados labios, pagáronla mis costillas con buenos cardenales. No obstante, tuve paciencia, señor y amigo mío, y seguí pacíficamente en mi casa, pidiéndole a Dios que ponga fin a esta insoportable tiranía del populacho, mas sin buscar venganza, resistiéndome a tomar parte en los trabajos que algunos realistas traían entre manos para levantar partidas. En estas andadas, organizose en La Bañeza la llamada Milicia Nacional, que yo llamaría Infernal hablando propiamente, y para dar pruebas de su existencia y hacer el estreno de su bárbaro poder, emprendiendo con brillo el camino de la gloria, creyó que lo mejor era adjudicarme una nueva paliza, como lo hizo el 3 de septiembre del año pasado, pretextando que yo conspiraba.

—Ya van dos, señor Gil. En verdad que admiro la resignación y sufrimiento de usted.

—Mes y medio de cama me costó la hazaña de los milicianos de mi pueblo. ¿Creerá usted que ni tales razones pudieron persuadirme a que dejara mi pacífico y santo retiro? Aguanté, callé y esperé. Mi actitud digna y cristiana debió ponerme a cubierto de nuevos ataques, ¿verdad?

—Seguramente.

—Pues no fue así. Precisamente por la razón de que yo sufría y callaba, debieron aplacarse en ellos la feroz intolerancia y salvajismo; pero no fue así, sino que mi humildad les hacía más bravos cada vez; y alegando conspiraciones que solo en su obtusa mente existían, me atacaron de nuevo...

—¿Otra vez?

—Sí, señor, y se lo digo a usted francamente. A la tercera paliza ya no pude aguantar más, y lo que no había hecho hasta entonces, lo hice desde aquel día.

—¿Conspirar?

—Justamente. Ellos se empeñaron en que conspirara, y conspiré. Aquí tiene usted la sabiduría de los liberales. Con su imbécil sistema de apalear a los que no piensan como ellos, van poco a poco convirtiendo en enemigos a todos los españoles. Yo, que había hecho propósito firme de no mezclarme en la política activa, ni contribuir al levantamiento de partidas, ni conspirar, salí de mi casa decidido a todo, a todo absolutamente; vine a Madrid, y mi mala suerte deparome aquí el encuentro con un amigo de mi juventud, don Matías Vinuesa, cura que fue de Tamajón, y a quien Su Majestad, en premio de los méritos que contrajo durante la guerra, hizo capellán de honor y arcediano de Tarazona.

—Ya sé a dónde va usted a parar —dijo Monsalud con benevolencia—. Vinuesa le indujo a usted a intervenir en esa descabellada conspiración que le ha llevado a la cárcel y que probablemente le llevará también al patíbulo.

Al oír esto, el enfermo palideció y sus labios pronunciaron algunas palabras a guisa de oración.

—Puesto que todo se lo he de confesar a usted —añadió, exhalando un suspiro—, diré que, en efecto, he sido confidente y amigo de don Matías Vinuesa. Obra de muchos es el célebre plan, cuyo descubrimiento ha ocasionado la prisión de ese bendito, y que, con perdón de usted, no es descabellado ni mucho menos, y nos habría conducido al glorioso objeto que anhelamos los buenos españoles, si la imprudencia, el soborno o la traición no lo hubieran descubierto. Presumo yo que alrededor del Trono, donde tanto se trabaja por derrotar al Gobierno y a los liberales, existen la venalidad y la corrupción más que en parte alguna, y que de los mismos que nos han incitado a conspirar partió la infame denuncia, fundada en móviles que no comprendo. Ya estoy aburrido, desengañado de la mala fe de todos, convencido de que tan pícaro es Juan como Pedro, y de que no es posible tomar parte activa en la cosa pública sin meterse en el fango hasta el cuello.

—Es lamentable que no lo conociera usted antes de pringarse en la desdichada conjuración palaciega de Vinuesa, que es, según he oído, una de las mayores aberraciones que puede concebir la imaginación.

—Siento que usted califique tan duramente un plan que no conoce —repuso Gil de la Cuadra en el tono del amor propio herido—. Y como no puede conocerlo si yo no se lo revelo, lo haré, porque después de la prisión de mi amigo, no hay en ello inconveniente. La primera condición de nuestro plan era el secreto. Solo debían tener noticia de él Su Majestad, el infante don Carlos, el duque del Infantado y el marqués de Castelar, como los únicos encargados de ponerlo en ejecución. Llegado el momento del golpe, Su Majestad debía llamar a los ministros, al Capitán general y al Consejo de Estado, y una vez que los tuviera a todos bien agazapados en la real cámara, debía entrar una partida de guardias de Corps, mandada por el serenísimo señor Infante, y prenderlos a todos, luego que el Rey saliese de la estancia. Vea usted qué ardid tan sencillo y al mismo tiempo tan fácil.

—Sí; todo es fácil y sencillo en las cabezas de los conspiradores. Prosiga usted.

—Inmediatamente después el mismo señor infante don Carlos debía pasar al cuartel de guardias y mandar arrestar a todos los individuos poco afectos a Su Majestad y a nuestras ideas.

—¿También es eso fácil y sencillo?

—Déjeme usted seguir. Al mismo tiempo el señor duque del Infantado... bien le conoce usted ¡qué imponente figura, qué aire marcial! Solo con presentarse inclina los ánimos a la obediencia... Pues digo que el señor duque debía marchar en el mismo momento a Leganés a ponerse al frente del batallón de guardias que hay allí.

—Suponga usted que los guardias de Leganés le recibieran a tiros, que también puede ser...

—No es probable que a tan grande prócer y cumplido caballero le faltaran de ese modo... Pero aún resta algo... Excuso decirle a usted que todo debía hacerse en el mismo momento.

—Es natural, y en un mismo momento dado también debía hundirse todo. Adelante.

—Se sobrentiende que lo referido había de acontecer por la noche —continuó el anciano—. Dado el primer golpe, veamos ahora su desarrollo. A las doce en punto, ni minuto más ni minuto menos, debía ponerse en camino para Madrid el batallón de Leganés, entrando en esta Corte a las dos. A las tres en punto, el Regimiento del príncipe, con cuyo coronel se contaba, debía ocupar todas las puertas de la villa, y a las cinco y media, ni minuto más ni minuto menos, debían las tropas y el pueblo empezar a dar *vivas* a la Religión, al Rey, a la patria, y *mueras* a la Constitución y a los ministros... Luego, el plan contenía una multitud de determinaciones, consecuencia natural del triunfo. Debían ordenarse varias cosas, verbigracia: que se celebrase un Concilio nacional... que los cabildos se encargaran otra vez de la administración del *Noveno*... que hubiese tres días de rogativas... que se rebajase la tercera parte de la contribución... que los gastos de iluminaciones y festejos fueran muy moderados... que los milicianos sirvieran en el ejército ocho años o pagaran veinte mil reales de redención... que se trasladara al obispo de Mallorca... que se imprimieran por cuenta del Estado las cartas del padre Rancio... que el obispo auxiliar, portador del libro de la Constitución el año 20, lo llevase también ahora, y con su propia mano se lo diese al verdugo para quemarlo... En fin, ya ve usted que nada faltaba.

—Nada faltaba, a no ser sentido común. ¿Son también obra de usted los papeles *El Grito de un Español* y *La Papeleta de León*?

—En esta misma mesa he escrito parte de ellos —repuso el enfermo con disgusto—. Pero no disputemos ahora sobre la ruindad o excelencia del plan. Yo sigo creyendo que sin los infames sobornos y traiciones que han mediado, nuestra obra nos habría proporcionado un verdadero triunfo. No es posible formar juicio de lo que no ha podido pasar del pensamiento a la irrecusable prueba de los hechos. Lo real, lo positivo, lo que vemos y tocamos, amigo mío, es que yo me encuentro comprometido, expuesto a perder la libertad y quizás la vida, si no hallo un hombre discreto, astuto, hábil y poderoso que me ampare en trance tan aflictivo.

—Pero la Corte, esa Corte que es la que alienta, paga y sostiene las conspiraciones realistas, no le abandonará a usted...

—¡Ah! señor Monsalud de mis pecados —exclamó Gil de la Cuadra con amarga tristeza—, la Corte, o no puede nada, o teme comprometerse dándome el amparo que de ella he solicitado. Preso don Matías, sin que ni Rey ni Roque lo hayan podido evitar, hecha pública la conjuración, no hay ningún prócer ni potentado de Palacio que no proteste de su adhesión al liberalismo. ¡Pecador de mí! ¡Mil veces pecador! La circunstancia de haber sido afrancesado me hace sospechoso a los absolutistas. Ésa es mi fatalidad; ésa es mi estrella negra; ésa es la funesta herencia que me dejó mi esposa. ¡Si viera usted cuántas puertas se han cerrado hoy ante mí! Es particular: de la noche a la mañana ya nadie me conoce. Soy un extraño, un importuno; creen, sin duda, que les voy a pedir un socorro pecuniario, y me reciben de malísimo talante. La única muestra de benevolencia que he recibido es muy triste, señor Monsalud. Diomela un caballero de Palacio, avisándome hoy el peligro que corro, porque halladas varias cartas y notas mías entre los papeles de Vinuesa, no han de tardar en venir por mí para embaularme en la cárcel, donde, si Dios no lo remedia, nos pudriremos el cura y yo, a no ser que nos cuelguen en la plazuela de la Cebada. ¿No es verdad, señor Monsalud, que debí preferir el tratamiento de los milicianos de La Bañeza?

—¿Usted espera que le prendan? ¿Lo sabe usted?

—Lo sé.

—Pues en tal caso —dijo Salvador con asombro—, ¿por qué no huye usted? ¿Por qué no se oculta al menos?

—Precisamente de eso quiero hablarle —manifestó Gil de la Cuadra, cayendo de nuevo en el lúgubre abatimiento en que Salvador le encontrara—. ¡Huir!... Creo que no habrá otro remedio.

—Es el más seguro por ahora.

—Mis achaques me hacen de tal modo cobarde, que no acertaré a dar un paso... ¡Si parece que me convierto en un niño!... ¡Si se me oprime el corazón!... Luego doy en pensar en la desdichada suerte y desamparo de mi pobre hija... ¿Qué será de ella si muero? De tal manera se perturba mi alma y se enflaquece mi razón pensando en esto, que no puedo discurrir los medios de mi fuga o escondite. Piense usted por mí, pues no con otro objeto he solicitado su amparo; dígame usted lo que debo hacer... tráceme un plan.

—No solo indicaré lo conveniente, sino que haré cuanto pueda para que usted quede en salvo esta misma noche. Es preciso tomar una resolución pronta. Ánimo, señor Gil, no acobardarse, y triunfaremos.

—¡Oh!, gracias, gracias mil —exclamó el enfermo, estrechando las manos de Salvador.

—El infeliz conspirador lloraba.

—No perdamos tiempo... Saldremos juntos para que vaya usted más tranquilo —dijo Monsalud, restaurando más a cada palabra la energía moral y física de su vecino—. No carecerá usted de nada.

—¡De nada!... ¡Qué bendición de Dios! Usted me devuelve la vida... Yo que empezaba a carecer de todo, hasta de lo más preciso...!

—El conflicto de usted, amigo don Urbano, es poca cosa. Creo que nadie nos estorbará la fuga. Le llevaré a usted a un paraje seguro, donde vivirá tranquilo y oculto hasta que podamos conseguir un sobreseimiento, una absolución... Allá lo veremos.

—¡Benditas mil veces sean esa boca y esas manos! —dijo Gil de la Cuadra con emoción profunda—. Usted me salva; yo me arrojo en sus brazos como en una playa hospitalaria después de ser juguete de las olas... ¿Con que usted, después que me ponga en lugar seguro, conseguirá un sobreseimiento, una absolución?... ¡Cuánto lo agradeceremos mi hija y yo!... Sola, Solita, ¿dónde estás?... Ven, corre a abrazar a este caballero.

—Vale más que nos dediquemos sin perder un instante a preparar todo lo necesario... ¿Qué hora es?

—Las once —dijo el anciano, levantándose con dificultad—. Me siento mejor; me siento más ligero; se me ha despejado la cabeza; muevo las piernas con flexibilidad; en fin, soy otro... ¿Con que a disponer...?

—Sí, a disponerlo todo. Arregle usted lo que ha de llevar de su casa. Yo me encargo de todo lo demás.

—¡Oh!, idolatrada hija mía, ya tienes padre otra vez; viviremos tú y yo... —exclamó Gil de la Cuadra con viva excitación de espíritu—. Lo que va a hacer por mí, señor Monsalud, supera a cuanto hicimos por usted en aquel horrendo día. Si consigue ponerme en salvo esta noche, me parecerá que resucito, y el horroroso aspecto de la cárcel dejará de atormentar mi imaginación... Con que apresurémonos. Soledad, hija mía, ven... Una vez que esté libre de las garras de esos infames, fácil le será a usted sacarme del atolladero de la causa. Las sociedades secretas a que usted pertenece lo hacen y deshacen todo. Además, el señor duque del Parque, de quien es usted secretario, administrador o no sé qué, pasa por uno de los hombres de más valimiento que existen en España.

—Antes de medianoche estaremos fuera de Madrid —dijo Monsalud, haciendo sus cálculos—. No conviene perder tiempo.

—Ese ánimo y decisión me regeneran —dijo Cuadra, dando algunos pasos vacilantes por la habitación—. Déjeme usted que antes de ocuparme en los preparativos de la fuga le dé a usted un abrazo, un estrecho abrazo de amigo... Así... Ahora veamos lo que se lleva... ¡Soledad, Solita!

La muchacha apareció de repente, pálida, desconcertada. Su semblante expresaba el terror más vivo, y sus descoloridos labios no acertaban a pronunciar palabra alguna. El padre participó al punto por simpatía natural del pavor de su hija; miró a Monsalud; éste formuló con ansiedad una pregunta.

No pudo dar contestación la atribulada niña. Oyéronse terribles golpes que resonaban en la puerta de la casa, haciendo retemblar a ésta de los cimientos al tejado... Oyéronse al mismo tiempo pasos de mucha gente, palabras, un rumor soez que llenó de espanto el alma de los tres personajes.

—¡Ahí están! —murmuró con voz tétrica Gil de la Cuadra.

—¡Ahí están! —repitió Monsalud, golpeando el suelo con tanta fuerza que la casa redobló su temblor convulsivo y profundo, como contestando a las llamadas de los polizontes.

V

El amigo de Vinuesa cayendo en el sillón, se oprimió con ambas manos la desnuda calva.

—Se me ha partido el alma... —exclamó sordamente—. Parece que me han arrancado la última raíz de la vida... ¡Yo me muero!... ¡Pobre hija mía!...

Solita corrió hacia él. Hija y padre se unieron en estrecho abrazo.

—Ya no hay remedio —dijo el segundo con amargura.

Los golpes se repetían con más fuerza. Salvador, agitado por violenta cólera y despecho, se golpeaba la frente con el puño. En algunos momentos se sentía impulsado a una resolución desesperada; pero tenía demasiado buen sentido para no refrenarse al punto.

—No hay remedio —dijo Gil de la Cuadra con acento solemne—. Hija mía, oye lo que voy a decirte. ¿Ves este hombre?...

Solita fijó en Monsalud sus ojos llenos de lágrimas.

—Salve usted a mi padre —gritó—. Discurra usted algún medio para ocultarle, para sacarle de la casa sin que esos malditos le vean.

El tétrico silencio del joven indicó claramente que no podía discurrir medio alguno que no fuese una locura.

—No puede ser, no puede ser —dijo el anciano—. ¿Ves este hombre? Es el único que puede hacer algo por mí, por nosotros. Mientras vivamos separados, recuérdale un día y otro que tu padre está en la cárcel. Se me figura... Se me figura que será un buen hermano para ti.

Los golpes redoblaron. Parecía que cien puños de hierro martillaban la puerta, y la campanilla sin cesar movida, cayó de su sitio.

—Es preciso abrir al instante —manifestó con vivísima agitación Gil de la Cuadra—. Una palabra más, amigo mío, hija de mi alma. Mientras viene de Asturias tu primo Anatolio, que ha de ser, amén de tu marido, tu único amparo después que yo falte, te dejo encomendada a este buen amigo. Él será tu padre y tu hermano. Señor Monsalud, si acepta usted el encargo, me voy más tranquilo a la cárcel, y de allí...

—Acepto —dijo con grave acento el joven—. Solita será mi hermana. Además juro por todos los santos y por Dios, que es mi padre, que le he de sacar a usted de la cárcel a donde va esta noche.

Los tres se abrazaron sin añadir una palabra más. En el mismo instante, despedazada la puerta de la casa, entró en la estancia un hombre brutal y grosero, uno de estos que no creen representar bien a la autoridad si no la hacen antipática y aborrecible.

—¿Quién es aquí el bribón de Gil de la Cuadra? —dijo mirando alternativamente al joven y al anciano—. ¡Ah! Conozco al mozo, que es Monsalud...

Supongo que Cuadra será el vejete... Véngase usted conmigo a la cárcel de Villa... No, a la de la Corona, porque en aquélla no cabe más gente.

—El señor es Gil de la Cuadra —dijo Salvador—. Por el bribón no preguntes, que aquí no hay otro que tú.

Dos, tres, cuatro individuos no menos simpáticos que su lindo jefe, penetraron en la estancia.

—¿Y a esta tortolilla, la llevamos también? —preguntó uno, atreviéndose a poner la mano en el hombro de la joven.

—Para preguntar una estupidez —repuso Monsalud, rechazándole violentamente— no se necesita dar coces.

—Juan Violín, no seas bruto —gruñó el jefe—. Deja a esa señorita y alcánzame las esposas.

Gil de la Cuadra al ver que le iban a atar las manos huyó despavorido a la pieza inmediata. Siguiéronle todos. Rogole Salvador que se sosegase, no haciendo resistencia a sus bárbaros aprehensores, y cedió al fin el anciano, y ofreció sus manos a las argollas de hierro. Abrazole estrechamente Solita, diciendo con lastimeros ayes y lamentos que no se apartaría de él, y fue necesario separarla. En la sala, Gil de la Cuadra agobiado por la amarga pena, exánime y aturdido, cayó al suelo. Los polizontes tiraron de él como se tira de un perro que se detiene a hociquear en el suelo. Ayudole Salvador a levantarse y salieron de la casa.

Cuando bajaban la escalera, don Patricio y su hijo salieron a ver la tristísima comitiva, y Fermina Monsalud quiso que Soledad entrase desde luego en su casa. Detuviéronla todos, procurando consolarla; pero ella insistió en bajar, y luchando con todas sus fuerzas, que no eran muchas, procuraba desasirse de los brazos de Sarmiento y Doña Fermina.

—Le soltarán pronto... No llore usted, niña —le decía el preceptor—. Este Gobierno es como Dios lo ha hecho... No persigue más que a los liberales... ¿Con que el señor Gil de la Cuadra era la mano derecha de Don Matías Vinuesa?...

Soledad bajó rápidamente, y tras ella Sarmiento. En la calle arrojose otra vez la joven en brazos de su padre, manifestando inquebrantable resolución de seguirle; pero las fuertes manos de los corchetes la separaron. Gil de la

Cuadra, negándose a dar un paso en compañía de la soez cuadrilla, dejose caer en el suelo, y otra vez el egregio polizonte tiró de la soga.

—Tengo sed —dijo el anciano, respirando con ansia.

Delante de él estaba don Patricio, con las manos a la espalda, fijando en el reo una mirada maliciosa y nada compasiva.

—Tengo sed —repitió Gil de la Cuadra.

—Señor Sarmiento —dijo Monsalud vivamente—, en la escuela de usted hay una alcarraza con agua...

—Mire usted qué demonches de casualidad —repuso Sarmiento, sin moverse del sitio en que al anciano contemplaba—; se me ha olvidado dónde puse esta tarde la dichosa alcarraza.

—Subiré yo —dijo Soledad procurando sobreponerse a su pena.

—Subiré yo —dijo Monsalud tomándole la delantera con rapidez suma—. Aguarde usted abajo y procure calmar al pobre viejo.

Pocos instantes después, Salvador daba de beber a su amigo.

—La noche está fría —manifestó imperturbable y sin dejar su sonrisa picaresca el gran Sarmiento—, y cuando la noche está fría... y el tiempo fresco... pues no se tiene sed.

Los polizontes tiraron de la soga, acompañando su movimiento de ese chasquido de lengua que tan bien entienden los animales.

—Ánimo, amigo —le dijo Monsalud—. No olvide usted mi promesa.

Pareció que el infeliz colega de Vinuesa recibía ánimo y vida al oír estas palabras.

—¡Pobre hija mía! —exclamó, bebiéndose las lágrimas que copiosamente corrían por sus mejillas.

—Solita es mi hermana —dijo Salvador, abrazándola—. Vamos: esto debe acabarse. Se reúne gente.

Cuadra se levantó con dificultad. En su espíritu había seguramente poderoso anhelo de colocarse a la altura de su situación, sofocando la ruin pusilanimidad que le abatía.

—¡Mi hija!... ¡Mi pobre hija! —gritó, clavando los tristes ojos en el semblante de su joven vecino.

Con aquella mirada, su afligido corazón de padre dijo cuanto las circunstancias exigían que dijera.

Solita perdió el conocimiento. Sarmiento, que estaba a dos pasos de ella, la sostuvo en sus brazos.

—¿En dónde pongo esto? —murmuró festivamente.

—Subiré a Soledad a mi casa —dijo Salvador tomando en brazos a la joven como si fuese un niño—, y después, señor Gil, le acompañaré a usted a la prisión.

Como lo dijo lo hizo, y poco después de medianoche todo estaba terminado.

VI

Todavía no se había *descubierto* el templo. No era aún la hora de la *tenida*, y los *Hijos de la Viuda*, descansando de las fatigas políticas en sus casas o en los cafés, esperaban que la *luz astral* de la noche marcase la hora propia para los trabajos del *Arte Real*. Los *Maestros Sublimes Perfectos*, los *Valientes Príncipes del Líbano o de Jerusalén*, los Caballeros *Kadossch*, los que antaño se llamaban *Gerográmatas*, los *Hierorices*, los *Epivames*, los *Dadouques*, los *Rosa-Cruz* de hogaño, los hermanos todos, desde el *Terrible* hasta el *Sirviente*; los aprendices, compañeros y maestros, desde los de mallete hasta los de cuchara, estaban ocupados en el *ágape* doméstico, o bien conversando con sus *mopsses*, jugando con sus *lovatones* o matando el tiempo en las reuniones profanas, lejos de la *verdadera luz*. Las *estrellas* no se habían encendido todavía, ni el *mirto elusiaco* exhalaba su aroma. Imperaba la rosa, emblema del silencio, y la imponente exclamación *Ossé* no había resonado aún bajo las *bóvedas orientales*. En una palabra (y hablando con claridad para inteligencia de los ignorantes), la sesión de la logia no había empezado todavía.

En la *Caverna del Mithra*, o sea el Universo, hay un punto que se llama *Mantua*, o Madrid, en cuyo punto es evidente la existencia de una calle llamada de las Tres Cruces. En esa calle, cualquier curioso, aunque no tenga sus oídos abiertos a la *verdadera luz*, podrá ver una tienda de sastre, y si penetra en ella para que el supremo arquitecto de las levitas le tome medida de una; si durante esta fastidiosa operación alza los ojos a la *bóveda del firmamento*, vulgo cielo raso, verá sin duda que por aquellos descoloridos y descascarados yesos se pasean soles, lunas, rayos que fueron de oro, cordones, triángulos, estrellas pitagóricas y otros signos. Al ver esto, sentirá en su alma profundísima emoción de respeto, y dirá: «Aquí estuvo el gran templo masónico en los tres *llamados* años, del 20 al 23.»

Siguiendo nuestra relación (y dejando que pasen algunos días después de las escenas últimamente referidas, lo cual nos lleva a los últimos de febrero de 1821), nos dirigimos allá. Es temprano: es la hora en que hierven los clubs, la hora en que *Lorencini*, *La Cruz de Malta* y *La Fontana* son otras tantas ollas donde burbujean con rumoroso y mareante zumbido las pasiones políticas, entre el chisporroteo de las envidias y el resoplido de las ambiciones. Todavía es temprano, porque los trabajos masónicos se *abren* (este tecnicismo obliga frecuentemente a no hablar en castellano) a hora más avanzada.

Aún está a oscuras el edificio de la calle de las Tres Cruces. Reconocemos el *vestíbulo*, la sala de *Pasos perdidos*, donde campean los *Cuadros lógicos*, y no hallamos persona viva. Óyense tan solo los pasos de un *hermano sirviente* que va y viene, poniendo en su sitio las lámparas de aceite que bien pronto se han de llamar *estrellas polares, astros o nebulosas*. Por último, vemos que entra un hombre con ademán resuelto, como persona muy hecha a semejantes lugares, y observando que adelanta sin recelo alguno, nos apresuramos a seguirle, tomándole por guía en el laberinto de galerías y salas. El desconocido se acerca al *sirviente*, y después de saludarle con signos que no nos es posible determinar, pronunciando una especie de santo y seña, le hace esta pregunta:

—¿Está el señor Canencia?

—En la *Cámara de Meditaciones* le hallará usted, señor Monsalud.

Le seguimos denodadamente, aunque el nombre de *Cámara de Meditaciones* nos da cierta comezoncilla de miedo, por haber oído que es un recinto pavoroso que hace enflaquecer el ánimo más esforzado. A pesar de esto, penetramos detrás del gallardo joven, y desde el mismo instante sentimos temblores y escalofríos al ver una habitación toda colgada de negro, no puede decirse que alumbrada, sino entristecida por macilenta luz. Damos diente con diente y el cabello se nos eriza al observar que en diversas partes de la triste estancia cuelgan, cual objetos en testero de tienda, cantidad de huesos y calaveras, y que medio esqueleto se apoya contra la pared, mirando con desconsuelo al otro medio, o sea los fémures y tibias que fueron de su pertenencia y ora yacen en el suelo.

En la sepulcral pieza hay una mesa, y junto a esta mesa se ocupa en *burilar una plancha*, o sea extender un acta (hablando a lo cristiano), un viejo de cabellos blancos. No atendemos a las demostraciones amistosas que hace a nuestro introductor ni a las palabras de éste; por ahora, atentos solo al conocimiento del local, fijamos los atónitos ojos en algunos letreros que entre hueco y hueco adornan las paredes, y leemos: *«Si vienes impulsado por una mera curiosidad o por otro móvil aún peor, retírate; no trates de descubrirla, porque penetraremos tus intenciones.»* Volvemos la cabeza, y nos sale al encuentro otro parrafillo: *«Si tu conciencia está tranquila, ¿por qué sientes disgusto ante estos despojos que te recuerdan el fin de tu vida?»* Otro letrero dice: *«¿Siente tu alma temor? Pues retírate, porque solo un espíritu fuerte puede soportar las pruebas a que has de ser sometido.»* *«¿Te hallas dispuesto a sacrificar tu vida en aras del progreso humano?»*

Poco a poco nos vamos familiarizando con el fúnebre y medroso espectáculo, y echamos de ver que la Cámara, lo mismo que su extraño mueblaje, tienen cierto sello de arrinconados cachivaches de teatro, dicho sea con perdón de las humanas calaveras. El polvo que los cubre, el desorden y abandono con que están colocados los huesos y las inscripciones indican que todo aquello está en lamentable desuso. Era la *Cámara de las Meditaciones* un recinto donde encerraban al catecúmeno para que preparara su ánimo antes de ser recibido como aprendiz por la congregación masónica. Lo primero que tenía que hacer el pobre profano, una vez que lo metían bonitamente allí, era otorgar su testamento y contestar por escrito a varias preguntas, con objeto de mostrar su manera de discurrir y los gramos de sal que tenía en la mollera. Formuladas las respuestas, un hermano entraba con el rostro cubierto en la Cámara, y recogiendo aquéllas, las entregaba al Venerable, que ya estaba presidiendo la sesión o *tenida*. Léanse las pruebas del talento del neófito, y si no resultaba alguna barbaridad estupenda, concedíanle el goce de la verdadera luz. Aquí empezaba una serie de ceremonias de que la gente de todos tiempos se ha reído mucho; pero dicen los masones que hasta sus más insignificantes gestos y signos tienen un sentido no menos profundo que los ritos de las religiones india, judaica y cristiana. Digan lo que quieran, las ceremonias de estas religiones, aun consideradas tan solo bajo el punto de vista artístico, tienen un sello especial de grandeza e idealidad; las masónicas, que solo vagamente responden a una idea filosófica, parecen, por lo general, un juego de chiquillos, dicho sea con perdón de los *Valerosos y soberanos príncipes.*

Cuando se acordaba que el profano tenía bastante entendimiento para ser masón (y no debían de ser grandes las exigencias del tribunal), vendábanle a mi hombre los ojos para conducirle a la logia, que estaba comúnmente a dos pasos de la *Cámara de Meditaciones.* Daba él un golpecito en la puerta, y un masón, a cuyo cargo corrían las funciones de *primer celador*, decía con la voz más campanuda posible: «Venerable, llaman profanamente a la puerta del templo.»

El Venerable, aunque sabía quién llamaba y por qué llamaba, se hacía el sorprendido, diciendo con acento solemne: «Ved quién es.» Intervenía entonces otro funcionario, que se llamaba el *guarda interino.* Éste salía en averiguación del profano forastero que a deshora turbaba la tranquilidad augusta de la logia, y entonces el hermano que acompañaba al neófito decía: «Es un profano que desea ser iniciado en nuestros secretos.»

Por fin, después que habían mareado bastante al pobre lego, le dejaban entrar, no sin que dijera antes su nombre, edad, naturaleza, estado, religión, profesión y domicilio. El hermano que le presentaba ponía fin a su alta misión con estas palabras: «Ahí os lo entrego; ya no respondo de él.»

Sería molesto y ocioso referir la serie de preguntas que el Venerable, desde la celeste luminosa altura del Oriente, dirigía al neófito. Después de las preguntas empezaban las pruebas, a fin de ver, según el código masónico, *hasta qué punto la tortura física influye en la lucidez de las ideas del neófito, y conocer su energía, su carácter*, etc. Aquí venían las figuradas copas de sangre; los homicidios de mentirijillas; los testarazos que no pasaban de broma; los *cálices de amargura*, cuyo licor ha sido siempre muy conocido en la Fuente del Berro; las abluciones en un pilón denominado *Mar de bronce*, y otros sainetes, algunos de los cuales recibían el nombre de *viajes*, y lo eran en efecto, por los imaginarios países de Babia. Al *recién nacido* le asistía en tales actos un individuo a quien llamaban el *hermano terrible*, siendo común que desempeñara tal comisión y llevase el atroz mote algún bonachón tendero de la plaza mayor o manso escribientillo de cualquier oficina.

Enseguida juraba el recipiendario, prometiendo realizar cosas muy buenas, para las cuales no es preciso seguramente hacer el payaso, pues multitud de personas socorren a sus hermanos en la *Caverna del Mithra*, vulgo mundo, sin necesidad de que se lo mande un Venerable ni de que le mareen con preguntas vanas después de bailar el minueto entre un *Caballero Kadossch* y un *Príncipe del Líbano*. El juramento no era la última ceremonia, pues ningún profano podía dejar de serlo, hasta que no le sobaban de lo lindo. Al golpe de los malletes, o sea martillos de palo, caía la venda de los ojos del neófito, y se encontraba rodeado de llamas y espadas.

¡Tremendo, crítico instante para aquel que creyera iba a ser mechado y asado culinariamente!... Pero las llamas eran pintadas, y las espadas, de hojalata. El Venerable, compadecido entonces sin duda de la situación de aquel pobre hermano metido dentro de una hoguera y entre punzantes aceros, procuraba tranquilizarle, diciéndole que las llamas y espadas no eran otra cosa que una imagen del remordimiento que *desgarraría el alma del recién nacido* si llegaba a vender los secretos de la sociedad. Con esto quedaban terminadas las fórmulas, y respiraba con libertad el iniciado viendo concluidas las pesadeces del rito. Pero a lo mejor tomaba la palabra el Venerable, que era por lo común un hombre, si no digno de veneración, muy convencido de la importancia de aquellas comedias, y le espetaba un discursazo, llamado entre ellos *pieza de arquitectura*, encareciendo la sublimidad de la masonería y revelándole algo de lo concerniente al grado primero o de aprendiz. Éste dejaba de llamarse Juan o Pedro, y tomaba con singular modestia el nombre de Catón, Horacio Cocles, Leibnitz u otro cualquier personaje célebre.

No puede formarse juicio exacto de la masonería por lo que esta institución ha sido en España. Los masones de todos los países declaran que la sociedad del compás y la escuadra existe tan solo para fines filantrópicos, independientes en absoluto de toda intención y propaganda políticas. En España, por más que digan los sectarios de esta orden, cuyos misterios han pasado al dominio de las gacetillas, los masones han sido en las épocas de su mayor auge, propagandistas y compadres políticos. Tampoco puede formarse juicio de la masonería española de antaño por los restos de ella que existen hoy, y que, al decir de los devotos, se reducen a unas juntillas diseminadas e irregulares, sin orden, sin ley, sin unidad, aunque cumplen medianamente su objeto de dar de comer a tres o cuatro hierofantes. Esta antigualla oscura, que algunos sostienen como una confabulación caritativa para fines positivos o menudencias individuales y para protegerse en uno y otro continente (por lo cual son masones casi todos los marineros que hacen la carrera de América), no tiene nada de común con la asociación de 1820.

Era ésta una poderosa cuadrilla política que iba derecha a su objeto; una hermandad utilitaria que miraba los destinos como una especie de religión (hecho que parcialmente subsiste en la desmayada y moribunda Masonería moderna), y no se ocupaba más que de política a la menuda, de levantar y hundir adeptos, de impulsar la desgobernación del Reino; era un centro colosal de intrigas, pues allí se urdían de todas clases y dimensiones; una máquina potente que movía tres cosas: Gobierno, Cortes y Clubs, y a su vez dejábase mover a menudo por las influencias de Palacio; un noviciado de la vida pública, o más bien ensayo de ella, pues por las logias se entraba a *La Fontana* y *La Cruz de Malta*, y de aprendices se hacían diputados, así como de Venerables los ministros. Era, en fin, la corrupción de la masonería extranjera, que al entrar en España había de parecerse necesariamente a los españoles.

Durante la época de persecución, es notorio que conservó cierta pureza a estilo de catacumbas; pero el triunfo desató tempestades de ambición y codicia en el seno de la hermandad, donde al lado de hombres inocentes y honrados había tanto pobre aprendiz holgazán que deseaba medrar y redondearse. Apareció formidable el compadrazgo, y desde la simonía, el cohecho, la desenfrenada concupiscencia de lucro y poder, asemejándose a las asociaciones religiosas en estado de desprestigio, con la diferencia de que éstas conservan siempre algo del simpático idealismo de su instituto original, mientras aquélla solo conservaba, con su embrollada y empalagosa liturgia, el grotesco aparato mímico y el empolvado *atrezo* de las llamas pintadas y las espadas de latón.

A medida que iba avanzando el triunfo iba decayendo el ritual masónico, simplificándose los símbolos, relajándose la disciplina en lo relativo a juramentos, pruebas, iniciación. Por eso hemos visto tan empolvados y rotos los tarjetones y huesos le la *Cámara de Meditaciones*, cuya inutilidad empezaba a ser reconocida. Es propio de gente tocada del afán de codicia el no preocuparse de detalles tontos, y bien se sabe que hambre o ambición no tienen espera.

VII

—Gracias a Dios que se te ve por aquí —dijo Canencia dando un apretado abrazo al joven—. Sé que has venido de Francia hace más de veinte días... ¡tunante! y no te has dignado dar una vuelta por la logia... ¡cuando sabes que te queremos tanto; cuando sabes que los señores te estiman mucho y desean hacerte hombre de pro...!

—Por tener ocupaciones graves no he podido venir —repuso Monsalud sentándose—. Me han dicho que esto anda muy revuelto, papá Canencia.

—No es esto un modelo de paz y concierto —dijo Canencia con cierto desconsuelo—. Las diversiones crecen, y la reciente fundación de los comuneros ha hecho mucho daño a la sociedad... ¿Y tú en qué piensas? Me han dicho que los negocios del duque del Parque te dan de comer... lo celebro.

—Vivo regularmente; no como ustedes, los hombres mimados de la situación, que están hechos unos bajás.

—¿Lo dices por mí? ¡pobre Aristogitón! —exclamó Canencia con filosófica humildad—. Yo no disfruto otras delicias de Capúa que las emanadas de un miserable destino en Correos. Pero estoy contento, contentísimo. Ya sabes que no soy ambicioso, que me precio de filósofo en la verdadera acepción de la palabra... Hijo mío, un pedazo de pan, un vaso de agua clara, un buen libro, un tiesto de flores: he aquí mis tesoros, he aquí mis necesidades, he aquí mi sibaritismo. Recordarás lo que dice el gran Juan Jacobo acerca de...

—Yo no recuerdo nada.

—Pues el filósofo de los filósofos dice que no hay verdadera felicidad sin sabiduría... ¡Oh!, ¿de qué sirven las grandezas humanas? Hasta el heroísmo es cosa que no tiene simpatías, porque, como dice el Ginebrino, «la continuidad de pequeños deberes bien cumplidos no exige menos fuerza moral que las acciones heroicas.» Mira tú cómo un hombre humilde, que no va más que de su casa a la de Correos y de la casa de Correos a la suya o a la logia, y carece de esposa y de prole, puede ser un grande hombre, es decir, un sabio, o si lo quieres más claro, un hombre feliz... Que suban los comuneros, que bajen o suban o se estén quedos los masones... Es cuestión que no me importa mucho. El zoquete de pan, la cántara de agua, el tiesto de flores y el buen libro no han de faltar. Convéncete, ¡oh joven inexperto!, de que la ambición no ocasiona más que disgustos y enfermedades en el hépate... En el hígado, para hablar claramente... Se me figura que tú estás carcomido por la ambición, ¿eh? Tú traes algo entre manos. Dime —añadió poniéndole la mano en el hombro con patriarcal cariño—, ¿por qué has escrito aquella carta a Campos, diciéndole que te retiras de la masonería y poniéndonos de oro y azul?... ¿Tratas de pasarte a los comuneros? Ahí tienes una apostasía que me parece tonta. Pareces un chiquillo. El creer que esto es una casa de locos no es motivo para querer salir de ella, señorito Aristogitón. Quédate aquí, quédate sin perjuicio de que, *in foro conscientiae*, te rías un poquillo de la parte externa, ¿entiendes? Yo también, si he de decirte la verdad, me río algunas veces.

—Pues si usted se ríe, amigo don Bartolo —dijo Monsalud siguiendo el consejo del anciano—, es un hipócrita, porque usted es el hermano secretario y orador de la sociedad; usted es el erudito, el que explica las leyes de la masonería, el consultor general, el que lo sabe todo dentro de esta casa, el que ordena los ritos, el que explica lo que los demás no entienden; usted es el sacerdote, el mago, el patriarca, el senescal, el archimandrita, el santón, el hierofante o no sé qué nombre darle, porque no sé todavía qué especie de religión, secta o jerigonza es ésta. Usted es el que predica cosas enrevesadas y enigmáticas que no entendemos; usted es el que dibuja garabatos en los diplomas; usted, asistido de su ayudante, el señor Regato, fue quien puso aquí esos huesos y esas calaveras que están abriendo la boca para decir que las vuelvan a la tierra; usted escribió estos tarjetoncillos y puso las granadas abiertas, las columnas, los triángulos y la soga, y lo que llaman el *Delta*, el Sol, la Luna, el dosel, la J y la B, el cirio y demás signos y majaderías. Si después de hacer esto se ríe usted de los masones... vamos, se comprende en qué consiste el ser sabio y filósofo.

Durante el discursillo, el anciano Canencia sonreía socarronamente, acariciándose la barba. Cuando le tocó hablar volvió a poner su mano en el hombro del amigo, y bondadosamente le dijo:

—Tú no sabes que al pueblo, al vulgo, al común de las gentes, o como quiera llamarse a esa turbamulta ignorante e impresionable, es preciso meterle las ideas por los ojos? Ya es un gran adelanto que hayamos desterrado los símbolos y fórmulas absurdas de las religiones. Para inculcar en esas cabezas de estuco el culto y veneración del Ser Supremo hay que proceder con paciencia. ¿Hemos de decirles que lo mejor es adorar a Dios bajo la bóveda de los cielos? No, mil veces no; mientras haya hombres es preciso que haya simbolismos, y mientras haya simbolismo es preciso que haya imágenes, o a falta de imágenes, garabatos, cositas raras y de difícil inteligencia... Vaya, amiguito, no repitas la vulgaridad de que soy un farsante. Equivaldría esta calumniosa especie a llamar farsantes al Papa y demás gigantones del catolicismo, y no lo son: dentro de su esfera, bajo su punto de vista, no lo son... Lo que yo siento es que la gente va perdiendo el respeto al ritual, y llegará día en que miren todo esto como miran los curas dentro de la sacristía los objetos de su oficio. ¡Pícara humanidad! Verdaderamente es una bestia. No se la puede tratar sino a palos. Acá para entre los dos, Aristogitoncillo de mil demonios, desde que se planteó aquí la libertad, voy creyendo que Atila, Omar, Felipe II y Bonaparte han tratado a los hombres como se merecen. ¡Mientras todo no vuelva al estado primitivo!... Pero tú no entiendes de esto, ¿no es verdad? ¡El estado primitivo! ¡Ah! ¡Imagínate el estado anterior a este funesto pacto que hemos hecho para destrozarnos los unos a los otros y hacernos todo el daño posible!... No hay nada comparable al pacto. La verdadera sabiduría debe dirigirse a ese fin; un fin, muchacho, que consiste en volver al principio. Mas no puede formar idea de esto quien está devorado por la ambición y tiene lleno el espíritu de ansiedades mundanas, en vez de conformarse a vivir modesta y primitivamente con un pedazo de pan y un vaso de agua cristalina, un tiesto de flores y un buen libro...

Monsalud no podía tener la risa. Durante un rato, Canencia, poniéndose las antiparras, siguió *burilando*, o sea escribiendo la *plancha*, o mejor, el acta.

—Tú te ríes —dijo en el momento en que echaba polvos para volver la hoja— porque crees que ganarse la vida de esta manera no cuesta trabajo. Niño mimado de la fortuna, yo quisiera saber qué sería de ti sin la prebenda que tienes en casa del duque del Parque.

—Las prebendas —repuso Salvador— no existen hoy sino en este manejo de la J y la B, y en este cepillo o tronco masónico, que es el mejor del mundo después del de las Ánimas. ¡Ah, papá Canencia, ya podía usted echar un remiendo a estas pobres calaveras, que están diciendo con sus bocas sin lengua la inmensa tacañería del sacristán mayor de este templo?

—Así como no tienen lengua para pedir —dijo don Bartolomé con malicia—, tampoco tienen paladar, y puesto que no comen más que polvo, no puede haber cocina más económica, y limpiarlas sería ponerlas a dieta. Bien dijo el otro que en polvo nos hemos de convertir.

—No lo dije por usted, que se está convirtiendo en momia de Egipto forrada en oro y plata, por obra y gracia de los misterios de Isis, de Eleusis o de Patillas.

—Ésa es la opinión de esos bobos de comuneros —dijo Canencia, algo amostazado—. ¿Por ventura este granuja se nos ha hecho comunero?

—Tal vez —replicó Salvador—. Allá parece que están por la formalidad. ¿Hay también cepillo y colectas?

—Más que aquí. Pregúntaselo al señor Regato, que ha contribuido a fundar aquella sociedad después de haber comido a dos carrillos en nuestro plato y hecho *salvas* con nuestra *pólvora*.

Los masones llamaban al vino *pólvora roja*, al vaso *cañón*, y a los brindis *salvas*. No es fácil comprender la misteriosa relación simbólica entre la embriaguez y la artillería.

—Pero te advierto —continuó Canencia—, por si es tu intención pasarte a los comuneros, que aquí no tienes más que boquear para obtener lo que mejor te cuadre. Campos te quiere mucho... Anoche mismo habló mucho de ti, y aun se me figura que te va a sorprender con un buen regalito. Has hecho bien en venir esta noche.

—Lo celebro, porque vengo a pedir.

—¿A pedir?... Gracias a Dios, hombre. Eres de los nuestros. Veo que entras en el buen camino —dijo Canencia mirando su reloj—. El acta está lista. Ya es hora de empezar la *tenida*. ¿Y qué pides?

—Dígame, señor Canencia —preguntó Monsalud con gran interés—: ¿cuál es el criterio del Orden respecto a la suerte de los que están presos por conspiraciones absolutistas?

—¿Cuál ha de ser? Que los ahorquen. ¿Te has echado a filántropo? ¿Hay algún pariente tuyo en la cárcel de Villa?

—Sí, señor; hay un pariente mío en la cárcel de la Corona —repuso Salvador con firmeza—, y es preciso sacarlo de allí.

—¿Es rico?

—Es pobre.

—Pues veo muy difícil que tu pariente coma los buñuelos de San Isidro de este año... Sin embargo, puedes trabajar. Campos te quiere mucho. El duque pertenece al Supremo Consejo. Ya sabes que lo que aquí se ata, atado será en el Gobierno, y lo que allá dentro desatemos, desatado será... Allá arriba. Esta noche, después de la *tenida* ordinaria, hay *tenida de Príncipes* del grado 31. Creo que se tratará de cosas muy altas. Si consigues tener de tu parte a Campos...

—En la *tenida* ordinaria, ¿quién preside esta noche?

—El mismo Campos... Ya comienza a venir gente. Señor Aristogitón, orden y compostura.

Ambos personajes se trasladaron a la sala de *Pasos perdidos*, donde encontraron varias personas. La concurrencia aumentaba cada instante con la entrada de nuevos hermanos, entre los cuales los había de todas clases, edades y figuras; muchos militares, aunque sin uniforme, y no pocos clérigos, aunque sin hábitos. El hermano Aristogitón, que por espacio de algunos meses había estado *dormido*, saludó a sus compañeros de taller. Pasó algún tiempo en animadas conversaciones particulares hasta que el templo *fue descubierto*, mejor dicho, se abrió una puertecilla que daba entrada a la logia.

VIII

La logia era un salón cuadrangular, muy mal alumbrado y peor ventilado, de techo plano y no muy alto, de paredes sucias y más parecido a cuadra o almacén que a templo de una religión que dicen tenía entonces en todo el mundo ocho o diez mil logias. En los cuatro testeros otras tantas palabras de doradas letras indicaban los puntos cardinales, correspondiendo el *Oriente* a la presidencia, presbiterio, *santa-sanctórum*, altar mayor o como quiera llamársele, a cuyo sitio, más elevado que el resto del local, se subía por tres escalones. Para que todo se pareciera a un recinto religioso serio, había un doselete de terciopelo, en cuyo centro resplandecía un triangulillo, al cual, para hablar con la menor claridad posible, llamaban ellos *Delta*. Dentro de él se veían unos garabatos que indicaban el nombre de Dios puesto en hebreo, también para mayor claridad; pero ya es sabido que ningún signo masónico ha de estar al alcance de los tontos. Lo que sí se entendía perfectamente era el Sol y la Luna, dos caricaturas de aquellos astros pintadas a derecha e izquierda del Delta, o como si dijéramos, al lado del Evangelio y al de la Epístola.

En igual disposición respecto al presidente estaban los sitios del hermano Orador y del secretario. Cierto es que las mesillas de que se servían fueran más útiles teniendo la forma cuadrada; pero era indispensable no abandonar el triangulillo siempre que se pudiera, y por esto las mesas eran de tres picos. También tenían un poco más abajo bufetes trípicos el Tesorero y el Hospitalario. En el remoto *Occidente*, es decir, junto a la puerta, se elevaban dos columnas rematando en granadas entreabiertas. Una columna tenía la J y otra la B, letras que al parecer querían decir *Juan Bautista*, pues también al precursor del Mesías le metieron de cabeza en la heterogénea liturgia masónica, donde los misterios egipcios y mil desabridas fábulas se mezclan gárrulamente con el mosaísmo, el paganismo, la religión cristiana, la revolución inglesa y la filosofía del siglo de Federico. Junto a las columnas se repetían las mesillas triangulares, una para el primer vigilante y otra para el segundo.

El techo no carecía de interés. Por encima del doselete destinado a guarecer la calva del presidente, asomaban unas listas doradas representando los rayos del Sol con dudosa fidelidad. En el friso había varios garabatos, obra de indocto pincel, a los cuales se atribuían intenciones de querer expresar los signos del zodiaco; y por debajo de ellos corría, también pintada, una soga, símbolo de unión y fuerza. La estrella pitagórica andaba también de paseo por aquellos altos cielos, testimonio de grandeza del Supremo *Demiurgos* (Dios), y en su centro llevaba la letra G, significando *gnos*, palabreja que hasta los niños entienden, sin necesidad de aprender, que significa *generación*. Completaban el sublime ajuar cuatro candelabros con sendas *estrellas*, que en el mundo ordinario llamamos velas, y por último, la consabida batería de trastos, espada ondulante, compás, escuadra y el ejemplar de los Estatutos. No había ventanas ni más puertas que la de entrada, porque era de rito el ahogarse.

El Venerable o presidente era un hombre como de sesenta años, de agradable y aún hermosa presencia, fisonomía simpática, sonrisa esculpida, más bien de cortesía que de burla. En todo él había marcadísima expresión de contento de la vida, un singular convencimiento de que el mundo era bueno, y si se quiere, de que el Arte Real era óptimo. Vestía con elegancia, y los atributos y arreos de la masonería, que no tienen comúnmente nada de airosos, le sentaban a maravilla. Había en su bizarra apostura corpulenta cierto aire de obispo y también algo de hombre de mundo, sin que pudiera adivinarse cómo se verificaba la síntesis de estos dos términos tan diversos.

Aquel personaje, que a pesar de su indudable influjo en los sucesos de su época ha escapado, por extraño fenómeno, a las fiscalizaciones entrometidas de la Historia, se llamaba don José Campos. Éste era su verdadero nombre, y no anagrama impuesto por el novelador para tapar una celebridad; mas no lo busquéis en la Historia, como no sea en algún olvidado y oscuro libro de masones; buscadlo en la *Guía de forasteros*, porque era director general de Correos.

A pesar de la poca resonancia de su nombre, a pesar de no estar asociado a ningún ministerio, a ningún gran discurso, ni menos a batallas o sediciones, es indudable que el portador de él fue uno de los hombres más importantes del célebre trienio. A él se debió la organización de la Masonería en aquel pie de ejército poderoso. Lo que no se comprende fácilmente es la razón de su modestia. Campos no quiso nunca salir de la Dirección de Correos, aunque su familiaridad con ministros, generales y consejeros le ponía en la mejor situación del mundo para satisfacer su vanidad si la hubiera tenido. De las más verosímiles tradiciones masónicas se desprende que el Venerable en cuestión era de los que se agachan para dejar pasar las turbonadas y los pedriscos, conservando siempre el mismo sitio y no dejándose arrastrar por la furia de las pasiones, con lo cual, si aparentemente adelantan poco, en realidad salen siempre ganando y no están sujetos a las caídas y vaivenes de la gente muy visible y muy talluda. Más hábil vividor no lo conocieron los pasados ni conocerán los venideros siglos.

Los anales masónicos están conformes con asegurar que Campos tenía en las logias el nombre de Cicerón.

Tomaron todos asiento, siendo de notar que algunos tenían mandil y banda, y otros no. Hubo no pocos pasos de baile francés, tocamientos y signos que no describiremos por ser demasiado conocidos. La patriarcal fisonomía y espesa cabellera blanca de Canencia se destacaban al lado de la Epístola, y al verle tan circunspecto y hasta con cierta expresión beatífica, se creería que los templos elevados a la Gloria del Gran Arquitecto *Iod*, también tenían sus santos. El Venerable, usando las fórmulas rituales, mandó al primer vigilante que *se asegurase si el templo estaba a cubierto*, y el primer vigilante, después de hacer la pantomima de salir y volver a entrar, declaró que no *llovía*, es decir, que el templo estaba libre de entrometidos y que podían empezar los trabajos. Un martillazo presidencial abrió éstos en el grado convenido.

El *Maestro de ceremonias*, que era uno de los oficiales dignatarios, recorrió los asientos presentando el *saco* de las proposiciones. Algunos masones depositaron un papelillo como los que se usan en las rifas domésticas. El Venerable extrajo todas las proposiciones, y escogiendo la que le pareció más grave, leyó lo siguiente:

«*Proposición de Aristogitón. Gr∴* 18: *Salvador Monsalud*. Pido a este Grande Oriente de Madrid, se sirva declarar que reprueba las prisiones ordenadas por el Gobierno con motivo de inofensivas conspiraciones absolutistas, y que se apresure a interponer su mediación benéfica para que don Matías Vinuesa y los demás infelices encarcelados por causa del ridículo plan descubierto el 21 de enero, se libren no solo de ejecución capital, sino del largo cautiverio a que los condenará la pasión política.»

Cuando el Venerable concluyó de leer, rumores de desaprobación sonaron en la logia; pero el martillo del Venerable impuso silencio, y algunos instantes después, Aristogitón se expresaba en estos términos:

—He presentado esa proposición por pura fórmula y para cumplir con los Estatutos del Orden, que disponen sean tratados todos los asuntos en sesión reglamentaria, y no en conciliábulos reservados entre dos o tres hermanos bullidores que arreglan el mundo y la nación para su uso particular.

Nuevos rumores interrumpieron al orador, y Cicerón, después de acallarlos a golpes, recomendó a todos moderación.

—Temprano empiezan las interrupciones —prosiguió el masón del gr.·. 18—, y lo siento, no por mí, que estoy dispuesto a decir todo lo que sea preciso, sino por mis queridos hermanos, que van a perder la paciencia y la voz, si continúan haciéndome coro hasta el fin de mi discurso... Decía que desconfío de que mi proposición tenga éxito aquí, a pesar de ser la expresión más leal y clara del espíritu y de las prácticas constantes de este respetable Orden en todos los países del mundo; y no tendrá éxito, porque este Gran Oriente y los individuos que en diversos grados dependen de él, han olvidado completamente los fines benéficos, desinteresados y filantrópicos de tan antiguo Instituto, para desvirtuarlo y corromperlo, haciéndole instrumento de intereses políticos y de la codicia...

El martillo del Venerable, interpretando el descontento de la asamblea, advirtió al orador que hablaba con la pasión y vivacidad propias de un Congreso. Cicerón rogó en breves palabras al orador tuviese presente que aquello era un templo y no un club.

—Hermano Venerable —indicó Aristogitón—; si la condición de templo impide a este local oír la verdad, me callaré. Cuantos me escuchan saben ya por su conciencia lo que yo estoy diciendo. ¿Por qué no me lo han de oír a mí, si ya lo saben, y no les digo nada nuevo?... Continuaré, pues, procurando ser breve y herir lo menos posible la susceptibilidad de mis hermanos, a quienes ofende más lo dicho que lo sentido; más las palabras que los hechos... Al proponer al Oriente que temple en lo posible el ardor de las luchas políticas, he querido protestar contra la tendencia a fomentarlas y exacerbarlas. El Instituto masónico debe ser extraño a la política, debe ser puramente humanitario, debe proteger a los desvalidos sin pedirles cuenta de sus ideas, y aun sin conocer sus nombres. Está fundado en la abnegación y en la filantropía. Lo dicen así su historia, sus antecedentes, sus símbolos, que o no representan nada, o representan una asociación de caridad y protección mutua. Lejos de practicarse estos principios en España, el Orden se ha olvidado de los menesterosos, constituyéndose en agencia clandestina de ambiciones locas, en correduría de destinos y en...

Protestas, amenazas y tal cual palabreja puramente española, que no fue conocida de Salomón ni de Hiram-Abí, ahogaron la voz del orador. El tumulto fue tan grande como cuando en el templo de Salomón se dispuso que la multitud prorrumpiese en gritos para que la palabra Jehová, pronunciada por el Gran Maestro, no llegase a oídos profanos. Del mismo modo los martillazos de Campos-Cicerón no llegaban a profanas orejas. Por último, entre Canencia y el Venerable, lograron restablecer el orden.

—Esto no se puede tolerar —gritó un compañero—. Si el hermano Aristogitón quiere abogar por los absolutistas, que tanto nos han perseguido; si es absolutista él mismo, dígalo de una vez, sin necesidad de insultarnos, ni de manchar tan audazmente la honra inmaculada de esta santa sociedad.

—Hermano Arístides, o mejor, Pipaón, pues no puedo acostumbrarme a prescindir de los nombres verdaderos —dijo Salvador, sin perder ni un instante su serenidad—; tú que has cantado en todos los corrales y has venido aquí mandado por los absolutistas, para referirles lo que hacemos, debes callar para no exponerte a que se descubra bajo la piel de ese ridículo celo la verdadera oreja asnal de tu conciencia negra.

—Que se *burilen*, que se escriban ahora mismo esos insultos —gritó Pipaón fuera de sí—. Hermano Venerable, pido que el Oriente formule ahora mismo el acta de acusación contra el hermano Aristogitón y que pase a la Cámara de Justicia.

—¿Para qué se ha de escribir lo que he dicho? —añadió Monsalud—. Mejor es que lo repita, y lo repetiré cuantas veces queráis.

—¡Orden, orden!

Cicerón rompía la mesa a martillazos.

—¡Fuera, fuera!

—Hermanos queridos —dijo el Venerable haciendo un esfuerzo para que su sonora voz fuese oída—, tengamos calma. Ruego al orador tenga presente que estamos en un templo, en el santo templo abierto a las luces, a la honradez pura, a la filosofía pura, a los nobles sentimientos filantrópicos de la humanidad toda, sin distinción de clases, iglesias, castas, ni estados...

—¡Bien, muy bien!

—Pues decía al orador que estamos en un templo y no en un Congreso y menos en un club.

—¡Muy bien!

—Hecha esta advertencia, y rogando a los hermanos de las columnas septentrional y meridional que se calmen y tengan prudencia, oigamos a nuestro hermano; que después el Oriente tomará las medidas que crea necesarias. Adelante, hermano Aristogitón.

—Es el colmo de la insolencia —gritó un hermano sin hacer caso de los martillazos ciceronianos—, que aquí dentro se levante una voz a defender al cura Vinuesa y a los demás conspiradores absolutistas.

—Yo no defiendo a los conspiradores —exclamó el orador—. Lo que pido al Oriente es protección para los que padecen, martirizados por una populachería indigna que no sabe oponerse a las conspiraciones de la Corona sino insultando al Rey; que no sabe sofocar las conspiraciones realistas, porque perdona, tolera y agasaja a los hombres verdaderamente temibles, mientras encarcela y atormenta y ahorca a infelices clérigos y ancianos ineptos, incapaces de hacer cosa alguna de provecho contra el régimen establecido. La populachería, a cuyo servicio se ha puesto este Orden, no ve los enemigos reales y poderosos que se unen astutamente al pueblo y se meten aquí, minando el terreno en que la libertad trata de fundar, sin poderlo conseguir, un edificio más o menos perfecto. La populachería, mientras deja de trabajar en silencio a los que odian la libertad, se entretiene en dar tormento a la gente menuda.

»Señores masones, o señores liberales templados, que ahora todo viene a ser lo mismo, sois como aquel Emperador romano que se ocupaba en cazar moscas, y mientras mortificaba a estos pobres insectos no veía a los pretorianos que se conjuraban para echarle del trono. Éste era Domiciano. Así sois vosotros. Yo quiero que variéis de conducta, y principio por pedir que se deje en paz a las moscas... No conozco a Vinuesa; pero si a compañeros y amigos suyos, que comparten su suerte en la cárcel de la Villa o de la Corona. He visto la feroz excitación que existe en el pueblo contra ellos, y esta excitación creada y fomentada por este Orden y más aún por la Asamblea de los Comuneros, es una barbarie y al mismo tiempo una imprudencia política. El vil populacho a quien instruís en el inicuo arte de hacerse justicia por sí mismo, aprenderá al cabo, y una vez maestro, querrá dar todos los días una prueba de esa atroz soberanía que le habéis enseñado. Tengo la seguridad de que si el tribunal que va a juzgar a Vinuesa se mostrase benigno, la canalla destrozaría a Vinuesa, al tribunal y luego a vosotros, que habéis hecho creer a la bestia en la necesidad de los sacrificios humanos. Mientras la Corte juega con vosotros y os lanza de desacierto en desacierto para desacreditaros y para que os devoréis los unos a los otros, os entretenéis en menudencias ridículas, os debilitáis en rivalidades indignas y aduláis las pasiones de la canalla, que si hoy ladra libertad, ladrará mañana absolutismo. Todo depende de la mano que arroje el pedazo de pan.

»Poniéndome, pues, en el terreno político, a pesar de creerlo impropio de esta Sociedad; hablando el único lenguaje que entienden aquí, declaro que la persecución de Vinuesa, y mucho más la sañuda irritación del pueblo contra ese hombre infeliz, me parecen una desgracia casi irreparable para la libertad, un mal gravísimo, que este Orden debe evitar a toda costa, principiando por propagar la tolerancia, la benignidad, la cordura, y concluyendo por emplear toda influencia en pro de los procesados. Si no se hace así, esto que llamamos templo merece que el mejor día entren en él cuatro soldados y un cabo, y que después de entregar todos los trastos del rito a los chicos de las calles para que jueguen, recojan a los hermanos todos para llenar otras tantas jaulas en el nuncio de Toledo.

Las últimas palabras del orador apenas fueron entendidas, a causa del gran alboroto que se armó dentro del templo, que representaba la grandeza y maravillosa arquitectura del mundo.

—¡Fuera, fuera!... El mismo se ha desenmascarado y ya sabemos lo que quiere.

—A votar... Que se vote la proposición en escrutinio secreto.

—Ahora mismo se va a redactar el acta de acusación.

—¡Fuera!

—¡El acta de acusación!...

—Pedimos que pierda en absoluto los derechos masónicos. Tanta insolencia, esas brutales amenazas, la defensa de nuestros enemigos, no pueden quedar sin castigo...

Estas y otras frases pronunciadas en indescriptible tumulto, indicaban la efervescencia que en el templo reinaba, y por largo rato Cicerón se rompía las manos dando martillazos sin poder calmar las olas de aquel mar embravecido. Al fin, auxiliado de Canencia y de otros, lograron serenar un tanto los irritados ánimos, librando asimismo al insolente orador de las manifestaciones un poco brutales que el grupo más entusiasta, la columna del septentrión, si no estamos equivocados, se dispuso a emplear contra él.

—Después de ver lo que veo me preocupa poco que se vote o no lo que he propuesto —dijo Salvador—. Y en cuanto al acta de acusación, no se tomen mis hermanos el trabajo de redactarla, porque no es preciso que me expulsen. Me expulsaré yo mismo, abandonando para siempre este Orden inútil, enfermo, podrido, que si aún respira y habla como los vivos, ya infesta como los cadáveres.

¡Escándalo inaudito! Aunque lo normal en las *tenidas* era que se discutiera con tranquilidad, cuando la congregación salomónica se alborotaba parecía un club de los más fogosos. Unos rugían tan cerca del atrevido Aristogitón, que fue necesario que interviniera personalmente al Venerable para impedir cosas mayores entre hermanos, olvidados de la santidad que infunde un mandil de cocinero. De las columnas septentrionales partía el más atroz nublado de amenazas y recriminaciones. Las columnas del Mediodía estaban más tranquilas. Indudablemente había allí no pocos compañeros que opinaban lo mismo que el orador, hallando tan solo reprensible la forma violenta del discurso.

—¡*Radiación, radiación!* —gritaron algunos—. Sin alborotar se puede imponer castigo al delincuente.

Radiar significaba dar de baja.

—Que se le inscriba en el *Libro Rojo*.

Era un librote donde se inscribían los hermanos *radiados* por sentencia masónica.

—Que se vote antes por *esferas* esa absurda proposición.

Esferas llamaban a las bolas.

—Queridos hermanos —repetía el Venerable con mansedumbre—, estamos en un templo, no en un club. Orden.

El orador se hubiera marchado de la logia sin esperar las resoluciones del templo; pero un resto de consideración hacia los que aún le llamaban hermano detúvole allí. Vio que Canencia desde su tripódica mesilla le hacía señas de reprobación y pesadumbre; vio que el Venerable le miraba con expresión de lástima; oyó algunas palabras rencorosas de tal cual hermano que no lejos de él tenía su asiento; observó que muchos, mayormente los del Mediodía guardaban una actitud reservada, como hombres demasiado prudentes que no se atreven a poner su opinión frente a la opinión de la mayoría; vio después que votaban su proposición, y por unanimidad la desechaban; pero lo que más sorpresa le causó fue que en la sala de *Pasos perdidos*, concluida la sesión, le dijera al oído algún hermano de los más callados bajo la *bóveda del Universo*:

—Hermano Aristogitón, yo pienso como usted en lo de dejar en paz a las moscas y hacer puntería a los pajarracos; pero esto no se puede decir aquí. Conviene seguir la corriente y no chocar con la mayoría. A donde nos lleven iremos.

Y otro le dijo, también en secreto:

—Lo mismo que usted hubiera dicho yo, aunque en tono menos agresivo. No conviene ensoberbecer al pueblo ni adular sus instintos sanguinarios, pero, amigo, la consigna de estos días es sacrificar algún absolutista a la implacable furia populachera, y como no ha caído en nuestras redes, ni caerá, ningún tiburón, fuerza es echar en la sartén los pececillos de redoma. Vinuesa morirá.

Y un tercero le dijo, también en secreto:

—Le hubiera aplaudido a usted con toda mi alma; pero, amigo, estas cosas se sienten y no se dicen. Ni vale la pena de que pierda uno su destino y el pan de sus *lobatones* (hijos) por una apreciación política. Yo creo que esto se lo lleva la trampa. Estamos dentro de un torbellino que nos arrastra, nos hace dar mil vueltas, nos marea, y no para nunca, y nos llevará a donde quiera el Gran *Demiurgos*. Creo que hace usted mal en manifestar tan crudamente sus ideas. La masa popular tiene ya a Vinuesa entre los dientes, y no seré yo el guapo que pretenda quitárselo. Ese clérigo es bastante criminal, es un disoluto, un perdido. ¿Por qué le defiende usted?

Y un cuarto le dijo, en secreto también:

—Siento mucho que le tengamos que *radiar* a usted y apuntarlo en el *Libro Rojo*, pero no hay más remedio. No se puede tratar al Orden como usted lo ha tratado... Por mi parte, acepto esa idea de no hacer caso del bajo pueblo: pero ¿quién le pone el cascabel al gato? Soltamos los mastines, y ahora tenemos que andar brincando y corriendo huyéndoles el bulto para que no nos muerdan. Si he de hablarle a usted con franqueza, creo que nada se pierde con quitar de en medio a los autores de ese monstruoso plan; pero al mismo tiempo opino, como usted, que hay otros peores, sí señor; otros que trabajan en obra fina, y no digo más... Dios nos tenga de su mano, Aristogitón, y lo que fuere sonará... Allí veo a Argüelles, a Calatrava y a Feliú que acaban de entrar. Esta noche hay *tenida de Maestros Sublimes Perfectos...* Parece que en Palacio anda la cosa mal, y que las Cortes nuevas no serán muy sumisas... Yo me voy, porque, según me ha dicho Campos, debo perder la esperanza de un ascenso por ahora.

Y un quinto le dijo en voz alta:

—¡Buena la has hecho...! Yo que pensaba decirte que te empeñaras con Campos para que me trasladasen a la vacante de la secretaría...

—El duque del Parque acaba de entrar —le dijo un sexto—. Hay *tenida de Valientes* y *soberanos príncipes.* Sentiré que te *radien,* hermano Aristogitón. Aunque grité contra ti y te llamé insolente y procaz, no hagas caso. Somos amigos. Algo de lo que dijiste me gusta; principalmente, el apóstrofe a Pipaón. Ese canalla va a ser presentado esta noche en un grado superior. No hay quien pueda con él. ¿Creerás que la plaza que estaba destinada para mí la pescó Pipaón para su criado?

Otros pasaban sin mirarle o mirándole con provocativo enojo.

Mientras entraban diversos hermanos, que en el siglo respondían a los nombres de Quintana, Argüelles, Valdés, San Miguel, etc., salieron otros, entre los cuales también había nombres que después fueron ilustres, pero que callamos por varias razones.

Quedose Monsalud en la sala de *Pasos perdidos*, esperando el resultado de la tenida de *Maestros Sublimes Perfectos*.

La logia se iba a abrir en uno de los grados superiores.

IX

Duró la reunión de los padres graves bastante tiempo, porque además de que en ella trataron diversos asuntos de política elevada, hubo admisión de un hermano que había recibido *aumento de salario*, es decir, ascenso en la escala masónica. La ceremonia de recepción en los grados superiores no era más seria que el grado de aprendiz, y se hablaba mucho de la *Acacia*, de la *Sala de en medio*, de la *Luz opaca* y otras lindezas. Para explicarlas sería preciso entrar con brío en la leyenda del Arte Real; pero como ésta y cuanto a ella se refiere es fastidioso en grado sumo, recomendando al lector se abstenga de perder el tiempo averiguando el significado de los millares de emblemas diversos usados por las doscientas o trescientas disidencias o cisma del primitivo Francmasonismo, y entre los cuales el rito *Escocés y aceptado*, que parece predominante en nuestros tiempos, tiene por liturgia un enredado berenjenal de alegorías, entre místicas y filosóficas, donde fracasa la más segura y sólida cabeza.

Los *Maestros Sublimes Perfectos* se retiraron muy tarde, y a la madrugada no quedaban en el local más que cuatro individuos, reunidos en torno a la mesa en la Cámara de Meditaciones. Eran *Cicerón*, Monsalud, don Bartolomé Canencia y otro cuyo nombre y persona serán conocidos en el transcurso del diálogo. Este (que acababa de entrar concluidas las sesiones) y Canencia fijaban su atención en unos papeles llenos de guarismos y en un saquillo de monedas, contando a ratos y a ratos apuntando cifras. Los otros dos hablaban.

—La *Cámara de Perfección* —dijo Campos— no ha querido mostrarse severa contigo. Ha decidido que no seas *radiado* por ahora, y que, en vez de *dormir*, pidas una licencia ilimitada, que se te dará.

—Tonterías y debilidades —respondió Salvador riendo—. Ni yo quiero licencia, ni la necesito, ni la pediré, ni me importa que me *radien* o me escriban en todos los libros rojos o amarillos.

—Hazme el favor —indicó Campos con socarronería— de no echártela de hombre superior. No valemos tan poco como crees. El discursillo de esta noche, que tan justamente alborotó la logia, y la carta que me escribiste renunciando las comisiones que yo quería encargarte en provincias, me prueban que estás en un período de hipocondría o satánico orgullo... Señor Aristogitón, hay que civilizarse; hay que aceptar las cosas como son; hay que renunciar a esos humos de hombre puro, so pena de anularse y caer en triste olvido... Es particular: yo te alargo la mano para sostenerte y elevarte, y me la rasguñas. ¡Pobre gatillo inocente! El discurso de esta noche bastaría para expulsarte definitivamente de entre nosotros, y, sin embargo, gracias a mí te quedarás; gracias a mí...

—Para nada quiero seguir.

—Seguirás —repitió Campos con benévola insistencia—, y no solo seguirás, sino que nos serás útil. ¡Tunante! Más de cuatro quisieran verse en tu lugar. Has de saber que tus salidas de tono y tus desaires, en vez de ocasionarte disgustos, te proporcionan gangas. Ya verás qué pedrada te voy a dar esta noche.

—A nada conduce tanto hablar, señor Campos —repuso Aristogitón con impaciencia—. Es tarde: de una vez dígame usted si han tratado esos señores algo referente a Vinuesa y su conspiración.

—Eres en verdad sospechoso. ¿En qué se funda tu interés por ese Gil de la Cochera, de la Cuadra o no sé de qué?

—Es pariente mío.

—¿Cercano?

—Muy cercano.

—Quizás sea su padre —dijo para sí—. Estos hijos de nadie se exponen a que de buenas a primeras les salga un padre en cualquier calabozo.»

—¿Se ocupan de esto? sí, o no.

—Nos ocupamos, sí. El castigo de Vinuesa y sus cómplices es una de las cosas que más preocupan a la gente política. No han sido olvidados otros asuntos graves, como la disolución del cuerpo de Guardias, los insultos al Rey, las nuevas Cortes, que se abrirán dentro de unos días; la sociedad de los comuneros, que está metiendo demasiado ruido, y las partidas de guerrilleros que comienzan a aparecer. Es un hormiguero de asuntos graves, que hacen de España un país de delicias.

—Por supuesto, no habrán resuelto nada. Los *Maestros Sublimes Perfectos* se parecen al Gobierno como una calabaza a otra. Aquí como allí se procede de la misma manera. Habrán decidido que no conviene absolver a Vinuesa ni tampoco condenarlo; que no conviene castigar a los insultadores del Rey ni tampoco alentarles; que el cuerpo de Guardias está bien disuelto, pero que se debe crear otro; que la mejor manera de acallar el ruido que hacen los comuneros es alborotar mucho aquí; que las nuevas Cortes no son buenas, pero tampoco malas, y que la política debe ser exaltada para contentar al populacho, y al mismo tiempo despótica para contentar a la Corte.

—Atacas el justo medio, que es el arte político por excelencia, bribón —dijo Campos riendo—. ¿Tú qué entiendes de eso? Sin este tira y afloja, sin esta gracia de Dios que consiste en no hacer las cosas por temor de hacerlas a disgusto de Juan o de Pedro, no hay Gobierno posible.

—En una palabra: los *sublimes* no han decidido nada. Ya dijo Voltaire hace muchos años: «*La masonería no ha hecho nunca nada, ni lo hará.*» Tenía razón.

—Protesto —gritó Canencia, apartando por un momento su atención de las monedas, de los guarismos y del amigo que con él contaba y escribía—. El buen Aroüet no ha dicho semejante cosa. No calumniemos al gran filósofo, señores.

—Quienes le calumnian, querido Sócrates —dijo Campos en un momento de ira—, son los volterianos que fuera de aquí se fingen beatos para halagar a los curas.

—Pero si halagan a los curas honrados —repuso Canencia volviendo a contar—, no trabajan por la impunidad de los curas absolutistas, que escandalizan al país con sus conspiraciones... Cuarenta y cinco reales en medias pesetas.

—Usted, papá Sócrates —dijo Monsalud con mal humor —reparta el *dinero de la Viuda* y deje lo demás.

—Volviendo a nuestro asunto, hermano Aristogitón —manifestó Campos—, te conviene mucho no meterte a redentor de cautivos. El Grande Oriente no puede aplacar la efervescencia del pueblo contra Vinuesa ni absolver a éste, aunque hará todo lo posible porque no se le condene a muerte, ni tampoco pondrá en libertad al de Tamajón, ni a tu Gil de la Cuadra, porque si lo hiciera, se supondrían complicidades absurdas. Ya sabes lo que es el vulgo... y por más que digan, los Gobiernos deben dar algo al señor vulgo en compensación de lo mucho que a todas horas le piden.

—Pues yo me retiro —dijo Monsalud resueltamente.

—Aguarda, torpe, ingrato. Te he dicho que iba a darte una pedrada esta noche.

—No estoy para bromas.

—Vamos, será preciso cogerte con lazo, y luego atarte las manos para que no des bofetadas a tus favorecedores.

Campos sacó del bolsillo un pliego doblado en cuatro.

—Aquí tienes tu destino.

—¿Qué destino? —preguntó el joven con asombro.

—No te hagas el tonto, Salvador, ni vengas acá con ridículas y mentirosas modestias. Con esta clase de latigazos se domestica a las fieras catonianas. Ya sé que no te gusta pedir nada; ya sé que te falta boca para proclamar tu horror a los destinos públicos y censurar la ambición y a los ambiciosos. Todos hacemos lo mismo; pero cuando nos dan algo... lo tomamos.

—Yo no entiendo una palabra de lo que usted me dice.

—Vamos, que no te falta ya más que hacerte anacoreta y excomulgarme por favorecerte. No tanto, joven modesto. Aquí tengo una credencial de treinta mil reales, una canonjía admirable en la secretaría del Consejo de Indias. Poco trabajo, ninguna responsabilidad. Con los suspiros que otros han exhalado por esta plaza se podría dar a la vela un navío. El ministro, al dármela esta noche en el capítulo, me dijo que desde que vacó ese puesto lo han solicitado unos cien o doscientos *adictos*. Pero yo la había pedido para ti con muchísimo empeño, y el ministro no podía desairarme; el ministro me ha dado la plaza a pesar de tu irreverente y sacrílego discurso de esta noche.

—Estoy muy agradecido a usted; pero no acepto.

—Es el primer caso que veo en España, querido Salvador —dijo Cicerón con la malicia escéptica que le era habitual—; es el primer caso que veo de un hombre a quien le dan esta bendición de Dios que yo tengo en la mano y se queda sereno y frío como tú estás ahora. Tú no eres hombre, tú no eres español.

—Pero ¿usted, por su propia iniciativa, ha pedido para mí ese destino no habiéndolo solicitado yo? —preguntó el joven, tratando de averiguar el motivo de aquella protección sospechosa.

—Hombre, la verdad... A mí no se me ocurría tal cosa; pero mi sobrina Andrea, que a todo atiende, que todo lo prevé, que sabe tan bien adivinar las necesidades, me dijo no hace muchos días: «Es una vergüenza que hayan colocado tanta gente inepta y esté sin destino Salvador Monsalud.» Comprendí que tenía razón, y le contesté que tú nunca habías pedido nada y que en la casa del señor duque del Parque estabas muy bien... Ella me dio a entender que deseas la plaza.

—¡Yo!

—Tú. Andrea es excelente, es caritativa como ninguna, y estima mucho a todos mis amigos. Me ha dicho que habías estado en casa a verme; que no hallándome, esperaste largo rato; que estabas meditabundo y cariacontecido; que te dio conversación para distraerte; que hablando de cosas de la vida, le diste a entender con frases delicadas y parabólicas que deseabas un buen empleo; en suma, según mi sobrina, tú le rogaste con buenos modos que influyera conmigo para que el Grande Oriente te proporcionara una pingüe colocación.

—¡Qué falsedad!... ¿pero lo dice usted seriamente? —exclamó Monsalud con ira.

—¿Desmentirás a mi sobrina?

—Yo no desmiento a nadie. Simplemente digo que muchas gracias y que guarde usted su credencial para otro.

Diciendo esto, Salvador clavó tenazmente los ojos en el semblante de Cicerón, tratando de leer en él los móviles de conducta tan extraña. Aquella extemporánea protección del *Maestro Sublime Perfecto*, otorgada precisamente a quien acababa de hacer a la congregación una ofensa grave, encerraba sin duda algún misterio. Conocía bastante Monsalud el carácter de Campos para creer en su benevolencia, y conocía bastante el Orden para suponerle capaz de dar a los que no pedían. Ni consideraba tampoco verosímil la intervención de Andrea en aquel asunto. Hizo diversos juicios y sentó varias hipótesis; pero ni de aquéllos ni de ésta resultó nada correcto. También fue inútil la observación analítica del plácido rostro de Campos, pues el gran masón no era hombre que a su cara permitía vender los secretos del entendimiento.

—Yo lo agradezco mucho —repitió el joven—; pero de ningún modo puedo aceptar.

—Basta; para fórmula modesta, para vergüencilla de niño bien educado, basta ya —dijo Campos burlonamente—. Pues eso que ahora te doy no es más que para hacer boca. Ya he hablado al ministro de enviarte a desempeñar una de las superintendencias de Indias, con la cual puedes ser hombre rico en diez años.

Aquel proyecto de envío a Ultramar, aumentando al principio la confusión del joven, confirmó sospechas dolorosas que en su alma empezaban a nacer.

—¡Repito que no y que no! —dijo con la mayor energía—. Muchas gracias por todo; pero celebraré que no me vuelva usted a hablar de eso.

—Entonces —indicó Campos, cruzando los brazos en señal de perplejidad—, pide por esa boca. Imagina algún imposible: pide la Luna, a ver si te la podemos dar.

—Lo que deseo, ya lo pedí en la *tenida*.

—Pues eso es un disparate. Ya te he dicho que no podemos decidir nada. Hay cuestiones que no se resuelven sino dejándolas sin resolución. ¿Te ríes?... ¡Maldita sea tu filantropía! Yo quisiera comprender en qué consiste tu interés por Gil de la Cuadra.

—En que le debo la vida.

—¿Y qué es eso de deber la vida?

—Una cosa que no entienden los egoístas.

—Tú estás loco —dijo Cicerón, haciendo gestos de desdén—. Señor Regato, ¿qué le parece a usted la pretensión de nuestro joven filántropo?

El señor don José Manuel Regato alzó los ojos del montón de dinero para fijarlos en el cercano grupo. Hombre tan célebre merece algunas líneas.

X

Era de mediana edad y fisonomía harto común, ni alto ni bajo, moreno y curtido de rostro, a excepción de la frente, que era muy blanca. Sus pobladas cejas negras y el pelo espeso y cerdoso indicaban fortaleza. Había en sus ojos la vaguedad singular propia de los tontos o de los que aparentan serlo, y a menudo reía, como tributando de este modo complaciente lisonja a cuantos le dirigían la palabra. Vestía completamente de negro, asemejándose por esta circunstancia a una persona de estado eclesiástico; afectaba la más refinada compostura, y al mirar contraía los párpados a manera de los miopes. Si los abría en momentos de sorpresa, de miedo o de ira, distinguíanse los verdosos y dorados reflejos de su iris, muy parecido al de los gatos. Cuando quería hablar algo de interés iba acercándose poco a poco al asiento de su interlocutor, y su manera de acercarse, su especialísima manera de sentarse, arrimando el codo o el hombro a la persona, eran fiel copia de los zalameros arrumacos del gato. Muchos habían observado esta semejanza, y hasta en el apellido de Re-gato, es decir, reiteración en las cualidades gatunas, hallaban motivo de burla los maliciosos.

—Antes de pedir con tanto empeño la impunidad de Vinuesa y compañeros —dijo don José Manuel—, yo me pondría en paz con Dios por lo que pudiera tronar. Defendiendo a tales víctimas se corre el peligro de ser una de ellas. Gil de la Cuadra es uno de los peores. ¡Valiente pajarraco defiende usted, amiguito Monsalud! Con la mitad de lo que él ha hecho se va de bureo a la plazuela de la Cebada. No es crueldad, señores; pero si a este candoroso anciano no le ponen la corbata de cáñamo, no hay justicia en el mundo.

—A quien hay que poner la corbata de cáñamo —dijo Salvador con súbita ira— es a los serviles que impulsaron a Vinuesa y compañeros mártires para abandonarles en el momento del peligro. Quizás celebran hoy que la muerte de esos infelices borre la huella de trabajos más formales; quizás se mezclan hipócritamente a la canalla soez que pide horca y hogueras... para distraer de sí la atención del pueblo honrado y del Gobierno.

—Quizás... —repitió serenamente Regato.

—Si sigues por esa senda de sentimentalismo —dijo Campos, dando a Monsalud familiar espaldarazo—, es muy posible, ¡oh joven!, que te pongan entre los sospechosos o poco adictos al sistema.

—Pónganme donde quieran —manifestó Salvador—. Yo sé dónde estoy y conozco bien los sitios y las personas. Desprecio los juicios malignos que aquí o fuera de aquí puedan hacerse de mi conducta.

—Enérgico estás —dijo Cicerón con jovialidad—. Verdad es que quien se ha extralimitado en el templo, bien puede salir de sus casillas en la sacristía.

—¿Qué es eso de sacristía? —indicó Canencia, desperezándose, después de contado el dinero, como hombre que ha terminado un gran trabajo—. No se pongan motes de clerigalla a estos venerables lugares. Esto se llama la *Cámara de Meditaciones*... Cuente usted otra vez lo suyo, señor Regato. Son 836 reales y tres maravedises.

—No vuelvo a ensuciar mis manos en esta inmundicia —dijo Regato—. ¡Válgame Santa Mónica, cuánta calderilla! Parece mentira que una hermandad tan ilustre y a la cual pertenece tanta gente adinerada no ponga más que estos miserables huevecillos.

—Los gordos son para el hermano Sócrates —dijo Monsalud—. Mire usted, señor Regato, cómo va echando carrillos y rejuveneciéndose el buen masón de Salamanca.

—Cállate, picarillo —repuso Canencia—. Ya sabes que puedo sacarte los colores a la cara siempre que quiera.

—Señal de que tengo vergüenza.

—O de que la tuviste... Pero basta de boberías. Cobre usted, señor Regato, y venga recibo.

—Las cuentas de estos señores —dijo Salvador— son tan embrolladas como las leyes masónicas.

—Es sencillísimo —contestó Regato—. Se me deben 1.233 reales. Aquí está mi cuenta... «Por dos calaveras que mandé traer de la bóveda de San Ginés en 6 de noviembre, 42 reales... Por el bordado de cuatro mandiles, 268... Por echar una pieza al Sol, 12... Por pintar las llamas, 30... Por una escuadra nueva y siete malletes, 58... Por aguardiente que se dio a los de policía el 5 de enero, 14... Por lo que se repartió cuando tiraron la pedrada al coche de *Narices*, 4 10... Por papel de circulares, 60... Por saldo del piquillo

que se le debía a Grippini el cafetero de *La Fontana*, 140... y así sucesivamente, señores. Total, 1.233 reales.» Ahora papá Sócrates ajusta las cuentas
de otro modo, y no quiere darme más que 836 reales. Estas mermas son las
recompensas de un hombre de bien que consagró su tiempo a ser secretario
de la masonería durante cinco meses... ¡Vean ustedes qué pago! Adelanta
uno su dinero para que el Orden no carezca de nada, y al pagar... ¡Luego se
espantan de que me haya hecho comunero!...

—Bendito don José —dijo vivamente Cicerón—, poco a poco. No nos
espantamos de que usted se haya hecho comunero; nos espantamos y nos
enojamos de que usted, tan favorecido por este Gran Oriente, prescindiendo
de piquillos, alcances y descuentos, fomentara la escisión funesta que acaba
de realizarse en la sociedad; que arrastrara fuera del Orden a esos desgra-
ciados fundadores de la gárrula comunería, y que ahora, después que
forman iglesia aparte, les incite contra nosotros, les predique la anarquía y el
desorden, convirtiéndoles en desalmados jacobinos.

—Yo me marché de la masonería —dijo Regato con firmeza—, yo fomenté
el cisma, yo contribuí a fundar la Sociedad de los Hijos de Padilla, porque la
masonería vino a ser rápidamente una sociedad ñoña y que no sirve para
nada, como dijo Voltaire. Yo no oí las verdades amargas que dijo el señor
Monsalud esta noche, porque como hermano *durmiente* a perpetuidad, no
puedo pasar de la sacristía ni aun entrar aquí, sino recatadamente y a ciertas
horas; pero por lo que me contó el señor Canencia, sé que este joven puso
el dedo en la llaga. Señores, esto es una farsa; esto no conduce más que a
un servilismo no menos infame que el servilismo del año 14. Aquí se hacen
los decretos a gusto de dos o tres maestros del grabado sublime; aquí se
eligen los diputados; aquí no hay otra cosa que los manejos de cuatro fatuos
que mandan y a su gusto disponen de todo. No les quiero citar, porque no
hay para qué. Pero ellos quieren establecer el gobierno perpetuo de los
tibios y adjudicarse todos los destinos. Esto no puede ser, y no será. Hemos
fundado la comunería para establecer la verdadera libertad, sin boberías de
orden y servilismo encubierto, para darle al pueblo su total soberanía, y que
se hagan todas las cosas como al santo pueblo le dé la gana; para desen-
mascarar a tanto pillo farsante y hacer que obtengan destinos los verdaderos
hombres de bien, adictos al sistema. Basta de papeles y comedias bufonas.

Nosotros vamos a la verdad, a la realidad. Odio eterno, señores, entre unos y otros; queremos separación eterna, irreconciliable, de los que desterraron a nuestro querido héroe, de los que contemporizan con la Corte y la Santa Alianza, de los que disuelven el ejército libertador, de los que persiguen a las sociedades patrióticas de *La Fontana* y *La Cruz de Malta*, de los que hacen la mamola a los obispos y al Papa, de los que ponen dificultades a la organización de la Milicia Nacional; separación eterna de los que en una mano tienen el libro de la Constitución y en otra el cetro de hierro del *Rey neto*. Éste es el Orden de Padilla; ésta es la Confederación de Padilla, que hará en España la revolución verdadera, que establecerá el sistema constitucional en toda su pureza y pondrá fin al reinado de los pillos e hipócritas. El Orden de Padilla derribará el infame Ministerio de las *páginas* y de los *hilos* antes de ocho días, señores; óiganlo bien, antes de ocho días.

Nadie contestó en los primeros momentos. Cicerón meditaba apoyando su sien en el dedo índice. Canencia sonreía. Monsalud, indiferente a la perorata, se levantó para retirarse.

—¡Gran suerte será para nosotros —dijo al fin Campos—, que el señor Regato nos perdone la vida!

—Yo no amenazo. Al contrario, invito a todos los buenos amigos a que se vengan conmigo.

—Es muy cómodo eso —indicó Cicerón—. Vivir con la Masonería, cobrar 800 reales por calaveras, remiendos echados al Sol y aguardiente dado a la policía, y marcharse después con los comuneros para hacernos la guerra.

—No pueden ustedes acusarme de interesado —dijo Regato, levantándose también para marcharse—. La Comunería es pobre; no da destinos.

—Pero los dará tal vez dentro de ocho días. Ya se puede esperar.

—Antes que se me olvide, señor don José Manuel —dijo el filósofo Canencia, que no se apartaba de lo positivo—. Me han dicho que allá tienen falta de espadas y broqueles. Aquí tenemos algunas piezas de sobra.

—Veo que esto acabará en Rastro —repuso el comunero, guardando sus cuartos—. Nosotros usamos espadas de acero, no de latón.

—Pues buen provecho, hombre, buen provecho.

—Para mis amigos soy el mismo de siempre —dijo Regato echándose la capa sobre los hombros—. ¿Quién sabe si...?

—El hermano Sócrates y yo tenemos que ajustar ahora otra especie de cuentas. Buenas noches, señor Regato.

—Yo me retiro también —dijo Monsalud—. Repito lo del destino, señor Marco Tulio. Muchas gracias, muchas gracias por la secretaría; pero que sea para otro.

—Adiós, puerco espín... Señor Regato, mucho cuidado con ese granuja que sale con usted. Es capaz de hacerse comunero si usted se lo dice tres veces.

Cuando ambos salieron a la calle, el más joven dijo:

—Señor don José Manuel Regato, yo quiero ser comunero.

Uno y otro hablaron breve rato, separándose después.

XI

Seguía viviendo Solita en casa de Doña Fermina Monsalud, adonde trasladó el pequeño mueblaje matrimonial; y su bondad y sencillez nativas, así como la gran desgracia que padecía, abriéronle pronto el corazón de la madre y el hijo. Otras personas necesitan largo tiempo y trato para ganarse una amistad profunda; pero Solita, a los ocho días ya era de la familia. Durante las largas ausencias de Salvador, que estaba fuera casi todo el día y parte de la noche, la señora mayor y la señorita, sin dejar de la mano una y otra labor de utilidad y entretenimiento, no cesaban de discurrir sobre las probabilidades de que el señor Gil de la Cuadra fuese puesto en libertad; y como el tema llevaba al áspero terreno de la política, concluían siempre diciendo mil desatinos, que en su buena fe y candor les parecían discretas observaciones o grandiosos descubrimientos.

—Dicen que va a caer el Gobierno —indicaba Doña Fermina—. Si entran después los que quieren que todo sea libertad y más libertad, no habrá presos.

—Lo que yo creo más probable —respondía Soledad—, es que el Rey se levante de mal humor cualquier mañanita, y mande a su caballerizo mayor a las Cortes. Desengáñese usted: de ahí viene todo el mal.

Algunos días veían los sucesos con alegres ojos; otros, sombríamente y con tristeza.

—Tengo el corazón traspasado —decía Solita, dejando caer sus lágrimas sobre la costura—. He cerrado un momento los ojos para rezar, y he visto a mi padre expirando en el calabozo.

—No pienses tonterías —contestaba la Monsalud—. Yo he cerrado también los ojos para rezar, y he visto al señor Gil poniéndose la capa para salir de la cárcel. El mejor día le ves entrar por esa puerta... Mi buen hijo ha tomado con empeño este negocio.

Entraba entonces Salvador, fatigado y sombrío, y al punto las dos mujeres clavaban en él la vista para adivinarle los pensamientos antes que los manifestase. Solita se lo comía con los ojos, y había adquirido tal arte para leer en la expresiva fisonomía del joven, que al verle entrar decía para sí: «Hoy tenemos malas noticias», o: «Hay esperanzas.»

Soledad creía deber suyo pagar con pequeños trabajos y servicios los favores sin cuento que en aquella casa recibía. En un par de días enterose minuciosamente de los hábitos de la familia y procuraba que su presencia en la humilde vivienda fuera de lo más útil posible. Aguzaba su ingenio para introducir en el cuarto de Salvador refinadas comodidades, previendo cuanto el buen muchacho necesitar pudiera; se le conocía en la cara y en el modo de mirar que no abandonaba un punto la observación cariñosa y vigilante de todo cuanto a su hermano postizo se refiriese.

Separada de su padre y de los parientes maternos, la persona a quien tenía mayor respeto era aquel protector advenedizo en cuyos brazos había caído. Con la madre tenía confianza; con el hijo, no. Además de que no osaba entablar conversación con él, fuera de las preguntas propias de las circunstancias, manteníase siempre distante y respetuosa. Salvador, a los pocos días de vida común, la tuteaba. Como pasasen muchos sin que ella correspondiese a esta familiaridad, él le dijo:

—Cuando el pobre Gil se separó de nosotros, quiso que fuéramos hermanos. Trátame como se tratan los hermanos, y llámame *Salvador* a secas y *tú*.

—Me parece que no podré acostumbrarme a eso —respondió la niña, ruborizándose.

A pesar de su propia opinión, se acostumbró muy pronto.

Cuando el joven dormía, avanzada la mañana, una como divinidad del silencio cuidaba de evitar los más ligeros ruidos de la casa. Cuando volvía muy tarde, las más veces en el último confín de la noche, Solita velaba sin fatiga ni sueño para que no esperase ni un minuto en la puerta ni le faltara nada al entrar. Nunca se había permitido la más ligera broma con él, ni dejó de emplear, para decirle algo, el tono más comedido y serio. Una noche, sin embargo, le salieron las palabras a la boca con tal ímpetu, que se extralimitó a hablarle así:

—¡Qué tarde has venido esta noche, hermano! Se conoce que tú y tu novia habéis tenido muchas cosas que deciros.

Soledad no comprendía que un hombre trasnochase por otra razón que por estar hablando con su novia.

Salvador acogió la observación con amable sonrisa. Arrojándose en una silla con muestras de gran cansancio, contempló a su improvisada hermana, que estaba ante él sosteniendo una luz, y se fijó más que nunca en las graves imperfecciones de su rostro, no tantas, sin embargo, que disminuyese el fuerte atractivo simpático que existía en ella, a manera de reflejo o anuncio del alma.

—Solita —le dijo Monsalud riendo—, con esa luz en la mano te pareces a la Fe iluminando el mundo. Yo he visto en alguna parte una estatua, cuadro o estampita igual a ti en este momento... Dime, hermana, y perdona mi curiosidad: y tú, ¿no tienes novio?

Solita volvió rápidamente la espalda para retirarse; pero arrepentida sin duda, tornó a mirar a su hermano.

—Bien sabes que lo tengo. Mi primo Anatolio...

—¡Ah, ya recuerdo! Tu papá me habló de un primo tuyo, que también será ahora primo mío... Ya recuerdo, sí, el primo Anatolio, que va a ser mi cuñado.

—Justamente. ¿Quieres algo?

—Aguárdate y respóndeme. ¿Quieres mucho a nuestro primo?

—Ya sabes que mi padre ha dispuesto que sea mi marido.

—¿Le has visto alguna vez?

—Cuando éramos niños. Yo no me acuerdo bien cómo es. Mi padre hace poco me solía decir: «Tu primo Anatolio ha de ser a esta fecha un arrogante hombrazo, como Salvador, el de Doña Fermina.»

—Pero no me has dicho si quieres mucho a ese Anatolio.

—Eso no se pregunta. ¿No he de quererle si mi padre me ha mandado que le quiera y me case con él?

—A eso no hay nada que decir, hermana. Cuando te cases y vayas a Asturias, te prometo hacerte una visita. ¿Qué te parece?

—Me parece muy bien.

—Y seré padrino de tu boda... y seré padrino de tus niños, de mis sobrinillos.

—Buenas noches, compadre.

Pero esta clase de diálogos eran una excepción. Generalmente, cuando Salvador entraba, Soledad le hacía preguntas referentes a la deseada libertad de su padre.

—Hermano —le dijo una noche—, tu cara me anuncia malas noticias. ¿Qué hay?

—¿Malas noticias? —repuso el joven dando un suspiro y meditando breve rato—. La verdad, este asunto es difícil. Se sacan piedras del fondo del mar; pero ¿quién saca la pobre víctima que cae en el inmenso fondo de barbarie del populacho?

Solita dio un suspiro y elevó sus expresivos ojos al cielo.

—Pero no hay que desesperar, hermanita —añadió Salvador consolándola—. Cuando yo llegue al último extremo en mis fatigas y empeños por salvar la vida al pobre reo; cuando yo no pueda más, vendrá lo imprevisto, vendrá Dios y lo salvará.

—Según eso, traes malas noticias —dijo Soledad con abatimiento.

—Malas no, regulares. He adelantado algo. Mañana veremos. Con que buenas noches, comadre.

Solita dio otro suspiro y se alejó; pero retrocediendo al instante, hizo esta pregunta:

—¿Y le has visto?

—Todavía no he podido verle. Ponen mil dificultades; pero me voy a hacer amigo de los comuneros, a ver si por este medio...

—Los comuneros... Es decir, don Patricio. Dime, hermano, ¿son todos tan tontos y tan crueles como nuestro vecino?

—Allá se le van... Creo que me será fácil ver a tu padre. Descuida, que si no podemos conseguir su absolución, trataremos de arreglarle la escapatoria.

—¡Qué bueno eres, pero qué bueno! —exclamó Sola— Siempre que te oigo hablar se me llena el corazón de esperanza y veo a mi pobre padre libre y feliz. Lo que haces por nosotros Salvador, es más que cuanto pueden hacer los hombres más generosos. Mucho ha de darte Dios en esta vida o en la otra para poderte premiar.

—Dios no tiene que darme nada, tonta. Esto es una deuda, mejor dicho, aquí hay varias deudas que pesan sobre mi alma. Si salvo a tu padre de la muerte primero, de la cárcel después, sentiré un alivio...

—Ya sé... Cuando mis padres marcharon a Francia hace ocho años, ocurrieron cosas terribles.

—Sí, muy terribles. Algunas de ellas no las puedes comprender. Por fortuna tú no estabas allí; te dejaron en La Bañeza.

—Pero todo me lo contó mi madrastra —manifestó Solita con emoción—. La pobre te estimaba mucho, y constantemente hablaba de ti. Hasta en el día de su muerte te nombró varias veces...

Salvador callaba, fijando la vista en el suelo.

—No digas que soy generoso si saco a tu padre de este mal paso —manifestó después de una pausa—. Di más bien que soy un malvado si no le salvo.

—¿Y si es imposible?

—No hay nada imposible —repuso el joven con brío—. Soledad, tendrás padre, tendrás marido... ¿Sabes que conviene escribir a tu primo Anatolio, refiriéndole la situación en que te hallas?

—Como tú quieras —respondió la joven con indiferencia.

—Le escribiré, vendrá, te casarás. Para entonces, vive Dios, o soy digno del desprecio de todos, o estará tu padre libre. Viviréis felices y tranquilos... ¡Oh, qué hermosa familia vamos a tener aquí!... Porque supongo que el señor Gil se verá rodeado de nietos dentro de algunos años... ¡Pobre anciano, cómo gozará, jugando con los pequeñuelos!... ¿Y ese Anatolio será un buenazo, un corazón de oro?... Lo dicho: seré padrino de tus muñecos.

—Buenas noches, compadre. Que duermas bien.

—Buenas noches.

Y al acostarse se decía a sí mismo:

—¿La ves tan desgraciada, tan pobre, tan sola? Pues con su sencillez, su ignorancia y su Anatolio, será más feliz que tú.

XII

El personaje a quien los de la Acacia daban el nombre de *Cicerón*, vivía en una hermosa casa a la extremidad de la calle de don Pedro, junto a las Vistillas. La Dirección de Correos, que hoy constituye una posición decente, era en aquellas calendas una verdadera mina, y ahondando en ella, el señor Campos, a pesar de su oscuridad política, había conseguido manejando cartas, y no de baraja, allegar un capitalejo que en lo sucesivo sirvió de tema de maledicencia al envidioso vulgo. Entró con pie derecho este insigne personaje en la burocracia revolucionaria por reunir los tres requisitos indispensables para medrar durante aquel período, los cuales eran: haber padecido durante el régimen absoluto, haber intervenido en la mudanza del 20 y estar afiliado en las sociedades secretas.

Vivía, pues, pacífica y cómodamente con su familia, que no era por cierto muy numerosa, pues constaba tan solo de dos personas: su hermana doña Romualda (señora de muy poco seso en su juventud, al decir de la gente, pero que en la época de nuestra historia parecía querer apaciguar su conciencia dándose a la devoción con ardiente celo) y su sobrina Andrea, hija de Mauricio Campos, que volvió de Indias el año 12 con una regular fortuna de que no pudo disfrutar porque le sobrevino la muerte. Huérfana de padre y madre a los once años de edad, la hermosa niña quedó bajo la tutela de su tío, que no tuvo reparo en empezar su administración disipando en conspiraciones una parte de la fortuna de la pobre indianilla; y para mayor perjuicio de ésta, los frecuentes viajes de Campos la ponían bajo la inmediata protección de doña Romualda, que por aquellos días no había salido aún de la etapa de las calaveradas amorosas.

Andrea, cuya crianza en América no había sido ejemplar a causa de la temprana muerte de su madre, tuvo una escuela lamentable en la peligrosa edad del cambio de juguetes, es decir, cuando se decreta la jubilación definitiva de las muñecas y el planteamiento de los novios. Mal atendida por su tío y peor tratada por doña Romualda, a quien aborrecía cordialmente, la joven vivía ensimismada, cultivando con ardor su propia imaginación. Contrajo amistades que una madre prudente hubiera prohibido; intimó excesivamente con las criadas; paseaba en compañía de éstas más de lo conveniente, y en cambio del cariño y el agasajo que le negaran dentro de casa, disfrutaba de una libertad que no conocían las señoritas de aquella época y rara vez las de ésta. Por esto Andrea se parecía tan poco a las niñas españolas de su tiempo. Era una criolla voluntariosa, una extranjera intrusa que habrían repudiado Moratín y Cruz. Su familia favorecía más cada vez aquella libertad. Doña Romualda, que empezaba a sufrir la transformación de la edad paleolítica de los amores a la edad neolítica de las devociones, tenía mucho que hacer: estaba en la iglesia. El buen Campos también era hombre ocupadísimo por aquellos días: estaba conspirando.

Era la indiana buena y sensible. Fácilmente comprendía la verdad por poco que se la mostraran. Fácilmente acertaba con lo justo y honrado, por simple iniciativa de su conciencia. Pero tenía ansia de afectos ardientes, y miraba sin cesar a todos lados buscándolos. Su desgracia consistía en que le era forzoso abrirse sola y sin ayuda de nadie el áspero camino de la juventud. Habría necesitado para esto tener un caudal de energía y de entereza moral que rara vez da Dios a las criaturas, pero que suplen, según admirable orden de la sociedad, las personas allegadas y mayores de la familia. Careciendo de fuerza propia y de sostén extraño, hubiera sido un prodigio que la gallarda flor se mantuviera derecha. Los prodigios son muy raros en el mundo. Bueno es hacer constar que la pobre Andrea, avisada del peligro por una intuición potente, hizo esfuerzos instintivos para sostenerse erguida y pomposa, vuelta hacia el Sol la virginal corola; pero el viento soplaba con demasiada fuerza y se dobló.

Era tan guapa, que su vanidad (otra desgracia no pequeña) resultaba cada vez más lógica. Habría sido conveniente que ignorara algún tiempo la riqueza de seducciones que atesoraba en sus ojos, en su boca, en todas las partes de su cara morena y alegre, llena de inexplicables gracejos y atractivos; en su cuerpo delgado y flexible, de esos que no tienen clasificación fácil en el cuadro ginecológico, y son tales, que para buscarles semejante necesita el observador descender en busca de un ser antipático y que se arrastra: la culebra.

Pero Andrea no tuvo a nadie que le hiciera el sumo bien de engañarla durante algún tiempo respecto a su belleza, y entregose desde muy niña al fascinador deleite de los espejos. Las criadas cantaban a su oído un coro de lisonjas. En la sala de su casa había una hermosa estampa que representaba la famosa escena de Phrine entre los jueces de Atenas, y Andrea, de tanto leerla, se sabía de memoria la leyenda grabada al pie con resplandecientes letras de oro. Aunque parezca extraño, conocidos los tiempos y el lugar, no puede menos de suponerse que en aquella cabeza hervían ideas gentílicas; pero el paganismo es de todas las edades, y buscando sin cesar dónde establecerse, se mete y se acomoda allí donde no hay otra religión que haya echado raíces.

Andrea fomentó su vanidad y la adoración de sí misma, consagrando al adorno de la persona mucho tiempo, mucha atención y todo el dinero de que podía disponer. Si éste no abundó durante los ominosos tiempos en que Campos conspiraba, luego que vino la era feliz y fue restablecido en parte el patrimonio de la huérfana, el buen tío, que no era tacaño y gustaba de que su pupila se presentase bien, abrió bastante la mano en lo relativo al lujo. Ésta era la fórmula de su cariño, porque sin duda hay distintas maneras de amar a las sobrinas. Además, Campos, por razones de egoísmo, tenía empeño en no contrariarla, deseando alcanzar de ella consentimiento para un proyecto nupcial que entre manos traía después de la revolución.

No se crea que el Venerable se parecía a los grotescos tutores que son el elemento bufón de las comedias italianas del siglo XVIII y que también abundan en el repertorio de las óperas. Campos no quería que su sobrina se casase con él. Era viejo, habíase entregado al volterianismo, que en aquellos tiempos empezaba a propagar tanto las cómodas prácticas del celibato; era además un epicúreo refinado de esos que nos legó el siglo XVIII, y que ya comenzaban a desbancar a los rancios egoístas de chocolate y bollos de monjas. Otrosí: tenía Campos sus entretenimientos fuera de casa, con los cuales le iba muy bien al parecer. Su claro talento, además, no le decía nada favorable a su enlace con muchacha primaveral. Su amigo don Leandro no escribió para él *El viejo y la niña* ni *El sí*.

El proyecto consistía en casarla con un señor de edad algo avanzada, pero entero, arrogante, fino, discreto, y que sabía ocultar sus años y aun hacerse amable, pues a tanto llega en privilegiados individuos el arte social. El marqués de Falfán de los Godos era un medio siglo bien conservado, gracias a reparaciones hábiles y a un cuidado continuo. Había sido exento de Guardias, compañero de Palafox y de Godoy, y en aquellos tiempos en que los mozos guapos desempeñaban grandes papeles en la Corte y en que se hablaba, como lo prueba el desvergonzado libro de un fraile, de serrallos a la turca, de envenenamientos proyectados, de matrimonios dobles y otras barbaridades ante las cuales la discreta historia se complace en cerrar los ojos. Así como el duque de Zaragoza fue célebre y simpático por sus hurañas resistencias, Falfán de los Godos tuvo fama por lo contrario. En 1821 era general; tenía fama no solo de honrado y decente, sino también de gastrónomo y mujeriego, cosa natural en un solterón riquísimo y bien parecido, de ancha conciencia formada en la escuela enciclopedista del siglo pasado.

Hacia 1820 comenzó a pesarle el celibato; echó de menos algo amante, tierno y cariñoso; es decir, los hijos que debía tener y no tenía, la esposa que siempre había rechazado como una fastidiosa carga de la vida. Falfán de los Godos pensó en casarse, y supuso que sus cincuenta años, a pesar de la madurez consiguiente, podían dar aún mucho de sí. Acontece a menudo que estos hombres listos y conocedores del mundo, pierden la chaveta cuando tratan de poner algún orden en su vida, y bastardean completamente la meritoria idea de ser padres, que tan a deshora les ocurre. Falfán de los Godos, maestro en el arte de vivir, perdió el tino, como todos los de su clase, y en vez de buscar para esposa un tipo de bondad reposada, una madura belleza asegurada de peligros y que se acomodase fácilmente a los gustos e ideas del trasnochado esposo, fue a incurrir en el maldito antojo de la niña fresca y tiernecita que apenas ha empezado a vivir y tiene un porvenir ignoto delante de sus ojos chispeantes. Él no dejaba de comprender en ratos lúcidos su error; pero se engañó a sí mismo vanidosamente trayendo a la memoria su buena presencia, su gran fortuna, su fama, sus gustos artísticos, su finura, rica herencia del antiguo régimen que contrastaba con la grosería de los revolucionarios.

80

Si todo hubiera de resolverse entre el acartonado marqués y Campos, la cuestión habría estado concluida en un par de semanas; pero Andrea no quería casarse con Falfán de los Godos porque amaba a otro. Esto sí que se parece a todas las comedias italianas del siglo XVIII, a las óperas del primer repertorio y a muchas novelas de aquel tiempo, principalmente a las de D'Arlincourt, Mad. Cottin, Florian y Mistress Bennet; pero no es culpa nuestra que esta vieja historia se nos venga a las manos. Acontece alguna vez que las cosas vulgares son las más dignas de ser contadas.

En los días que van corriendo para nuestra relación hacía tres años que Andrea había entablado amistades íntimas con un hombre que cierto día se metió en su casa buscando refugio contra los corchetes que le perseguían. Cómo nacieron y rápidamente tomaron vuelo a manera de incendio estos amores, es cosa que ahora no nos importa; pero la libertad de que disfrutaba Andrea explicaría muchas cosas. Pasaron días, muchos días, y con ellos sucesos buenos y malos que no merecen ser referidos. En 1821, la casualidad, o mejor dicho, la política, juntó en un círculo al amante de Andrea y a Campos: hiciéronse amigos, y cuando éste le llevó a su casa no tenía ni vagas sospechas del interés que aquella amistad inspiraba a su sobrina. De este modo, Píramo y Tisbe no tuvieron que horadar paredes para hablarse, y aunque la presencia casi constante del tío les estorbaba, viéndose a menudo aun delante de testigos, tenían medios para preparar sus conferencias reservadas, las cuales no eran ya frecuentes porque la libertad de Andrea empezaba a disminuir.

El favorecido conocía perfectamente las horas que doña Romualda consagraba a la grave faena diaria de sus devociones, las de oficina y la logia para Campos. Aplicando bien la sentencia profundísima de uno de los siete sabios de Grecia, que dijo *aprovecha la ocasión*, aquel hombre enamorado hasta la ceguera y el aturdimiento entraba en la casa. Estas atrevidas invasiones del templo de un exaltado amor no eran ni podían ser frecuentes, y exigían gran cautela con criados y gente menuda; pero los amantes habían discurrido mil triquiñuelas y contaban con la fiel complicidad de una criada antigua. Su ceguera, con todo, no era tanta que se ocultase a entrambos la necesidad de poner término a tal género de vida.

XIII

Una mañana, Salvador entró. Como no había temor de sorpresas, Andrea, después de poner en escucha a su criada, según costumbre, abrió al amante las puertas de su habitación.

—Ven aquí —le dijo asomando la linda cara y la mano tras la cortina de la sala donde él esperaba—. Estaremos solos hasta que venga mi tía.

El amante se sentó sin decir nada en un canapé, y Andrea volvió al espejo de donde poco antes se había apartado. Con su preciosa mano se tocaba aquí y allí el recién peinado cabello, dándole la última forma, como artista que remata su obra. Después se puso una flor. Sin retirarse del espejo, porque en él veía la figura del hombre, le habló así:

¿Qué tienes hoy, que estás tan callado?

—Hace pocas noches vi a tu tío, ¿te lo ha dicho? —contestó Salvador.

—Sí, me contó que te había ofrecido un destino y no lo quisiste. ¡Bonito modo de ser agradecido! —dijo Andrea, moviendo su cabeza ante el espejo—. ¡Qué orgullo!... porque no es más que orgullo.

Gracias por tu protección.

¿Qué protección?

—¿No fuiste tú quien dijo a Campos que me proporcionara una posición decente?

—¡Yo! ¿Estás loco? —exclamó Andrea con sorpresa, volviéndose, porque para manifestar cosas importantes no satisface ver la figura del interlocutor reflejada en un espejo.

—No te esfuerces en convencerme de que no fuiste tú —dijo Salvador—. Desde luego, comprendí que tu tío me engañaba.

—Seguramente te engañaba. Bien sabes que nunca me atrevo a hablarle de ti; y cuando lo hago es de la manera más indiferente.

—Extraño que Campos, hombre muy listo, urdiera tan mal su farsa —dijo Salvador—. ¿En qué se funda ese oficioso empeño de favorecerme? No creas, quiere mandarme a América nada menos. Seguramente le estorbo.

—No lo comprendo así. Si quiere favorecerte es porque te estima —repuso Andrea, volviéndose hacia el espejo.

—¿Tú también? —dijo Monsalud con impaciencia y desasosiego.

—¿Qué es eso de yo también? —indicó la indiana jovialmente.

—Quizás tú puedas explicarme lo que la astucia de Campos no ha dejado entrever.

—Querido, yo no puedo explicarte nada, ¿estamos?... Hoy has pisado mala yerba. Ya veo que no me libraré hoy de un poquillo de mareo. ¿Y por qué? por la cosa más natural del mundo: porque mi tío ha querido darte una prueba de lo mucho que te aprecia.

—Sería, no muy natural, sino algo natural esa prueba de estimación si tu tío después de ofrecerme el destino, no me hubiera dicho una cosa grave.

—¿Qué cosa?

Salvador la miró con fijeza.

—Me dijo que pensaba casarte.

Como el lector recordará, Campos no había dicho tal cosa; pero el inquieto joven practicaba el aforismo vulgar que ordena decir mentira para sacar verdad.

—¡Ah! —exclamó Andrea riendo—. Eso es lo que traes hoy. Te conozco, tunante. Vienes mascullando esa idea.

Diciendo esto tomó un abanico, y con expresión de graciosísima burla, sonriente la boca, húmedos los ojos, acercose al joven y empezó a darle aire rápidamente.

—¿Estás sofocado?... Aire, aire, no sea que te dé un síncope. Refréscate, hombre... Que se te quite eso de la cabeza.

Monsalud le arrebató violentamente el abanico, lanzándolo al aire. El abanico atravesó el recinto de un extremo a otro, abriéndose como un pájaro que extiende las alas.

—¡Qué modo de tratar mis joyas!... Pues me gusta —dijo Andrea, corriendo tras el abanico.

Arrodillose para cogerlo del suelo, cerrolo, y empuñándolo a manera de puñal, amenazó a su amante diciéndole:

—Te voy a matar.

Monsalud contemplaba, primero sin enojo, después con gozo, la hermosa figura juguetona y ligera que tenía delante. De súbito Andrea corrió hacia él con los brazos abiertos, y abrazándole el cuello, le apretó fuertemente diciendo:

—Ya me casé, ya me casé, ya me casé.

Repitió esto unas cuarenta veces.

Salvador la obligó a sentarse a su lado.

—A mí se me está preparando una desgracia —le dijo cariñosamente—. Andrea, tengo desde hace muchos días el presentimiento de que esta preciosa cabeza me hará traición. ¿No recuerdas lo que te he dicho tantas veces? Desde que tengo uso de razón no he intentado cosa alguna que haya tenido un desenlace lisonjero para mí. Si alguna vez he conseguido el objeto por mucho tiempo deseado, mi dicha ha sido corta. Siempre que cavilo acerca del resultado de un asunto cualquiera que me intranquiliza, no puedo apartar de mi pensamiento la idea de un éxito desgraciado, y siempre acierto... Tengo la desdicha de no haberme equivocado una sola vez. Yo no sé qué pensar de mí. Si se castigan en la tierra las faltas, las que yo he cometido no corresponden a los golpes que en diversas ocasiones me han venido de arriba. Fui jurado y cayó José I; tuve amores, y por poco muero en ellos; conspiré, y la conspiración salió mal; dejé de conspirar, y salió bien... En fin, tú sabes mi vida toda y podrás juzgarlo. Si es verdad que los hombres nacen con buena o mala estrella, la que andaba por los cielos el día en que yo vine al mundo era la más mala, la más perra de todas.

—Eso que dices, ¿tiene algo que ver con mi casamiento? —preguntole Andrea con malicia.

—Tiene que ver, sí. Te quise y te quiero. Si tú me correspondieras con la fidelidad constante que yo merezco y que me debes... Esto sería una suerte, una felicidad, y yo no puedo tener suerte alguna ni felicidad.

—¡Qué majadero! —dijo la sobrina de Cicerón con desdén humorístico.

—Cuando pienso en esto, Andrea —prosiguió el joven, enlazando con su brazo el cuerpo de ella—, me asombro de que tal absurdo haya durado dos años sin desvanecerse, y hace tiempo estoy pensando que concluirá pronto, y que tú, como todo lo que interesa a mi corazón, te vas a desvanecer, a alejarte de mí, dejándome solo con mi desgracia.

—¡Caviloso!...

—¡Veo que no te defiendes con ardor; veo que no protestas como yo protestaría en tu caso! —exclamó Monsalud con la impertinente comezón de los celosos—. Andrea, tú meditas algo, tú me ocultas algo.

—Medito que te quiero más que a mi vida —repuso ella, cerrando los ojos y apoyando la cabeza en el hombro de Salvador, mientras le deshacía el nudo de la corbata.

—Ya sabes, querida mía —repuso él, moviendo la cabeza negativamente—, que tengo motivos para no creer en palabras de mujeres. Déjame que te diga una cosa. Yo creo que tu tío tiene razón al querer casarte; pero el pobre señor ignora que no puedes casarte sino conmigo. Eres tal para mí, que sin poseerte no comprendo la vida. Si me amas del mismo modo, demos fin a estas relaciones peligrosas. Casémonos, Cielo.

—Casémonos, Tierra —repitió maquinalmente Andrea—. Cuando quise no quisiste... Está bien. Es verdad que así no podemos seguir... Pero si le dices a mi tío que seré tu mujer, te arrojará por el balcón.

—Me arrojará por la puerta. Verdaderamente no me importa gran cosa, llevándote conmigo.

—¡Huir! —exclamó la joven con terror.

—¡Huir! —dijo Monsalud, remedándola—. Siempre eres tímida para todo lo que me favorece. ¡Huir! No te llevaré a ningún desierto... Nos quedaremos aquí.

—Tú estás loco —dijo Andrea levantándose pensativa.

—Pues entonces, hoy mismo le diré al gran Cicerón que te adoro...

—Si haces eso, si haces eso... —dijo vivamente Andrea poniéndose pálida—. Pero tú estás loco, Salvador. Mi tío te aprecia mucho, te aprecia muchísimo; pero, ¡ay!, tú no le conoces. Temo cualquier atrocidad si le dices eso.

—Pues no te comprendo. ¿Creerá tu tío que te morirás de hambre en mi casa? ¿Creerá que no vas a tener una posición decorosa?

—No... —dijo Andrea con los ojos fijos en el suelo—; pero mi tío es ambicioso... tú no sabes quién es mi tío... tiene ahora la cabeza llena de vanidades, y yo no sé... Se le figura que yo valgo mucho, que merezco la mano de reyes y emperadores... tonterías.

—Si tú le ayudas, si tú favoreces en él esas ideas, entonces todo se acabó... Yo me voy —dijo Monsalud con repentina cólera.

—Te enfadas contigo mismo —dijo Andrea mirándole con dulces ojos—. Hazme el favor de no ser terrible. Por ahora no le digas nada a mi tío. Ya veremos.

—Tu tío quiere casarte; tu tío piensa en ello, y sin duda ha formado ya su plan. Andrea, tú no quieres decirme la verdad.

—La verdad es que te quiero con toda mi vida —repitió amorosamente la indiana, repitiendo también el abrazo—. Cállate. Haz lo que te mando, y espera.

—¿Crees tú que se puede vivir mucho tiempo de esta manera, a escondidas, ideando mentiras y con absoluta ignorancia del porvenir?

—Es verdad, no se puede vivir así —repuso Andrea con tristeza.

—No puedes ocultar que te agrada este sistema de vida; que no deseas como yo una paz dichosa al lado de la persona amada. Andrea, en ti ocurre algo. Tú no eres la que eras; tú has variado mucho; en tu cabeza hay una idea nueva. Recuerdo que hace tiempo deseabas lo que yo te propongo ahora. ¿Crees que podrás engañarme muchos días? O te sacaré la verdad, o te venderás tú misma.

—¿Qué sospechas de mí?

—No lo sé —dijo Monsalud lleno de confusión—. Los que aman no sospechan poco ni mucho: lo sospechan todo de una vez. Cualquier indicio o traición. Andrea, tú no eres la misma; repito que no eres la misma.

La estrechó entre sus brazos, apretándola con una fuerza que más que frenesí de amante parecía el fatal abrazo de Otelo.

—Que me ahogas, tigre —gritó Andrea.

Y entre festivas risas le mordió el brazo. En el mismo instante, de las ropas de la joven cayó una llave, que, escurriéndose por la alfombra, brilló, al detenerse, sobre el pétalo de una flor pintada.

—¿Qué llave es ésta? —preguntó Monsalud, cuya excitación suspicaz le obligaba a fijarse en el más ligero incidente.

—Es la llave de mis secretos.

Salvador con su perspicacia sutil creyó ver en el semblante de Andrea ligerísimo indicio de contrariedad.

—¿La llave de tus secretos?

—Sí; dámela —dijo ella apresurándose a recogerla.

—Es la llave de la cajita negra. Se me ha antojado abrirla; ¿dónde está?

Andrea vaciló un instante. Pareció que meditaba y que con el pensamiento exploraba todo el interior de la cajita negra antes de entregarla a las pesquisas del receloso amante.

—Ábrela —dijo al fin—. Allí están tus cartas y tu retrato.

—¿Dónde está?

Andrea vaciló otra vez. Al fin, sacando de la cómoda una caja de finísima madera negra, la puso en manos de su cortejo.

—Si encuentras en ella cartas que no sean las tuyas, y un retrato que no sea el tuyo —dijo con gravedad—, puedes matarme. ¿Crees que no hay armas aquí? Mira esto.

Conservando la caja en la mano izquierda, metió la derecha en otro cajón de la cómoda y sacó un puñal. Era un arma preciosa, damasquinada y nielada, con puño berberisco adornado de turquesas.

—Éste era de mi padre... ya lo has visto —dijo la indiana, riendo—. Está destinado a mi esposo, para que me mate el día que le sea infiel.

Monsalud, poniendo a su lado el arma, tomó la caja y la abrió.

—Mi retrato —dijo, sacándolo.

Andrea se apoderó del medallón y lo cubrió de besos.

—Tú sí que no me riñes, tú sí que no dudas de mí —le dijo a la pintura—. Tú sí que eres bueno, y cariñoso y pacífico.

—Un paquete de cartas —dijo Salvador Monsalud—. Son las mías.

—Dámelas. Valen más que tú.

Andrea desató el paquete. Varias cartas cayeron al suelo. Al inclinarse para recogerlas se sentó en una preciosa piel de tigre que cubría en parte la alfombra. Un rayo de Sol que por la ventana entraba inundó de luz el pellejo muerto del animal y el cuerpo extraordinariamente vivo de la hermosa americana.

—Venid acá, prendas de mi corazón —exclamó, recogiendo los papeles diseminados a su lado y poniéndolos sobre su lindo pecho—. Vosotras sí que sois amables y cariñosas; vosotras no reñís ni amenazáis.

Monsalud, que en el canapé inmediato registraba la cajita, alargó la mano, mostrando a Andrea un pequeño estuche abierto.

—¿Quién te ha dado esta joya? —preguntó con calma.

En el estuche brillaba un diamante de gran tamaño. Como al extender la mano entrase en la esfera del rayo de Sol, Monsalud parecía estar enseñando una estrella.

—La he comprado yo —repuso Andrea.

—¿Tú? —manifestó Salvador en tono de amarga duda—. Ya sé que tu tío te da de un tiempo a esta parte bastante dinero para tus vanidades; pero esto es joya cara. ¿Cómo es que siendo tu costumbre consultarme hasta cuando compras una vara de cinta, no me has dicho nada de este despilfarro?

—Pensaba decírtelo hoy —repuso Andrea, soportando con heroísmo la mirada penetrante del hombre.

—Entonces lo has comprado ayer.

—Ayer, sí. ¿Eso te sorprende? Ya sabes que me gustan las joyas bonitas... Pero ¿por qué pones esa cara? ¿Qué piensas?

—Pienso que lo que me dices no será tal vez la verdad —afirmó Monsalud severamente.

—¿De modo que yo no puedo comprar un diamante?

—Pero este diamante es muy caro.

—No tanto como crees, niñito —dijo Andrea tomando la sortija y poniéndosela en el dedo—. No es muy fino. ¡Pero qué bonito!

Movía su mano al Sol, y los reflejos que partían de ella semejaban hilos de luz enredándosele en los dedos.

—¿Y este collar de perlas? —preguntó el amante, sacando de la caja una magnífica madeja de diez hilos con perlas pequeñas, pero muy iguales—. No dirás que no es fino. Entiendo algo de perlas, y éstas son de las mejores.

—Ya lo creo —dijo Andrea, sin dejar su cómodo asiento sobre la piel de tigre, entre cuyos pelos habían vuelto a desparramarse aquí y allí las amorosas cartas—. Buen dinero me ha costado.

Salvador la miró de tal modo, que la indiana no pudo permanecer en silencio. Necesitaba hablar con cháchara festiva para borrar de su rostro todo rasgo que indicando la presencia de ciertas ideas en su mente, confirmara las sospechas del hombre.

—Veo que estás muy fastidioso —dijo—. Dame acá.

Tomando vivamente el collar, se lo puso.

—¿No es verdad que es precioso? —añadió, inclinando la cabeza hasta unir la barba con la garganta y bajando todo lo posible los ojos para recrearse en la voluptuosa hermosura de su propio seno—. Sostén que no es bonito.

—¿Lo has comprado tú?

—No, que me cayó del cielo. ¿Pues cómo lo tendría si no lo hubiera comprado?...

Monsalud movió la cabeza con triste expresión.

—Vamos, que no se puede tener nada sin tu permiso... Precisamente hoy pensaba hablarte de esas magníficas compras. Mi tío me dio anteayer una gran cantidad; no sé cuánto, mucho, muchísimo dinero. Compré estas joyas a una señora viuda de un intendente... ¡Qué ojos pones! Parece que eres tonto... Sí, señor, las compré con mi dinerito. Me gustan las cosas buenas. También compré en casa del francés de los portales de Bringas una *citoyenne* preciosísima y un chal muy rico. ¿Qué tiene usted que decir a eso, señor Majaderito?

Como un pájaro que vuela, corrió a la cómoda y sacó las dos prendas mencionadas. La *citoyenne*, guarnecida de pieles de armiño, con forro de seda azul y recamada con cordonadura de oro, presentaba rico y lujoso aspecto. El chal era de color de rosa con listas blancas que brillaban como la más deslumbradora plata. Con esa rapidez de manos que acompaña siempre al instinto del bien parecer, Andrea se puso la *citoyenne*; después arrojó la *citoyenne* para ponerse el chal.

—¿Estoy bien?

—Demasiado bien —repuso Monsalud, contemplando con arrobamiento la hermosísima figura de la indiana, que volvía la cabeza ante el espejo para verse la espalda.

—Si me lo permite el señor Majaderito —dijo dirigiéndose a él con ademán ceremonioso—, usaré estas prendas que me han costado mi dinero.

Salvador no contestó. Hallábase en un estado de estupor cercano al embrutecimiento. Andrea se quitó el chal y lo envolvió rápidamente en el cuello de su amante, diciendo:

—¡Te ahorcaré!

Había puesto la rodilla en el canapé, y su cuerpo gravitaba con dulce pesadumbre sobre el pecho y los hombros de Monsalud.

—Andrea —dijo éste, rechazándola suavemente—, si mintieras, si me engañaras, si estuvieras jugando conmigo, no tendrías perdón de Dios. Quiero creer que no es así. Casi prefiero una ceguera estúpida a perder la idea que tengo de ti.

—Pues si te enfadas —declaró ella con vehemencia—, no quiero el diamante, no quiero el collar, no quiero el chal.

Quitose rápidamente las tres cosas y las arrojó lejos de sí dando al mismo tiempo con el pie a la *citoyenne* que estaba en el suelo. Las perlas chocaron contra el cristal de una lámina, y el diamante cayó detrás de la cortina de uno de los balcones, sin producir ruido alguno. Monsalud fue allá.

—Ha caído sobre un ramo de flores —dijo con asombro—. Andrea, ¿quién te ha dado este ramillete?

Señaló el objeto mencionado, que estaba en el suelo junto a los cristales del balcón, dentro de un hermoso búcaro de la Moncloa.

Andrea permaneció breve rato sin contestar.

—¿No te dije que me lo trajo mi tío esta mañana?

—Nada me has dicho. ¡Hermoso ramo! Violetas, pensamientos y rosas tempranas. ¡Qué galante es tu tío!

—¡Si creerás que me pretende por esposa!

—¿Por qué no? —dijo Salvador, tomando el ramo y aspirando su delicado aroma—. El señor Campos está todavía en buena edad.

—Pero no quiere hacer el papel de don Bartolo. Dame el ramo. Quisiera que la belleza de tantas flores estuviese en una sola para dártela, y que el olor de todas también en una sola estuviese para que, guardándola siempre, te sirviera de memoria mía.

Dicho esto con voz tierna, que sorprendió mucho a su interlocutor, sacó del ramo una rosa para ofrecerla a Monsalud .

—¿Es la primera vez que tu tío te regala flores? —dijo éste, meditabundo.

—¿No la quieres? ¿No quieres una flor que te doy? Pues toma, toma, toma.

Andrea se había sentado otra vez sobre la piel de tigre, y desbaratando el ramo, cada vez que decía *toma*, arrojaba una flor a su cortejo, apedreándole de este modo lindamente. Él se las devolvía.

Concluido esto, extendió sus brazos sobre la piel, ocultando el rostro entre ellos. Yacía dulcemente contorneada en el suelo, y en ella se enroscaba como una culebra de rosa y plata. El desorden de tal escena era encantador. Las pieles de armiño de la *citoyenne*, semejantes a copos de nieve, eran hollados por los pies de la preciosa indiana, y las ricas telas y la cordonadura de oro se revolvían entre los pliegues de sus vestidos; las flores aparecían diseminadas en distintos puntos; algunas cayeron sobre las sillas, otras sobre la misma piel de tigre; violetas y jacintos veíanse deshojados y rotos, quier sobre las mismas piernas de Monsalud, quier en los propios rizos del negro pelo de ella. Las perlas extendían diversos circuitos irregulares sobre la alfombra, y el diamante fulguraba sobre el velador como una mirada satisfecha, recreándose en aquel pintoresco y brillante desconcierto.

Uno y otro callaban. Únicamente se oía el ruido que hacía un jilguero en el balcón, escarbando su alpiste y limpiándose después el pico contra los alambres de la jaula. Monsalud, con el codo puesto en uno de los cojines de la cabecera del canapé y la barba en la mano, hallábase en el estado de atonía y silencio que anuncia miradas interiores u observación de fenómenos propios que impresionan profundamente. Andrea no chistaba. Las elegantes ondulaciones de su cuerpo yacente alterábanse un poco con los movimientos propios de la impaciencia contenida o con los de la respiración. De pronto movió la cabeza. Monsalud se estremeció todo al ver aquel movimiento que le mostró la hermosa fisonomía de la indiana y sus ojos arrasados en llanto.

—¡Andrea! —exclamó movido de sorpresa y pasión.

La indiana saltó como una ondina, y corriendo a abrazarle, secó sus lágrimas junto a él.

XIV

Cuando la criada les avisó que había peligro, Monsalud pasó a la sala. No era Doña Romualda quien venía, sino el mismísimo Campos, acompañado del marqués de Falfán de los Godos.

—¿Has esperado mucho? —preguntole Cicerón—. ¿Y Andreílla, no ha salido a acompañarte?

Salvador, contestando lo que le pareció, estrechaba fríamente la mano del señor Campos y la del marqués.

—Ya sé a lo que vienes —dijo el *sublime perfecto*—. Siempre con el tema de ese bribón de Gil de la Cuadra... Ahora quizás sea más fácil. Ya sabes que cae el Ministerio.

—¿Es positivo?

—Figúrate que hoy en la apertura de las Cortes, Su Majestad ha añadido por cuenta propia un parrafillo al discurso de la Corona, en el cual con buenas palabras pone cual no digan dueñas a sus ministros.

—Y en cuanto ha llegado a Palacio, le ha faltado tiempo para exonerarles... —dijo Falfán—. Yo me río de las singulares prácticas constitucionales de nuestro Soberano.

—Mientras no se sepa quién nos gobernará mañana —añadió Campos—, hay que dejar a un lado todos los negocios pendientes. ¡Oh!, mi buen Aristogitón, no pienses que te olvido. Aunque tú pagas con desaires y un hocico de tres varas los beneficios que se te hacen, ¡qué demonios!, me he propuesto complacerte y lo conseguiré. Encuentro muy meritorio ese interés que tomas por un pobre anciano desvalido. Hay que trabajar, hay que trabajar, granujilla, porque satisfagas tus sentimientos caritativos. Eres todo un hombre de bien...

—Gracias —repuso Salvador cavilando acerca de la nueva ingeniosidad de su amigo.

—Ya hablaremos, ya hablaremos —dijo Campos—. Ahora tenemos el marqués y yo muchas cosas en qué pensar. Y puesto que te hallamos aquí tan a punto, querido Monsalud, vamos a darte una buena noticia. ¿Se lo digo, señor marqués?

—¿Por qué no? —indicó Falfán de los Godos promulgando el gozo de su alma por medio de sonrisillas y gestos.

—El señor marqués se nos casa —dijo Campos, acariciando la espalda del exento—. Ya supondrás con quién. Con mi sobrina.

Monsalud se quedó blanco y frío. Punzada agudísima hizo estremecer de dolor su corazón. Afortunadamente, la sala estaba oscura, y la emoción del joven, que se esforzaba en disimular, no fue advertida.

—Es un proyecto improvisado, sin duda —dijo pasándose la mano por la frente para apartar la negrura que le caía sobre los ojos.

—Ya venimos pensando en esto hace algún tiempo. Pero el señor marqués no ha necesitado hacer grandes esfuerzos para cautivar a la hermosa americanilla.

—Pongamos las cosas en su verdadero lugar —dijo Falfán de los Godos haciendo alarde de buen sentido—. No soy un vejete de comedia, bien lo sabe el amigo Monsalud. Conozco la fecha de mi nacimiento y la desproporción que existe entre mi edad y la de Andrea. Por eso no he caído en la ridiculez de pretender inspirar a la niña una pasión formidable... Verdad es que no soy un mamarracho, y mis cincuenta ofrecen un aspecto tolerable... pero no; nada de pasiones exaltadas. Yo me contento, amigos míos, con haber logrado, como es evidente, inspirar a Andreíta un amor tranquilo y sesudo... pues, sesudo; un amor que a las dulzuras propias de este sentimiento reúna las sabrosas insulseces de la amistad. Me satisface, además, completamente, el saber que las primicias sentimentales del corazón de esa tierna criatura van a ser para este goloso que indudablemente no las merece.

—Eso sí, amigo Falfán —manifestó Campos—: la prenda que se lleva usted excede a todos los elogios. No es porque sea hija de mi querido hermano, ni me ciega el amor de tío que le profeso; pero la verdad por delante. Existen pocas muchachas como Andrea. Nada hay que decir de su belleza que está a la vista de todos; ¿pero y su talento, y sus virtudes, y su piedad, y su genio manso y apacible, y aquella bondad deliciosa que convida a entregarle el corazón? Un defecto tiene, y por lo mismo que está delante el que va a ser su marido, lo digo... ya hemos hablado de esto el marqués y yo; pero este defecto es de los que dejan de serlo cuando se está en posición holgada y opulenta, como la que tendrá la marquesa de Falfán de los Godos... la marquesa, sí, sí; ¿por qué no se ha de decir? He encargado hoy mismo una magnífica palangana de plata con las armas y el hermoso lema *Vallifanius Gothorum*... pues volviendo al defectillo...

—No hay que fijarse en una inclinación propia del bello sexo y que frecuentemente adorna a las que han nacido hermosas —dijo el marqués—. ¿No es verdad, querido Aristogitón?

—Seguramente. El señor Campos se refiere a la pasión del lujo y al delirio de las galas y atavíos para realzar la hermosura.

—Andrea se ocupa excesivamente de engalanar su persona —dijo Cicerón—; pero esto, que sería imperdonable en la esposa de un menestral, ¿puede vituperarse en la mujer de un prócer millonario? De ninguna manera.

—Al contrario —indicó Monsalud—, la alta posición exige un esmero constante en la persona, cultivar el lujo, favorecer las artes; con lo cual, una dama elegante da lustre a su marido y a la casa cuyo nombre lleva.

—¡Oh! Ha hablado usted acertadamente —dijo el marqués, echándose atrás y dándose golpecitos en la boca con el puño de su bastón.

—¿Pero qué hace esa chiquilla, que no viene? —exclamó con impaciencia Campos—. ¡Andrea, Andrea!

Monsalud ante la anunciada presencia de Andrea, sintió una llama en su pecho. Resolvió esperar.

—Voy a buscarla —dijo Campos—. Vaya, que nos obliga a hacer unas antesalas...

Cuando el marqués y Salvador se quedaron solos, aquél pegó la hebra como suele decirse, en la política, espetando a nuestro amigo un trozo literario que bien podría haber pasado por artículo de fondo en las graves columnas de *El Universal*, órgano entonces de la gente templada. Poca o ninguna atención ponía el angustiado joven a los atildados párrafos y discretas observaciones del marqués, que supo hacer un resumen de la famosa *coletilla* añadida por el Rey a su discurso de apertura en la solemnidad constitucional de aquel día 1.º de marzo de 1821. Emitió después varios juicios, todos muy templados y sesudos, acerca del estado general de la cosa pública, de la caída del Ministerio, del conflicto parlamentario que debía suceder al acto imprudente de la Corona; dirigió una ojeada en redondo al inmenso círculo de los sucesos y de las personas, señalando fenómenos desconsoladores, previendo desastres, anunciando terribles hundimientos y naufragios de esa viejísima *nave del Estado*, en la cual la literatura política de todos los tiempos y lugares ha hecho tantas travesías.

Como se atiende a la lluvia cuando no se piensa salir a la calle, así atendió Monsalud al chubasco verbal del marqués. Dejábale hablar. Al través de aquel nublado, el desairado amante no veía más que el cielo que había perdido. Estaba anonadado cuando regresó Campos. El semblante de éste revelaba tristeza y contrariedad.

—¿Qué hay? —le preguntó Falfán.

—Nada, que esa mocosilla se nos ha puesto mala.

—Que vayan a buscar un médico... ¡Pronto, un médico! —exclamó con agitación el exento, levantándose y dirigiendo brazo y bastón al Oriente y Occidente, como general que da órdenes en una batalla.

—No es para tanto.

—¿Puedo pasar a verla?

—Creo que sí —dijo Campos con oficiosa complacencia—. Pero ahora... Querrá dormir un rato... Puede usted pasar si gusta, al cuarto de Romualda, que acaba de llegar.

Falfán salió.

Al verse solo con Campos, sintió Monsalud, que en su pecho nacía uno de esos accesos de coraje que al varón más prudente impulsan a acciones violentas y brutales. Levantose con los dientes apretados, las manos crispadas...

Campos vio que sobre él caía una tempestad. Cruzando las manos en ademán de súplica, detuvo al joven, diciéndole:

—Monsalud, por tu honor, por tu vida, cálmate... Soy tuyo, soy todo tuyo, te pertenezco. Pídeme lo que quieras. Da conseguido lo que pretendes. Tu pariente, tu padre o lo que saldrá de la cárcel... pero no hagas escándalos, no me comprometas... por Dios y por la Virgen Santísima, no alces la voz.

Monsalud vaciló un instante, hizo un esfuerzo para dominar su cólera, y después dijo:

—¿A qué tanta farsa? Hablemos con claridad.

—Sí, con claridad —repuso Campos muy agitado—. He descubierto todo. Yo soy aquí el engañado, yo soy aquí el ofendido, porque has infamado mi casa; pero te perdono, te lo perdono todo con tal que te vayas y no vuelvas más, con tal que desaparezcas y no existas para mi sobrina... Yo tengo derecho ello; tendría derecho a quitarte hasta la vida; pero lo pasado, pasado. Vete. Ya sabes que he querido favorecerte; no te quejarás de mí. En cambio te pido que huyas, que desaparezcas, que no existas más para mi sobrina. Si quieres, te lo pediré de rodillas, y será gracioso ver a un *Valeroso príncipe del Real Secreto* de hinojos ante un triste *Caballero Kadossch*. Vete y búscame lejos de aquí para ponerme a tus órdenes. ¿Quieres que se suelte a todos los reos que hay en Madrid? Se soltarán, se soltarán con tal que no existas más para Andrea.

—¡Andrea! —exclamó Monsalud procurando traducir en expresiones de desprecio la furia de su alma—. ¡Yo la desprecio como te desprecio a ti, farsante!

Sin oír las palabras que Campos balbucía, el amante engañado salió de la casa.

XV

Monsalud se ocupó durante gran parte del día en diversos asuntos que no podía abandonar, por muy perturbado que su ánimo estuviese. Cuando fue a su casa, mucho más temprano que de costumbre, Solita con toda la inocencia de su alma, le dijo estas palabras:

—Hermano, hoy sí que te ha soltado pronto tu novia.

La muchacha se quedó muda de asombro y terror al ver que la broma no era recibida, como de costumbre, con simpatía y buen humor. El semblante de su hermano indicaba una agitación extrema, y sus labios descoloridos articulaban sílabas silenciosas.

—Déjame en paz —le dijo con bruscos modos—. No seas impertinente.

Solita temblaba como un criminal arrepentido. Su impertinencia se le representaba en la imaginación cual horrendo delito. Después de meditar breve rato, creyó que el mejor medio para lavar su falta era pronunciar algunas palabras que destruyeran el deplorable efecto de las anteriores.

—¿Te pasa algo? —preguntó con mucho interés—. ¿Estás enfermo?

Monsalud alzó la cabeza, mostrando a los atónitos ojos de Solita los suyos, llenos de extraño fuego.

—No me pasa nada. Ya hace media hora que estás plantada en la puerta —dijo el hermano en tono durísimo—. ¿Me dejarás al fin en paz? Sola, Sola, ¿por qué eres tan pesada?

Esta represión era demasiado fuerte para el alma asustadiza de la hija del realista. Sintió una congoja que le desgarraba el corazón, y casi, casi estuvo dispuesta a arrojarse de rodillas delante de su hermano, pidiéndole que la perdonase. Pero el temor de enojarle más la contuvo. Tal era su sobresalto, que hasta temía molestarle con el ruido de sus pasos al retirarse. Hubiera deseado poder huir sin moverse, sin correr, sin andar, desapareciendo como una sombra o apagándose como una luz.

—Te he dicho que no necesito nada —repitió Salvador, deteniéndose ante ella, después de dar varios pasos por la habitación.

Un instante después Monsalud se hallaba solo consigo mismo. Midió la pieza de largo a largo varias veces con agitado paseo; sentose luego, y apoyando los codos en la mesa, puso la cabeza entre las manos, como si necesitara aquélla de estos dos puntales para no caerse del busto. Al cabo de un rato de dolorosa meditación sobre su desaire, la voluntad, o mejor dicho, la misteriosa fuerza reparadora que en el orden físico poseemos, empezó a trabajar dentro de él. Trataba de consolarse, imaginando razones positivistas que atenuaran el desconsuelo total de su alma, curando además la profunda herida abierta en su amor propio. Pero en estos casos de sensibilidad hondamente excitada, las razones positivistas, por ingeniosas que sean y aunque emanen de la dialéctica más segura, son como los medicamentos que el criterio vulgar llama paños calientes, que o no hacen nada o exacerban el mal.

El dolorido razonaba admirablemente, y mientras mejor razonaba, argumentando contra su propio dolor, más crecía éste, con más fuerza hincaba su agudo diente, más avivaba sus inextinguibles ascuas. Una lógica incontrovertible demostraba que habría sido gran error contraer matrimonio con Andrea: en el carácter de la americana había un germen maléfico cuyas consecuencias érale fácil prever a la razón fría.

Pero armas tan sutiles no eran poderosas contra la sensibilidad inflamada. Calmada ésta, consideraba Monsalud con elevación el mal que padecía, generalizando sus desgracias y sometiendo todas las ocurrencias desdichadas de su vida a una ley fatal, que presidía sus tristes destinos, como las estrellas de la antigua nigromancia.

—Otra equivocación —decía—, otra caída, otro desengaño. Todo aquello en que pongo los ojos se vuelve negro. Si mi corazón se apasiona por algo, persona o idea, la persona se corrompe y la idea se envilece. Conspiro, y todo sale mal. Deseo la guerra, y hay paz. Deseo la paz, y hay guerra. Trabajo por la libertad, y mis manos contribuyen a modelar este horrible monstruo. Quiero ser como los demás, y no puedo. En todas partes soy una excepción. Otros viven y son amados; yo no vivo ni soy amado, ni hallo fuente alguna donde saciar la sed que me devora. ¿Amigos? Ninguno me satisface. ¿Artes? Las siento en mí; pero no tengo educación para practicarlas. ¿Amor? Siempre que me acerco a él y lo toco, me quemo. ¿Religión? Los volterianos me la han quitado, sin ponerme en su lugar más que ideas vagas... Dios mío, ¿por qué estoy yo tan lleno y todo tan vacío en derredor de mí? ¿En dónde arrojaré este gran peso que llevo encima y dentro de mi alma? Voy tocando a todas las puertas, y en todas me dicen: «Aquí no es, hermano; siga usted adelante.» Voy siempre adelante. Algún ser existe, sin duda, que está sentado junto a su casa, esperándome con ansiedad; pero yo paso y vuelvo a pasar, subo y bajo, entro y salgo con mi carga a cuestas, y no doy jamás con la puerta de mi semejante. Voy aburrido y desesperado, ando sin cesar. «¿Será aquél?», me pregunto. Creo haber acertado, y una brutal mano me lanza al camino diciendo: «Sigue adelante, que aquí no es...» «Aquí no es, aquí no es, aquí no es.» En toda mi vida no oiré sino estas desesperantes palabras. «Aquí no es», me dijo Jenara. «Aquí no es», me dijo el partido jurado. «Aquí no es», me dijo la emigración. «Aquí no es», me dijo la patria. «Aquí no es», me dijeron las logias del año 19. «Aquí no es», me han dicho los liberales de ahora. «Aquí no es», me acaba de decir Andrea. No es en ninguna parte, y yo moriré de cansancio y fastidio en medio del camino. ¡Maldita sea la hora en que nací! Hijo soy del crimen, y la expiación de él tomó carne y vida en mi persona miserable... ¿Por qué soy tan distinto de los demás, que en ninguna parte encajo? ¿Por qué ningún hueco social cuadra a mi forma? Mejor es desbaratarse y morir, ¡Dios mío!, que estar siempre de más...

Al concluir esta serie de razonamientos, que brotaban en su cerebro como chispas de un hierro candente herido en la fragua por el martillo, dio repetidos golpes con la frente en la dura tabla de la mesa.

¡Pobre hombre! La verdad es que teniendo los medios vulgares para ser feliz, no podía serlo, sin duda por repugnar a su naturaleza los vulgares medios. Pero se equivocaba al echar la culpa de sus contrariedades al destino, a las estrellas, a una crueldad sistemática de la Providencia, como es frecuente en los que razonan poco; las causas de su constante desaliento y de sus caídas teníalas dentro de sí mismo, y se atormentaba constantemente en virtud de una poderosa fuerza crítica, compañera de todos sus actos. Sin quererlo, su mente le presentaba con claridad suma todas las abominaciones y fealdades de hombres y de la vida, exagerándolas quizás, pero sin perder ninguna. Por eso, cuando el natural orden de compensaciones que preside a la existencia le conducía a una situación lisonjera y optimista, el amor, por ejemplo, se abrazaba a ella con la desesperación del náufrago; y despertando todas las fuerzas de su ser, las dirigía al caro objeto; se apasionaba y exaltaba tanto, como si toda la vida debiera condensarse en una semana y el universo entero en las sensaciones y los espectáculos de un día. Cuando el desengaño llegaba, natural invierno que con orden incontrovertible sigue al verano de la pasión y del entusiasmo, le sorprendía a tanta altura que sus caídas eran desastrosas. Otros caen de una silla y apenas se hacen daño. Él, que siempre se encaramaba a las más altas torres, quedaba como muerto.

Otra causa le hacía infeliz, la desproporción inmensa entre sus condiciones sociales o de nacimiento y la superioridad ingénita de su inteligencia y de su fantasía. La fantasía le incitaba a todas horas con vivaces estímulos: era como un aguijón constante que intentara hacer correr a quien carece de pies. Considerad una inspiración ardiente sin medios de manifestarse, semejante a la curiosidad óptica del ciego; una inspiración que daba el fuego sin combustible, el agua sin vaso, la idea sin la palabra, sin la línea, sin la nota; considerad un alto ingenio que no sabe más que leer y escribir en una época en que el arte tiene que ser letrado porque han desaparecido los bardos y los trovadores de camino, y comprenderéis cómo pesa sobre un alma la fantasía cuando la falta de educación la ha privado de sus sentidos propios. Es verbo inencarnado que lucha en las tinieblas con horrendo torbellino, queriendo ser forma y sin satisfacer jamás su anhelo doloroso.

Salvador tenía pasión por la música. Al establecerse en Madrid el año 18 creía en su candor (pues su alma era en el fondo excesivamente candorosa), que aquel arte estaba al alcance de todo el mundo. Ignoraba las inmensas dificultades técnicas, jamás vencidas después de la infancia, que caracterizan el arte más amable y más profundamente patético en la vaguedad soñadora de su expresión. Con estas ideas, Monsalud compró un piano. Creía que en el clave todo es, como vulgarmente se dice, coser y cantar. El desengaño vino al instante, y el pobre joven se encorvaba con desesperación sobre el ingrato instrumento, y sus dedos de hierro herían las teclas sin poder hacerles hablar más que un lenguaje discorde y estrepitoso. Al mismo tiempo trataba de explorar el mundo de aritmética y de armonía comprendido en las cinco rayas de la cábala musical, y su mente caía rendida ante un trabajo que exige paciencia sinfín y árida práctica. Un día le sobrevino un arranque de ira durante los estudios musicales, que asemejaban su casa a un conservatorio de locos, y tomando un martillo, dijo a las teclas:

—¿No queréis responderme? Pues tocad ahora.

Y las despedazó. La caja no tuvo mejor suerte, y una vez vacía, la llenó de legajos. El clave sufrió la suerte de los hombres que a cierta edad se vacían de ilusiones y se llenan de positivismo.

La poesía escrita le cautivaba sobremanera. También se le antojó ser poeta escrito, lo cual es muy distinto de poeta sentido; pero tropezó con el inconveniente de no saber de nada, grave contrariedad que estorba mucho, aunque no tanto como al músico la ignorancia técnica de su arte. El poeta puede salir de su atolladero con libros, y en aquel tiempo, aunque pocos, había libros. Lo que principalmente faltaba era espíritu literario, que es la atmósfera del artista; faltaban público y amigos tocados de la misma debilidad versificante, porque cuanto respiraba, respiraba entonces con los pulmones de la política. Salvador creyó, sin embargo, que en sí mismo encontraría todo lo necesario, es decir, poeta, espíritu poético, público y hasta el aplauso, que también es musa. Compró libros, empezó a desflorar aquí y allí; pero ¡ay! a las primeras tentativas vio que le faltaba una musa imprescindible, una musa sin cuya condescendencia no es posible hacer absolutamente nada: le faltaba tiempo. No sabemos lo que habrían hecho Homero y el Dante con su inmensa inspiración si no hubieran podido consagrar a los versos ni aun medio minuto; si hubieran tenido que ganarse la vida trabajando dieciséis horas en áridas cuentas y fatigosos menesteres; si la obligación sagrada de mantener a su madre les hubiera quitado toda ocasión de renunciar al trabajo lucrativo para emprender la gloriosa, agitada y vagabunda vida de la imaginación.

Un día Salvador se sintió muy malhumorado. Cogió los poetas, y acordándose de Felipe II, les trató como a herejes.

Aún le quedaba un respiradero, un escape, una vía libre, aunque muy estrecha, para salirse a sí mismo y quebrantar la ley de concentración y encierro que le estaba emparedando el alma, digámoslo así; le quedaba el periodismo, y entonces había una prensa no despreciable, donde la juventud podía hacer sus juegos. *El Espectador* y *El Universal*, que hoy nos hacen reír, eran órganos hasta cierto punto afinados y sonoros. Salvador no dejó de hacer la prueba; pero bien pronto aquel displicente espíritu crítico de que antes hablamos le hizo aborrecibles las redacciones, como le hizo aborrecibles más tarde las logias, los clubs y la política.

Mas de repente descendió para él de ignorado cielo la hermosa figura de Andrea. Entonces las artes todas, que antes no habían tenido nota ni palabra, se realizaron. Andrea era la música, la poesía, la pintura, la estatuaria, hasta la arquitectura y la danza; era también, si se quiere, el periodismo, la gran política, la vida toda en fin. El arte tiene distintos caminos para satisfacer el alma: unas veces va por el camino de los lienzos y de las notas; otras por los derrumbaderos de la pasión, entre tormentos y goces infinitos. Como quien lo tiene todo, como quien recoge a manos llenas abundantes frutos y flores en todas las ramas del gran árbol del espíritu, Salvador estaba satisfecho: las teclas habían respondido, y sin notas ni versos, poesía y música habían saciado su sediento afán.

Corrieron días felices. Él, sin embargo, se proporcionaba el placer de atormentarse pensando en la probabilidad de perder a su amada; y su cavilación, despertando otros recuerdos y estableciendo los términos sistemáticos de su desgracia, llegó a darle la seguridad completa de un conflicto. El alma se defendía rabiosamente contra aquella alevosa guerra de distingos y sutilezas. Por adorar, hasta adoraba los defectos de Andrea, mejor dicho, veía en ellos gracias nuevas y donaires desconocidos, por cuyo motivo, en el momento de la catástrofe, le hemos visto rechazando las razones positivistas con que el pérfido *intellectus* trataba de arrancarle su hermoso sueño. Andrea era para él la totalidad de las satisfacciones humanas y el ideal de la vida. La amaba en globo, con sus defectos, conociéndolos y aceptándolos como se aceptan sin la más leve protesta de los ojos las manchas del Sol. Ni por un momento pensó en apartarse de ella por causa de tales lunares, accidentes encantadores que se confundían con las perfecciones, sin que el ciego amor pudiera decir dónde acababa Dios y empezaba Satán. El egoísmo estupendo del amor ahogaba entonces en Monsalud la potencia crítica que en él hemos reconocido. Para que uno y otro se separaran era preciso, pues, que mediase una gran violencia o una traición de ella. Ésta vino, como hemos visto, y el pobre hombre, dolorido y desesperado por la conmoción de la caída, meditaba en la noche que siguió al día del desengaño, buscando una especie de recreo en su propia pena, y golpeaba en la tabla del bufete con su cabeza, cual si ésta fuera un caldero lleno de absurdos, que merecía ser roto y desocupado.

Entre tanto, Solita, llena de consternación por lo que había visto y oído, se retiró. No se apartaba de su mente la idea de que Salvador sufría algún mal muy grande. ¿Cómo consolarle, cómo aliviarle al menos? Por último, cavilando durante largo rato, sus ideas variaron.

—Ya adivino lo que es —dijo—. Salvador está triste y enojado porque tiene malas noticias de la causa de mi padre.

Al instante corrió en busca de Doña Fermina. Manifestole lo que había pasado, y las dos deliberaron si debían esperar a que él revelase la causa de su malestar o interpelarle desde luego sin miedo.

—Esperemos —dijo la madre—. Si da en callar, no le sacaremos una palabra.

No había concluido de decirlo, cuando sintieron la voz de Monsalud.

—¡Madre, madre!... ¡Soledad!

Corrieron allá.

—Madre... Soledad... —repitió Salvador viéndolas entrar—. Aquí no tiene uno quien le acompañe... le dejan a uno morirse de tristeza. Ni siquiera vienen a preguntar si se me ofrece algo.

El semblante del joven expresaba una reacción viva en sentido consolador. En lo más extremado de su pena, sintió que ésta se agrandaba con el aislamiento, y un poderoso instinto de restauración le impulsaba a rodearse de personas queridas.

—Hijo, si estamos aquí... Sola me ha dicho que la has despedido con dos piedras en la mano —dijo Doña Fermina.

—Ha sido una broma —indicó Monsalud, sintiendo remordimiento por haber tratado mal a su protegida—. Solilla, siéntate aquí y trabaja en mi cuarto. Necesito que me acompañes.

—¿Tienes que decirnos algo desfavorable del pobre don Urbano?

—Nada, nada; todo lo contrario. Espero sacarle pronto de la cárcel. Hoy precisamente han variado las cosas.

Solita miró con expresión de incredulidad a su hermano.

—¿No lo crees?... Pronto verás que no te engaño... Una circunstancia imprevista lo arreglará todo. ¿Estás enfadada conmigo porque te dije impertinente?

—¡Qué tonto eres! —respondió la de Gil de la Cuadra, toda ruborosa y turbada—. Nada de lo que tú hagas o digas me puede enfadar. ¿Qué importa una palabra de más o de menos? Bien sé que eres muy bueno para mí.

—Gracias, hijita. Haces bien en tener esa confianza en el hombre que va a ser...

—¿Qué?

—Padrino de tus muñecos. Tengo ganas de ser padrino de algo. Sin embargo, más vale que no sea yo padrino de ellos.

—¿Por qué?

—Porque se morirían.

—¿Pero es verdad que no nos engañas? ¿Hay esperanzas de que el señor don Urbano?... —volvió a preguntar Doña Fermina.

—Sí; tengo mucha esperanza de lograr mi objetivo. ¡De qué caminos tan extraños se vale la Providencia!

—¿Pero es cierto, es verdad lo que dices? —exclamó Sola derramando lágrimas de ternura—. ¡Mi padre libre!

—El corazón —dijo Doña Fermina— me ha estado diciendo todo el día que se nos preparaba un acontecimiento feliz.

—Y yo —añadió Solita con emoción profunda—, también he tenido hoy unas corazonadas... Anoche soñé que me asomaba al balcón y que veía a mi padre entrando en la calle. El pobrecito me saludaba con la mano, dándose tanta prisa a entrar y subir la escalera, que tropezaba a cada momento.

—Es particular —dijo la madre—. Yo también soñé anoche una cosa parecida.

—Es particular —dijo Monsalud—. Sin duda es ésta la casa del sueño. Hace poco me quedé aletargado y soñé...

—¿Que mi padre estaba libre?

—Sí; pero mira de qué modo tan extraño. Yo me dirigía por la calle de la Cabeza a la cárcel de la Corona. Llegué a la puerta y me salió al encuentro, ¿quién creerás que me salió al encuentro?

—¿Un centinela?

—¿Un carcelero?

—Un perro.

—Lo mismo da.

—Un perro, no de tres cabezas, como el del Infierno, sino de una sola; pero tan horrible, que su vista me hacía temblar de sobresalto y pavor. Sus ojos despedían fuego, y su espantosa boca, llena de cuajarones de sangre, se abría hasta las orejas dejando ver feroces dientes agudísimos y una lengua que vibraba como hoja de metal. Era la bestia más repugnante y fea que imaginarse puede. Pero lo más raro era que aquel horrendo animal hablaba.

—¿Hablaba?...

—Yo le dije que iba a buscar a un infeliz encerrado en la cárcel. El perro fijó en mí sus ojos de fuego, cuya claridad me llegaba al alma, estremeciéndome todo.

Las dos mujeres se estremecían también, y los ojos de Solita no estaban menos espantados que si tuvieran enfrente al temible can.

—El perro dio un gruñido —continuó Monsalud—, y con su voz, que resonaba como si saliera de honda caverna, me dijo: «Está bien, amigo mío...»

—¡Amigo mío!... Pues no dejaba de ser cortés.

—Está bien, amigo mío —me dijo—; puedes llevarte al preso con una condición. Ya sabes que yo me alimento de corazones. Dame el tuyo, y hemos concluido.

—¿Y se lo diste?... pero hombre... pero hijo... —gritó Doña Fermina con impaciencia.

—Me clavé las uñas en el pecho, apreté fuertemente, metí la mano...

—¡Jesús! —exclamó Solita, apartando el rostro.

—Metí la mano, me saqué el corazón y se lo arrojé a la bestia, que con su feroz boca lo cogió en el aire. Entré, y cuando salía, sacando al señor Gil, vi que el perro mascullaba el pedazo de carne, saciándose en él. ¡Ay, cuánto me dolía!

XVI

Salvador se inquietaba bien poco de un acontecimiento que por aquellos días, los primeros de marzo, agitaba hondamente el mar de la política, produciendo borrascas, zozobras y naufragios. ¿Necesitaremos recordarlo, a pesar de haber hablado de él, por cierto con mucha discreción, el marqués de Falfán de los Godos? Olvidando las prácticas constitucionales o haciéndose el tonto, que es la opinión más autorizada, añadió el Rey al discurso de la Corona un parrafillo de su invención, en el cual se quejaba de los insultos que diariamente recibía, y acusaba con este motivo a los ministros y a las autoridades de Madrid. Alborotose el Congreso, alborotáronse más los clubs, los ministros estaban con medio palmo de boca abierta, sin saber lo que les pasaba, y mientras el Rey les destituía arrebatadamente, dábales el Congreso un voto de confianza y una pensioncita de sesenta mil reales; admirable almohada para reclinar la gloriosa cabeza después de una caída.

Su Majestad, firme en el propósito de hacerse el tonto (y quien crea otra cosa no sabe hasta dónde llegaba la malicia del astuto Rey neto), pidió consejo a las Cortes para la formación del nuevo Ministerio, inaudita aberración constitucional, pues el Gabinete caído tenía mayoría. Los diputados contestaron al mensaje del Rey con un refunfuño de desconfianza, achacaron a la *mano oculta* los insultos consabidos, y negáronse a proponer los nuevos— ministros, dando a entender al Soberano que el Ministerio Argüelles era el mejor de los ministerios posibles. Fernando consultó entonces al Consejo de Estado, y de esta consulta salió el Ministerio del 4 de marzo.

Era natural que el nuevo Gabinete no gustase a nadie. Los tibios le tenían por exaltado, y los exaltados por tibio. Procedente, como el anterior, de la mayoría, el Gabinete Valdemoro-Feliú, representaba las mismas ideas, la propia indecisión, idéntica dependencia de manejos secretos; representaba también la debilidad frente a los alborotadores, las pedradas al coche del Rey, la tolerancia de las grandes conspiraciones y la persecución sañuda de las pequeñas. De entonces data, si no estamos equivocados, la célebre frase de los mismos perros con distintos collares. Más adelante, cuando Feliú pasó de Ultramar a Gobernación, el Gabinete se enderezó como una planta cuya savia se regenera, y supo desplegar contra los alborotadores y los clubs una energía que hasta entonces no se había visto en el Gobierno después de la revolución.

Tal era la situación política a principios de marzo. En el Gobierno, debilidad; en el Congreso, confusión; en Palacio, solapadas intrigas, cuyas resultas se verán más adelante. El pueblo, desbordado y sin reconocer ley ni freno alguno, expresaba su voluntad ruidosa y groseramente en los clubs. A fuerza de oír hablar de su soberanía, empezaba a creer que consistía ésta en el uso constante de la iniciativa revolucionaria y en el ejercicio atropellado de la sanción popular en asonadas, violencias y atrocidades sin cuento. Romero Alpuente, un vejete furibundo a quien después conoceremos, había dicho que la *guerra civil era un don del Cielo*. Istúriz, joven y exaltado, había dicho que la palabra *Rey era anticonstitucional*. Moreno Guerra, había dicho que el *pueblo tiene derecho a hacerse justicia y vengarse a sí propio*. Golfín, que la anarquía purgaba a la tierra de tiranos. Otro llamaba al Trono *cadalso de la libertad*.

Entre tanto las sociedades secretas estaban desconcertadas; porque si bien el nuevo Ministerio saliera de ellas como el anterior, no había gran seguridad de que se dejase gobernar por los *Valerosos príncipes*.

—Estamos —decía Campos—, en la situación más oscura que puede imaginarse. Yo no he tenido nunca a Feliú por muy afecto a nuestro Orden, y temo mucho que se nos vuelva en contra. Sin embargo, anoche nos ha echado un discursejo con muchos ofrecimientos y palabrotas; pero no me fío, no me fío.

Esto lo decía el gran Cicerón sentado junto a una mesa del café de *La Fontana*, teniendo enfrente a Salvador Monsalud, que entre sorbo y sorbo de café leía *El Espectador*. Cómo se habían juntado después de su violenta separación, cómo habían ido allí, apareciendo amistosamente reconciliados merced a un par de tazas y otras tantas copas, es cosa que se explica fácilmente. Campos fue a casa de Monsalud una mañana, anunciándole que tenía que hablar de asuntos igualmente graves para los dos, y aunque el joven le recibió con los peores y más ásperos modos, como Cicerón no se daba por ofendido y era hombre que respondía con risas a las palabras duras, bien pronto uno y otro, a pesar de su desacuerdo, hallaron un término común de reconciliación pasajera. Campos convidó a Aristogitón a pasar un par de horas en *La Fontana*, y una vez allí sentáronse en el más apartado y oscuro rincón del local, tras la tribuna y no lejos del mostrador. Casi estaban solos, porque en tal hora el célebre club de los amigos del orden descansaba de sus fatigas.

—Pero a pesar de todo, nosotros no hemos perdido nada todavía —añadió Campos—, y yo quiero ver quién es el guapo que se atreve a dar un golpe a las sociedades secretas, autoras no solo de la revolución de España, sino de las de Portugal y Nápoles. Este poder inmenso no se pierde por una veleidad ministerial... Conque, amado Aristogitón, yo planteo nuestra cuestión en los mismos términos en que la planteé en mi casa hace ocho días, cuando te pusiste como un basilisco, y aun creo que intentaste pegar a tu maestro... Pero, hombre de Dios, ¿no me haces caso de lo que te digo? Mientras hablo, tú lees.

—Oigo perfectamente —dijo Monsalud, dejando el periódico y tomando la taza—. La cuestión planteada en los mismos términos de aquel día...

—Cuando me quisiste pegar —repitió Campos con burla—. Después me estuve riendo de ti dos horas. Si yo fuera un hombre terrible, te hubiera echado por el balcón; estaba en mi derecho.

—No lo niego. Si yo hubiera sido un hombre imprudente, le hubiera roto a usted la cabeza; también estaba en mi derecho por haber sido engañado. Usted intentó comprarme con viles ofertas de destinos y menudencias.

—Y ahora te compro por el precio que tú te has puesto: por la concesión de una gracia a que das suma importancia. La cosa en sí es la misma: no varía más que el precio y la clase de moneda. Tú me dejas en paz a mi sobrina...

—Y usted me pone en la calle a un pobre preso que será ahorcado si las cosas siguen por el camino que llevan.

—Perfectamente. Trato clarísimo y que no da lugar a engaños ni malas interpretaciones. *Do ut des.*

Campos como hombre que ve adelantar satisfactoriamente una negociación de importancia, respiró con fuerza, embaulando después media taza. Robespierre[2] subió a sus rodillas. Uno y otro se acariciaron.

---

2   Un gato. Véase *La Fontana de Oro.* (N. del A.)

—No debieras extrañar —añadió—, que yo quisiera favorecerte con un buen destino y aun alejarte. A mí me gusta hacer las cosas con delicadeza. De este modo se llega al objeto sin ofender a nadie, sin ruido y sin dimes ni diretes. Creí que tú, hombre listo, me entenderías después del primer avance, y tomando lo que te daba, te dispondrías a callar y obedecer, dejándome el campo libre. Pero no entendiste. Tienes un candor honradillo que exige se te digan las cosas claras, y en verdad, a mí me repugnaba hablarte con claridad en asunto tan espinoso.

—Algo creí entender; pero como no contaba con la traición de Andrea, no pasé de sospechas vagas.

—¡La traición! —dijo Campos con gravedad irónica—. Pero hombre... ¡qué palabrotas se estilan ahora! Di más bien que mi sobrina comprendió lo que sacaba del noviazgo contigo. Por mi parte, de algún tiempo acá me desvelo porque disfrute una posición tónica y como corresponde a sus méritos. Es tiempo ya de que tenga un padre vigilante y cariñoso. Te confieso, amigo Aristogitón, que cuando sospeché tus niñadas con ella, y mas aún, cuando las sospechas se trocaron en certidumbre... ¡ay! sentía impulsos de despedazarte. Pero meditando bien, resolví tener mucha calma, abordar la cuestión con astucia, evitar un escándalo que pudiera turbar la paz espiritual del buen Falfán de los Godos. De esta manera todos quedan contentos. No creas que me ha costado poco cautivar a Andrella. La pícara se nos escapaba como una mariposa cuando creíamos tenerla segura; pero conquistado tú, que eres el Montjuich, la rendición de la ciudadela es inevitable... ¿Te das por conquistado?

—Me doy por conquistado.

—¿Renuncias por completo y en absoluto a ella? ¿Huirás de su trato y de su vista, y en caso de que la casualidad te la ponga delante, harás con ella como si nunca la hubieras conocido?

—Lo haré.

—¿La despreciarás, la arrojarás de tu lado, le harás ver de una manera indudable que tú y ella sois como el agua y el fuego, que no se pueden juntar?

—Como el agua y el fuego.

—Y si la tempestad arrecia, ¿serás capaz hasta de hacerla creer que estás enamorado de otra?

—También.

—Vamos, eres un hombre. Tus declaraciones merecen una salva. Echemos pólvora fulminante en el cañón y disparemos.

Los masones llamaban pólvora fulminante al ron. El cañón y la salva ya sabemos lo que eran.

—¡Fuego! —dijo Monsalud, llevando la copa a sus labios.

—¡Fuego! —repitió Campos.

Los del Arte Real, en sus tenidas de banquetes, pronunciaban esta voz de mando para indicar los brindis.

—¿Pero a qué vienen tantas exigencias, que parecen pruebas masónicas —dijo Salvador—, si Andrea no necesita de mis desdenes para obedecerle a usted? ¿No ha dado su consentimiento?

—¡Ah!, ¡ah!... Fíate de consentimientos. Dicen que la palabra veleidad es femenina en todas las lenguas. Prueba de que todas las mujeres son veleidosas. Es verdad que Andrea, a fuerza de ruegos, de razones, de regalos, de mimos, de promesas, me prometió ser marquesa... ¡marquesa, ya ves qué pedrada!... y la muy tonta... Por algo se ha dicho que *entre el sí y el no de una mujer no se puede poner la cabeza de un alfiler*.

—Ella apetece más. La ambición, una vez desarrollada, no se satisface fácilmente. Creerá que Falfán de los Godos no es bastante rico.

—Si es millonario. No va por ahí la corriente —dijo Campos con desaliento—. Es que Andrea vuelve los ojos a este tunante y se arrepiente, se arrepiente la muy pícara de la promesa que me dio. Desde el otro día... Pero yo quisiera saber qué tienes tú para trastornar de este modo un cerebro, que después de todo es un cerebro de la raza de Campos, fecunda en gente sesuda.

—Andrea tiene conciencia; no es una muchacha corrompida —afirmó Monsalud, disimulando el interés que aquella parte de la conversación le producía.

—¡Qué conciencia ni conciencia!... Resabios tontos de su enamoramiento infantil. Yo sé que eso desaparecerá; pero por de pronto me tiene inquieto. Desde aquel día que tú y yo estuvimos a punto de machacarnos las liendres, no sabes cómo se ha puesto esa muñeca. Está loca, rematadamente loca, y anoche tuve que encerrarla, porque quería salir.

—¿Salir?

—A buscarte; y se nos escapará, porque la niña es sutil. Por eso quiero estar seguro de ti. Querido Aristogitón, si tú no me ayudas, todo se pierde. No puedes tener idea de cómo está esa criatura. En mi casa no se oyen más que suspiros, y con las lágrimas que unos ojitos negros han derramado estos días se podía haber hecho otro estanque del Retiro. Sorprendila ayer desenvainando el puñal que conserva como recuerdo de su padre. ¡Ay! qué susto. Te aseguro que si no llego a tiempo, tenemos en casa una degollina, un suicidio, una de esas gracias que mi sobrina ha leído en las historias de griegos y romanos, y que ahora las novelas sentimentales tratan de poner en moda. ¿Has leído el *Werther*? Es un Dido macho que se mata por amor.

Salvador estaba pálido y no acertaba a decir nada.

—Por esta causa he querido prevenirte, asegurarme de tu formal renuncia, que espero cumplirás con honradez. Es posible que recibas alguna esquelita, aunque la hemos privado de tinta y papel; es también muy probable que la mariposa tienda sus alas y se eche a volar poéticamente por las calles de Madrid, y te busque y te encuentre... Veo que suspiras... Mira, no vengas tú también con suspiros. En una mujer, pase; pero un hombre es un hombre, Salvador, y, sobre todo, un hombre que tiene a su padre en la cárcel a punto de ser ahorcado, debe tener corazón de bronce, portarse caballerosamente y cumplir su palabra.

—Yo la cumpliré —murmuró Salvador.

—Bueno, señor *Caballero Kadossch*. ¿Tú repites las ofertas que hace poco me has hecho?

—Las repito.

—¿Acabaste para mi sobrina? —preguntó Cicerón en un tono que indicaba la idea de las resoluciones categóricas.

—Acabé —respondió Salvador en el propio tono del suicida que dice adiós a la vida.

—¿De modo que no harás caso de esquelitas, ni de recados, ni de visitas?

—No.

Se frotó los ojos con la mano derecha, cual si quisiera reducírselos a polvo.

En aquel momento arrojaba su corazón al perro.

XVII

—Pues lo pasado, pasado —dijo Campos—. Amigos otra vez. Olvidemos las ofensas que mutuamente nos hayamos hecho.

—*Pasemos la trulla.*

Trulla era la cuchara de albañil, y la idea de *pasarla* indicaba olvidar y perdonar las injurias, idea que bien podía expresarse hablando como la gente.

—Ahora me toca a mí —dijo Salvador.

—Ahora te toca a ti —añadió Campos sacando dos cigarros habanos y ofreciendo uno a su amigo—. Ahí va esa *pólvora del Líbano*. Fumemos.

—¿Usted me promete que Gil de la Cuadra no será condenado a muerte?

—Eso no.

—¿Usted me promete que se sobreseerá su causa?

—Tampoco.

—Entonces...

—Lo que prometo es que tu padre, tu tío, tu pariente o lo que sea, saldrá de la cárcel.

—¿Cómo?

—Escapándose de ella, lo cual no es fácil, pero sí posible, sobre todo si tú y yo nos proponemos hacerlo. No hay que pensar en que el Gobierno suelte la presa absolutista que tiene entre las garras. Es preciso ofrecer un par de víctimas al pueblo, y como no se le puede dar un león, se le da un conejo. Ya sabes que el cura Merino ha aparecido en Castilla; el *Abuelo* ha levantado también una partida cerca de Aranjuez y Aizquíbil recorre con su gente el país de Álava. El *Pastor* entra también en campaña, y a varios de su partida que han sido pescados, se les encontraron muchos ochentines de los que acuñó el Gobierno hace poco. Estos ochentines se dieron todos a la Casa Real, de modo que no hay duda alguna respecto a la mano que está moviendo esta vil máquina de las partidas.

—El Rey.

—Sí, y cuando los ministros le hicieron notar la coincidencia, respondió tranquilamente: «Es muy extraño eso», y no dijo más. La Corte trabaja con desesperación por encender la guerra civil, y los curas y los guerrilleros, amparados por ella y por las juntas extranjeras, harán un esfuerzo terrible para restablecer el absolutismo. Nos aguarda un porvenir de rosas. Ya sabes lo que significan en nuestro amado país estas dos fuerzas: *curas, guerrilleros*.

—No tengo ilusiones en ese particular. La estupidez de los liberales, su corrupción y falta de sentido, anuncian a voces que volverá el absolutismo.

—Pues bien; cuando por todas partes no se ven mas que peligros; cuando el Gobierno se mira amenazado y provocado por los absolutistas, ¿no es natural que si logra poner la mano encima de alguno, apriete firme hasta ahogarle?

—Es natural. Los pobres gazapos que se han dejado coger, pagarán las culpas de los lobos y de la Corte que los azuza.

—Evidentísimo. Por consiguiente, amigo Monsalud, no hay que pensar en que el Gobierno perdone a ninguno de los que hoy están presos por conspiraciones realistas.

—Serán condenados...

—A muerte. El juez, señor Arias, confiesa privadamente que no halla motivo para tanto; pero la presión popular y la necesidad de hacer un escarmiento, la conveniencia de amedrentar a la Corte, levantará el cadalso. Aquí tienes la libertad en tales trances que no puede pasarse sin el verdugo.

—¿De modo que no hay que soñar con un sobreseimiento?

—Locura. Vinuesa no se escapa de la horca. Los demás serán condenados a presidio... Puesto que no podemos evitar la sentencia, tratemos ahora de salvar a tu hombre. Yo estoy tan comprometido a ello moralmente como tú. Planteemos la cuestión. Primer punto. Todo el personal de la cárcel está en poder de gentuza comunera o milicianos nacionales de los más majaderos.

—Lo sé, y he resuelto hacerme comunero.

—Admirable idea —dijo Campos en tono de lisonja—. Y si procuras retener en la memoria todos los disparates y gansadas de los hijos de Padilla para contármelos, tu idea será sublime.

—Yo iré allá tan solo con el fin de contraer amistades que me sirvan para nuestro objeto.

—Excelente plan. En tanto el Grande Oriente se encarga de hacer en el personal de cárceles alguna variación.

—Cosa facilísima.

—No tanto, joven, no tanto. Tú no sabes cuánto se ha alambicado ya en la cuestión de destinos. No se puede estar trasegando la gente todos los días. Lo peor de todo es que hacemos una variación, y al punto nos conquistan los comuneros el nuevo personal. Se varía otra vez, y la defección se repite. Hacemos tercera hornada; pero llega un momento en que no se puede más, porque se acaban los carniceros, panaderos y pasteleros que quieren ser funcionarios públicos en las porterías de los ministerios, en cárceles, en correos... Por este camino va a desaparecer en Madrid toda la clase menestral.

—Pero los cambios traen numerosas cesantías.

—Pero los cesantes, esos insignes patricios desairados, no quieren volver a las panaderías, carnicerías y molinos de chocolate de donde salieron. Encuentran más fácil encastillarse en las *fortalezas* de Padilla, donde, haciendo comedias, se van adiestrando en la oratoria y en el arte de conspirar.

—¿Y cómo viven?

—Ese es el misterio. Lo evidente es que tienen dinero. ¿Ves esa turbamulta de vagos que aúllan en los cafés, que alborotan en la plaza de Palacio, que apedrean las casas de los ministros, que van a cantar coplas indecentes junto a las rejas de la prisión de Vinuesa?... Pues todos ellos viven, y viven bien.

—Los ochentines del *Pastor* harán ese milagro.

—Eso creo yo. Los ochentines...

—Pero contra los ochentines, el Gobierno tiene los empleos públicos. Póngame usted en la cárcel de la Corona a un empleado que se preste a favorecer nuestro plan.

—Precisamente hay una vacante. Me he informado hoy.

—Mejor que mejor.

—Bueno; pues elige tú el candidato.

Salvador meditó breves instantes.

—Lo mejor será un hombre de bien, pues no se trata de salvar a ladrones y asesinos; se trata de hacer una buena obra, librando a un pobre anciano inocente, inocente, sí... porque Gil de la Cuadra, aun conspirando con todas sus fuerzas, no es capaz de hacer daño a un semejante ni a la sociedad.

—Pues mi opinión es que elijamos un tonto. Es fácil de encontrar.

—Ya tengo mi hombre —dijo vivamente y con alegría Monsalud.

—¿Has hallado el tonto?

—Un maestro de escuela.

—Viene a ser lo mismo. Apuesto a que has pensado en Sarmiento.

—No, lo echaríamos todo a perder —dijo Salvador arrepintiéndose—. Sarmiento es sencillo, pero su fanatismo rabioso le transfigura, haciéndole cruel. Me parece que debemos elegir un discreto.

—Bien puedes coger la linterna de Diógenes. Échate a buscar el discreto.

—Ya lo hallé —exclamó Monsalud, dándose una palmada en la frente.

—¿Quién?

—Yo mismo.

—Hombre... la idea no es mala —repuso Campos sonriendo—. Pero la verdad... Ese destino no es propio para ti. Vales tú mucho más.

—¿Y qué me importa?

—El duque del Parque no querrá tener a su servicio a un sota-alcaide.

—Dejaré el servicio del duque del Parque.

—¿Pero no se te ocurre otra persona?

—No me fío de nadie. Estoy decidido. Seré sota-alcaide.

—Vas a bregar con la gente más cruel, más perdida y más infame de la sociedad. El personal de cárceles allá se va con el de encarcelados.

—No me importa. He tenido una idea feliz.

—Pues adelante, y realicemos la idea feliz. Serás sota-alcaide. En tanto que te nombro... pues no creas que es cosa de un momento: lo menos hay treinta candidatos... hablaré a Copons.

—¿El jefe político?

—¡Ah! —exclamó Campos con gozo—. Le tengo cogido, le tengo preso en mis redes. Precisamente anda tras de mí para que le favorezca en ciertas pretensiones que trae en Gracia y Justicia. Una bicoca; tres primos que fueron beneficiados y ahora se les ha antojado ser deanes. Son de la pacotilla de los que llaman modestos... ¡pobrecitos! Copons es muy exaltado; el Gobierno, que le puso en lugar de Palarea, no está muy contento con él. Necesita todo el arrimo del Grande Oriente para no venir a tierra. Muy bien; esto va a pedir de boca. Tu padre, tu abuelo, o lo que sea, se ha salvado.

Hablaron algo más, determinando algunos detalles del plan, y se separaron. Campos tenía que revisar unas cartas detenidas por orden superior. Salvador debía consagrarse a sus ocupaciones. Cuando volvió a su casa, entregáronle un billete que acababa de llegar. Habiendo conocido en el sobre la letra de Andrea, sintió tanta ansiedad como pavor. La carta estaba trazada a prisa, con indecisos rasgos, y decía:

«Arrepentida, arrepentida, arrepentida de lo que he hecho.

»Ven al instante. Estoy esperándote en el Retiro, junto al Observatorio. Me he escapado de mi casa. Querido mío, mi vida y mi muerte: si no me perdonas, si no vienes al instante a mi lado, me moriré de desesperación.

»Lo que he hecho contigo es una villanía, una ofuscación.

»Un poco tarde lo he conocido; pero lo conozco al fin, lo confieso y te pido perdón.

»Te adoro, y ni Dios podrá hacer que yo pertenezca a otro. Eres mi dueño y puedes abofetearme, puedes matarme si me porto mal.

»Salvador, sácame del infierno en que estoy. Ven, no tardes ni un segundo. No vuelvo más a mi casa. Iré contigo a donde quieras: seré tu esposa, tu criada o lo que tú quieras... Sácame los ojos y dentro de ellos verás tu cara. Ya me parece que te siento venir... ¿Vendrás?... En el Retiro junto al Observatorio. Voy corriendo, no sea que llegues antes que yo. Adorado mío, te quiere con toda su alma y te ofrece el corazón y la vida,

ANDREA.»

Soledad, que entraba cuando Salvador concluía de leer la carta, notó su palidez y agitación.

—¿Qué tienes, hermano? —dijo llena de pesadumbre—. ¿Ese papel te dice algo desfavorable a mi pobre padre?

—No, no —dijo el hermano con desesperación—. Es todo lo contrario. Sola, abrázame, abraza a tu hermano.

La muchacha se arrojó llorando en brazos de Salvador.

—¿Pero te causan pena las buenas noticias?

—¡No, no!... La carta no dice nada —exclamó él, sofocando la tempestad que bramaba en su alma—. Estoy alegre, hermana, hermana querida, abrázame otra vez. Tu padre se ha salvado.

Pasó Monsalud todo el día y toda la noche en un estado de agitación muy viva. A la mañana siguiente, cuando entró en casa del duque del Parque, un criado le dijo: «Han estado aquí dos mujeres buscándole a usted. Parecían ama y criada.»

—Si vuelven —repuso—, dígales usted que he salido de Madrid.

Para evitar un encuentro que temía, salió del Palacio por una puerta de servicio que daba a otra calle. Pero más tarde, al entrar en su casa, don Patricio Sarmiento repitió la noticia.

—Aquí han estado dos damiselas a preguntarme cuándo volvía usted. Parecen ama y criada... ¡oh, edad dichosa esta en que nos vienen a buscar dos y tres veces en el breve espacio de unas horas!... Yo también en mis juveniles años...

Sarmiento exhaló un suspiro.

—Si vuelven, dígales usted que he salido de Madrid y que no volveré hasta dentro de un mes.

—¡Cuánta esquivez!... Pero en esa edad feliz... También uno ha tenido sus dulzuras ¿eh? No crea usted: este arrugado semblante y este flaco y débil cuerpo no han sido siempre así. Aquí, amiguito Salvador, aquí se sabe lo que es afán de amores; aquí se comprende bien eso de despreciar a una por apasionarse de la otra, volando de flor en flor cual inconstante mariposa... ¿Pues y estar penando días y días por una mirada, solo por una mirada?... ¡ay!, ¿y aquello de estar cavilando por qué me miró así, o dejó de mirarme?... Todos hemos tenido nuestro abril, todos hemos revoloteado y sacado la miel hiblea del cáliz de las frescas flores, señor Monsalud.

Cuando este se dirigió después de medio día a una tienda de la calle mayor, donde solía hacer tertulia, un mancebo le dijo la muletilla:

—Han estado dos hembras a ver si había usted venido.

Más tarde pasó por la parte baja de la calle de Atocha. Detúvose de repente porque un objeto lejano llamó su atención: era el Observatorio astronómico. Singular trastorno debió de producir en las ideas del joven la vista del hermoso edificio, porque apresuró el paso como quien huye de un fantasma temible.

¡Cosa extraña! Al anochecer, cuando fue al local ocupado por la masonería en la calle de las Tres Cruces, con objeto de hacer unas preguntas a Sócrates, o como si dijéramos, a Canencia, un portero le cantó el atormentado estribillo de todo el día:

—Aquí han estado dos damas a preguntar si vendría usted esta noche.

Después marchó a *La Cruz de Malta*, café situado en la calle del Caballero de Gracia. Aguardábale allí don José Manuel Regato.

XVIII

En la calle que hoy se llama de Isabel la Católica, y antes de la Inquisición, pasando así bruscamente del nombre más horrible al más hermoso, hay una casa que hoy lleva el número 25 y antes tenía el 2, edificio perteneciente en su juventud al conde de Revillagigedo y que después fue Conservatorio de Música y Declamación. Diversas oficinas se han sucedido en dicha casa, y hoy sirve de albergue, si no estamos equivocados, a una Dirección del ramo de guerra. Pero lo más importante de este caserón en su variada y larga historia, es que dentro de él estuvo la *Asamblea de los Comuneros* durante los tres *llamados años*. Ya se habrá comprendido quiénes eran estos bravos hijos de Padilla. Cualquiera que haya vivido en España y prestado atención a sus cosas políticas, comprenderá que en aquella época, como en todas, los descontentos y los cesantes y los atrevidos y los pretendientes y los envidiosos, que son siempre el mayor número, no podían tolerar que determinada pandilla gobernase siempre el país y las Cortes. Este afán de renovación periódica del personal político que en otras partes se hace por razón de ideas y de aspiraciones elevadas, se suele hacer aquí, y más entonces que hoy, por el turno tumultuoso de las nóminas. Esto es una vulgaridad tan manoseada, y ha trascendido de tal modo hasta llegar a las inteligencias más oscuras, que casi es de mal gusto ponerlo en un libro.

Los comuneros querían reformar la Constitución, porque no era bastante liberal todavía. Los ministeriales (nos referimos a la primera mitad de 1821) o doceañistas, o si se quiere, los *masones*, convencidos de que su Constitución era la mejor de las obras posibles, y que la mente no concebía nada más perfecto, querían que se conservase intacta y sin corrección ni reforma como la Naturaleza. De repente apareció un tercer partido llamado de los *anilleros* que quiso modificar la Constitución en sentido restrictivo, aspirando a una especie de transacción con la Corte y la Santa Alianza. Sobre estas tres voluntades giraba aquel torbellino que empezó con una sedición militar y terminó con una intervención extranjera.

Los comuneros, que nacieron del odio a los masones, como los hongos nacen del estiércol, creyendo que los ritos y prácticas de la Masonería eran una antigualla desabrida, anti-española, prosaica y árida, imaginaron que les convenía establecer un simbolismo caballeresco y nacional, propio para exaltar la imaginación del pueblo y aun de las mujeres, que por entonces tenían parte muy principal en estos líos. Siendo la representación primaria de los masones un templo en fábrica y los hermanos, arquitectos o albañiles, los comuneros, formaron su partido de Comunidades, divididas en Merindades y Torres y Casas-Fuertes, y a sus logias llamaron *Castillos* y a sus Venerables *Castellanos*, *Alcaides* a sus Vigilantes, y así sucesivamente. En los ritos y ceremonias modificaron todo lo que hay de teatral en la Masonería; pero dándole forma caballeresca, e ideando ilusorias fortalezas, puentes levadizos, barbacanas, recintos, salas de armas, cuerpos de guardia, almacenes de enseres y demás mojigangas, todo creado por sus exaltadas fantasías, de tal modo, que más que militantes caballeros parecían rematados locos.

Su color distintivo era el morado, así como los masones adoptaron el verde. La Asamblea general recibía el nombre de *Alcázar de la Libertad*, y el recinto donde se reunían, llamado *Plaza de Armas*, estaba adornado con embadurnados lienzos y telones, representando torreoncillos con banderolas, lanzas y las indispensables inscripciones patrioteras. El presidente llamaba a los socios la *guarnición* y a los neófitos *reclutas*. Abríanse y cerrábanse las sesiones con fórmulas que harían reír a la misma seriedad, siendo de notar principalmente el parrafillo con que se despedían después de discutir largamente sobre mil innobles temas sugeridos por el egoísmo, el hambre o la envidia: «Retirémonos, compañeros, a dar descanso a nuestro espíritu y a nuestros cuerpos, para restablecer las fuerzas y volver con nuevo vigor a la defensa de las libertades patrias.»

Poco después de las diez de la noche Salvador Monsalud, acompañado del señor Regato, penetró en el *Alcázar de la Libertad* de la calle de la Inquisición. Era el local grande y espacioso, consistente en una serie de salas abovedadas a las cuales se descendía por media docena de escalones. Pobres farolillos que aquí no cometían la fatuidad de llamarse *estrellas* las alumbraban, y un sordo rumor de gente anunciaba desde el vestíbulo que la colmena se había llenado ya de zánganos.

—El ceremonial nos manda esperar aquí —dijo Regato a su recluta, deteniéndose en la primera sala—. Voy a llamar al Alcaide.

Durante el breve rato de espera Monsalud tuvo que resignarse a oír las felicitaciones de don Patricio Sarmiento que a la sazón entraba, y que atronó la estancia con sus gritos y encarecimientos por el feliz suceso de aquella iniciación. Todo su porvenir caballeresco comunero diera el joven por sacudírselo de encima; pero al fin sacole de tan mal paso el Alcaide apareciendo con Regato, y enseguida vendaron los ojos del recluta, mandándole que marchase apoyado en el brazo del comunero proponente.

—¿Quién es? —preguntó una voz.

—Un ciudadano —respondió Regato con toda la seriedad posible—, que se ha presentado en las obras exteriores con bandera de parlamento a fin de ser alistado.

La misma voz gritó:

—Echad el puente levadizo.

Oyó entonces el neófito un espantable ruido que en derredor suyo sonaba, con tal estrépito que no parecía sino que todos los alcázares y torres de España caían en ruinas; mas no se turbó por esto su esforzado corazón, ni aun se le mudó la color del rostro, que para mayores trances tenía coraje y alientos el bravo recluta. Además bien sabía él, como todos, que aquel rumor provenía de una plancha de hierro semejante a las que usan en los teatros para imitar los fragorosos ecos del trueno, y que el ruido del hierro y cadenas era producido por una sarta de cacharros que tras de la puerta agitaba bestial paleto simulando de este modo con notoria perfección el acto de bajar el puente levadizo.

Quitáronle la venda; retiráronse Alcaide y proponente, y quedó solo con el centinela, que estaba enmascarado. Estaba en el *Cuerpo de guardia*, y allí como en la *Cámara de Meditaciones*, debía el candidato reflexionar sobre su situación y contestar por escrito a varias preguntas referentes a las obligaciones y derechos del comunero. Monsalud observó el local de cuyas paredes pendían varias armaduras mohosas y algunas espadas mojadas en sangre de cabrito, que para tan terrorífico uso suministraba un día sí y otro no el conserje de la Sociedad. Leyó los letreros conteniendo sentencias vulgares de la religión de honor, y se dispuso a tomar asiento junto a la mesa donde debía extender sus respuestas.

El centinela, que había permanecido tieso y grave, desempeñando su imponente papel, soltó de repente la risa y dijo al neófito:

—¿También tenemos por aquí al señor Monsalud?

Monsalud miraba a su interlocutor y no veía más que una máscara horrible, una figura espantosa con casco empenachado de gallináceas plumas y un babero a guisa de celada de encaje.

—¿Qué, no me conoce usted? Soy Pujitos —dijo el centinela quitándose la máscara.

—Cómo te había de conocer, vecino, si parecías un valiente. ¿También tú te diviertes con estas mojigangas?

—Vaya un modo de prepararse... Llamar mojigangas a una cosa tan seria, que va a derribar el Ministerio y a poner un Gobierno republicano. Señor don Salvador, ¿usted viene aquí a burlarse? Le aviso que los que se han burlado de esto no lo han hecho dos veces. Con que escriba el papelito y me volveré a poner la careta. Acabe usted pronto, que me sofoco y este demonche de cartón huele muy mal.

—¿No te fatiga esta tarea? ¿No es mejor que descanses en tu casa toda la noche después de haber trabajado todo el día?

—¡Quia!, si yo no hago más zapatos —dijo el gran patriota con expresión de hombre perspicuo—. El señor Regato me ha prometido darme un destino en la Contaduría de Propios. Don Patricio me enseña a echar la firma, que es lo que necesito, y salga el Sol por Antequera.

—Ya sabía que eres de los que vocean en los motines, patean en *La Cruz de Malta* y apedrean el coche del Rey. ¿A cómo pagan esto?

Pujitos se puso serio al oír tamaña injuria.

—Vamos —dijo—. Está visto que usted viene aquí a mofarse. Pero siempre seremos amigos, o mejor dicho, compañeros de armas. Escriba el papelito y despache pronto. Me pongo la careta porque el Alcaide va a venir.

—No hay prisa. Dime, Pujitos, ¿vienes aquí todas las noches?

—Todas, desde el primer día. Soy caballero fundador, y el día lo paso en las cosas de la Milicia. Soy teniente, ¡uf!, ¡usted no sabe el trabajo que da esto! A la parada, a pasar lista, a revisar los uniformes, a hacer ejercicio de tiro, a aprender los reglamentos, a echar unas copas con los oficiales para discutir lo que ha de hacerse el día siguiente... Y luego guardias y más guardias.

—¿Haces guardias de noche?

—Pues no. Anoche me tocó en el Principal, y mañana me toca en la cárcel de la Corona.

—¡En la cárcel de la Corona... Mañana! —dijo Monsalud con interés—. Ya sé... Es donde están presos esos cleriguillos que han hecho planes horribles para quitar la libertad.

—Y algunos que no son clérigos. Pero esos tunantes morirán, o no hay justicia en España. Dicen que el Gobierno quiere condenarles a presidio nada más: esto se llama protección, ¿no es verdad?

—¿Y me has dicho que eres teniente?

—Nada menos; y si no fuera por las intrigas que hay en el batallón...

—Yo también seré miliciano y me afiliaré en tu batallón, gran Pujos —dijo Monsalud riendo—. Se me figura que entre tú y yo hemos de hacer algo extraordinario.

—Me alegraría de ello.

—Nos veremos pronto, y hablaremos... quizás mañana... Pero el tiempo pasa y hay que contestar a estas endiabladas preguntas.

—Escriba usted... Me parece que vienen ya.

Salvador escribió sus respuestas que fueron llevadas a la *Plaza de Armas* para que las examinara la guarnición. No tardaron el Alcaide y el proponente en conducirle vendado otra vez a la puerta del salón de sesiones, que estaba cerrada. Por dentro una voz gritó: —¿Quién es?

—Esta voz áspera y hueca como una campana rajada —dijo Monsalud para sí—, es la de Romero Alpuente.

Entre tanto el Alcaide respondía:

—Soy el Alcaide de este castillo, que acompaño a un ciudadano que se ha presentado a las avanzadas pidiendo parlamento.

—Por Dios, amigo Monsalud —indicó en voz baja Regato—, no se ría usted; le suplico encarecidamente que sofoque toda manifestación de burlas. Usted no quiere creerme y yo repito que esto es serio, pero muy serio.

Abrieron la puerta de la *Plaza de Armas*, que más parecía bodega que plaza, con diversas series de asientos ocupados por los caballeros, y un estradillo donde estaba el presidente, teniendo detrás fementido torreón de lienzo embadurnado, y un harapo que llamaban estandarte de Padilla, y una urna donde *se debían colocar todas las cenizas de los comuneros que se pudieran haber*.

El presidente le preguntó su nombre, edad, pueblo natal, empleo o profesión; luego le habló de las obligaciones que contraía y del valor y constancia que había de mostrar para desempeñarlas. Levantáronse enseguida los caballeros, y Monsalud vio que todos ellos tenían una banda morada en el pecho, y una como espada o asador en la mano.

—Ya estáis alistado —le dijo el presidente—. Vuestra vida depende del cumplimiento de las obligaciones que habéis contraído, y vais a jurar. Acercaos y poned la mano sobre este escudo de nuestro jefe Padilla, y con todo el ardor patrio de que seáis capaz, pronunciad conmigo el juramento que debe quedar grabado en vuestro corazón.

Hecho lo que al neófito se le mandara, empezó este la retahíla del juramento, que abrazaba diversos puntos, y que concluía con la consabida conterilla que tanto ha hecho reír a la generación siguiente: «Juro que si algún cab. Com. Faltase en todo o en parte a estos juramentos, le mataré luego que la Confederación le declare traidor; y si faltase yo, me declaro yo mismo traidor y merecedor de ser muerto con infamia por disposición de la Confederación de cab. Com., y para que ni memoria quede de mí después de muerto, se me queme, y las cenizas se arrojen a los vientos.»

—Cubríos —le dijo el presidente—, con el escudo de nuestro jefe Padilla.

Tomó entonces el joven un mohoso broquel que le presentaron, y cubiertos pecho y cara con tal defensa, pusieron en él todos los demás comuneros la punta de sus espadas, mientras el presidente dijo entre otras majaderías:

—Si no lo cumplís, todas estas espadas no solo os abandonarán, sino que os quitarán el escudo para que quedéis al descubierto y os harán pedazos en justa venganza de tan horrendo crimen.

Poseídos algunos caballeros, como gente candorosa, del papel que estaban desempeñando, hincaban con excesiva fuerza la punta de sus asadores o espadas en el escudo o sartén que resguardaba la cara y busto del joven. El señor Regato, temeroso de que por desmedido celo de los caballeros se agujerease el escudo y perdiera un ojo su ahijado, creyó necesario interrumpir por un momento la majestad del ceremonial, diciendo:

—Cuidado, señores, que es de hojalata.[3]

La farándula no había terminado aún, porque tras la ceremonia del escudo, el Alcaide calzó la espuela al caballero, dándole espada y banda, con lo cual y con acompañarle a recorrer las filas para que fuera dando la mano uno por uno a todos los confederados, el novel comunero descansó a la postre de tantas fatigas.

XIX

Salvador observó la diversidad de fisonomías que presentaba en su innoble recinto la *Plaza de Armas*, y halló entre sus compañeros de caballería muchas caras conocidas. Había unos pocos que eran diputados en el Congreso, y estaba también el célebre Mejía, que algunos meses después fundó *El Zurriago*. Aunque el elemento principal de la Sociedad era la juventud, había bastantes viejos, no todos tan inocentes como don Patricio Sarmiento. Milicianos nacionales los había por docenas; la gente de poca instrucción y de locos apetitos burocráticos imperaba, y en todos los incidentes de la sesión salía a la superficie un espumarajo de gárrula patriotería, que era la fermentación de aquel elemento. No habrían trascurrido veinte minutos después de la admisión del nuevo caballero comunero, cuando un hombre desenfrenado que se ocupaba del asunto puesto a discusión, pronunció estas palabras:

---

3   Todavía vive un comunero que corrió igual peligro. (N. del A.)

—Yo propongo a nuestra Asamblea que cesen las contemplaciones con la Corte y que se dé el grito de *¡viva la República!*

Alborotose la guarnición con tales palabras, que algunos calificaron de admirable ocurrencia, otros de desatino mayúsculo, y si bien el presidente trató de volver la discusión al terreno que marcaba el tema, no fue posible conseguirlo. Entonces el señor Regato, manifestando ruidosamente que deseaba decir algunas cosas estupendas que agradarían a la reunión, usó de la palabra, en estos términos:

«Señores, lo que ha dicho nuestro ilustre y valerosísimo compañero de armas, el caballero X..., ha asombrado a muchos; pero a mí no me asombra, porque yo soy más liberal hoy que ayer, y mañana más que hoy, porque mi lema, señores, es adelante y siempre adelante. Estamos cansados de sufrir, estamos cansados de esperar. ¿Os aterra la palabra *república*? Pues yo digo que a mí no me ha aterrado nunca esa palabra, ni me aterra hoy. Perdamos el miedo y seremos fuertes. Amenacemos y nos temerán. Somos los más, somos lo más granado de la España liberal. La Europa nos contempla, el Piamonte nos imita, Nápoles nos copia, Portugal se llama nuestros *discípulo*. Señores, seamos dignos de la Europa liberal, y ante nosotros temblarán el Trono y los masones.»

Después de dar las gracias por los aplausos y de limpiarse el sudor, el orador prosiguió así:

«No creáis que la idea republicana es nueva en España. Padilla y Lanuza, nuestros maestros, fueron republicanos. Viniendo a los tiempos modernos, en la proclamación de los derechos del hombre hecha por Muñoz Torrero en las Cortes del año 10, veo yo también la idea republicana. Leed las obras de Marina y de Sempere, y veréis que en ellas palpita la república. *(Gran estupor.)* Ahora, señores, volved los ojos a todos los ámbitos de la hispana península *(El orador, excitado por la admiración general, se cree en el caso de tener estilo)*, volved los ojos por doquiera, ¿qué veis? *(Gran silencio; indicio cierto de que nadie veía nada)*. Pues veréis allá en las Andalucías, allá en la populosa ciudad de Málaga, bañada por las ondas del Mediterráneo, a Lucas Francisco Mendialdúa que concibió el plan de establecer la República, como consta en la proclama que imprimió, encabezada con las mágicas palabras *República Española* y firmada por *Un tribunal del pueblo*. Como acontece a los grandes genios innovadores, como aconteció a Colón, Galileo, Savonarola, etc., etc. Mendialdúa fue preso.[4] Pero así como de la noche sale el claro día, de las cárceles sale la libertad. *(Atronadores aplausos.)*

»Volved ahora los ojos al llamado reino de Aragón y veréis allí a nuestro insigne jefe, al valiente entre los valientes, al político entre los políticos, al altísimo Riego, que desempeña el cargo de capitán general en aquella extensa y rica provincia. ¿Creéis que no hace nada? Indigno sería esto de su perspicua mirada, que cual la mirada del águila penetra en lo más alto del cielo. No creáis que nuestro jefe está mano sobre mano, no; nuestro jefe trabaja por la República. *(Asombro general e innumerables bocas abiertas.)* En Zaragoza están a la sazón algunos beneméritos patriotas franceses, cuyos nombres no pronunciaré.[5] Esos patriotas, pertenecientes a la gran Confederación francesa, están de acuerdo con nuestro jefe, no lo dudéis, están de acuerdo. Unidos todos, discurren cuál será el mejor medio de ponernos la República en España... ¡Guay de nosotros si no les ayudamos!... ¡guay de nosotros si nos dormimos mientras ellos velan!... ¡guay, guay!... Lo que puedo aseguraros es que si no nos ven dispuestos y valientes, irán con su proyectillo a Francia. Aquel país no se anda con chiquitas ni repara en niñerías. Estad seguros de que si nuestro jefe se presenta en el Pirineo enarbolando la bandera tricolor y gritando, *¡viva la República!*, todo el ejército francés se le unirá enseguida, y llegará a París en triunfal paseo, como Napoleón cuando volvió de la isla de Elba. *(Los comuneros acogen esta bola con grande algazara, señal cierta de que se la han tragado.)*

»Ahora volved los ojos a Galicia, donde está el general Mina; volvedlos luego a Barcelona, donde está el gran patriota Jorge Bessières y veréis que estos campeones de la libertad tampoco están mano sobre mano. ¿Seremos menos aquí? ¿Nos espantaremos de la libertad? No, señores. Adelante, siempre adelante. ¡Viva la libertad! Yo, el más humilde de esta Asamblea; yo, que he venido aquí porque me repugnaban los infames manejos de los de allá; yo, que estoy pronto a derramar hasta la última gota de mi sangre, hasta la última, señores, por el triunfo de la causa; yo, que jamás recibí destino de los tibios ni lo solicité; yo, que soy hombre puro, si hay hombres puros en

---

4   En enero del 21. (N. del A.)
5   Llamábanse Uxon y Cugnet de Montarlot. (N. del A.)

España, os propongo con el corazón henchido de patriotismo que aceptéis desde luego la idea republicana, como ha propuesto mi esclarecido amigo el ciudadano X...»

Varios oradores pidieron la palabra. Después de una breve disputa sobre quién había de usarla, don Patricio Sarmiento se levantó y habló de este modo:

—Después del elocuentísimo discurso del fénix de los ingenios comuneros, don José Manuel Regato, ¿qué puedo decir yo, que soy un triste maestro de escuela, un oscuro preceptor de la tierna juventud? Pero si de algo sirven los consejos de un viejo que se ha quemado las cejas estudiando la historia del pueblo romano, quiero alzar esta noche mi humilde voz en este augusto recinto para enseñaros lo que no sabéis. Vuelvo los ojos en torno mío y veo zapateros, sastres, talabarteros, comerciantes, taberneros, colchoneros y otros artífices, gente toda muy honrada, muy patriota, muy digna, pero que no está versada en la historia romana. *(Rumores de disgusto.)* No trato de ofender a nadie: afirmo un hecho y nada más; y como yo creo que para tratar ciertos asuntos es necesario haberse quemado las cejas... *(Interrupciones donosas)*, haberse quemado las cejas, como me las he quemado yo, de aquí infiero... Esas interrupciones y cuchicheos no hacen mella en mi ruda entereza, no señor; *(El orador se amostaza)* y así digo como el gran Temístocles: «pega, pero escucha.» ¿De qué se trata? De adoptar la idea republicana. Bien; yo pregunto a la docta Asamblea: ¿Cuándo se estableció la República en Roma? Y la docta Asamblea me contestará que el año 509 antes de Jesucristo. Muy bien contestado. ¿Y cuándo concluyó la República de Roma? El año 29. Total de tiempo en que existió la forma republicana: 480 años. Está muy bien. *(Más fuertes rumores.)* Ahora pregunto: ¿cuáles fueron las causas que determinaron a los romanos a cambiar de forma de Gobierno?

Los rumores se trocaban en tumulto, y una voz gritó:

—¡Que se calle ese pedante!

—¡Que se vaya a la escuela!

—Al indocto grosero que de este modo me interrumpe —gritó don Patricio agitando los brazos y poniéndose muy encendido—, le contestaré que él es quien debe ir a la escuela a aprender lo que ignora.

—¡Aquí no se quieren estafermos! —aulló una voz, de la cual no se tendrá idea sino considerando de qué modo puede hablar el aguardiente.

—Señores —dijo el presidente con aquel formulismo parlamentario que algunos hombres quieren llevar a donde quiera que se oiga el sonsonete de un discurso—, no demos a España y a Europa el triste espectáculo de una discordia entre individuos de esta nobilísima Asamblea. No se diga que andamos a la greña como los masones, a quienes yo aplico aquello de *riñen los pastores y se cubren los hurtos. (Prolongadas risas.)*

—¡Que se calle don Patricio!

—¡Que se calle Pelumbres!

—Pues a mí no me da la gana de callarme... A ver —exclamó una voz que salía del formidable pecho de un hombre tiznado, fiero, corpulento, que parecía personificación de una fragua—. Y si a mí no me da la gana de callarme, a ver quién es el guapo que me cierra el pico... ¡a ver!

Diciendo esto, se levantaba el señor Pelumbres entre la multitud apiñada en los bancos. Su figura, así como su voz, pondrían miedo en toda Asamblea que no fuera la de los Comuneros.

—Ciudadano Pelumbres —dijo el presidente—, ¿qué dirá la Europa si no guardamos la compostura propia de hombres de Gobierno?... ¿qué dirá?

—Eso es, ¿qué dirá? —repitieron don Patricio y los que deseaban que hablase.

—Es preciso tener moderación —continuó el presidente—. Puesto que el ciudadano Sarmiento estaba en el uso de la palabra, continúe su erudito discurso, que tiempo tiene de hablar el ciudadano Pelumbres. Yo le concederé la palabra, esperando en tanto de su finura y buen sentido que no interrumpa al orador en este importantísimo debate.

Ya entonces empezaba a ser costumbre el llamar *importantísimo debate* a cualquier inútil disputa suscitada por la envidia o la vanidad.

—Señor presidente —gruñó Pelumbres, tambaleándose como un yunque sin equilibrio—, lo que digo es que el ciudadano Sarmiento es un animal... y a mí no me soba nadie.

Cayó en el asiento como quien se echa a dormir.

—Señor presidente —dijo con trémula voz Sarmiento—. La Asamblea conoce bien mi carácter y mis servicios... No necesito responder a los cargos que me ha dirigido el ciudadano Pelumbres, porque la Asamblea sabe muy bien que yo...

—Sí, sí —gruñó la Asamblea.

Estaba el buen Sarmiento en pie, con el cuerpo doblado por la cintura, recogiéndose a un lado y otro los faldones de la levita, como quien se va a sentar y no se sienta.

—Agradezco las manifestaciones de simpatía de este ilustre Areópago —dijo el orador—, y me parece que no debo molestar más al ilustre Areópago, y que los injustos cargos que el ciudadano Pelumbres me ha dirigido, no deben contestarse sino con un magnánimo silencio.

—Bien, muy bien.

—Por lo cual me siento, dejando a nuestro esclarecido presidente la alta honra de continuar este *importantísimo debate*, para que nos diga su opinión, que es lo que más nos importa.

Rumores diversos manifestaban el deseo de que hablase el Castellano. Romero Alpuente se dispuso a hacer el gusto a sus presididos. Antes de atender a su discurso, convendrá decir que el célebre demagogo de los tres años no era un jovenzuelo fogoso, como algunos creen, sino un vejete atrabiliario y furibundo, alto, flaco, descuadernado, anguloso, de gárrula elocuencia, de vulgares modos. Era tanta su fealdad, debida en primer término a la longitud de sus narices, que no es fácil se encontrara entonces ni se haya encontrado después su pareja. Alcalá Galiano, al lado suyo, se tenía por un Adonis.

Había sido magistrado de la Audiencia de Madrid, y en su vida privada era el hombre más inofensivo, más manso y para poco que imaginarse puede. El mismo que en público encarecía la necesidad de cortar no sé cuántos miles de cabezas, era incapaz de matar un mosquito. ¡Pobre carnero viejo que, habiendo leído algo de Robespierre y de Marat, quería parecerse a ellos! Pero solo los tontos confundían su clueco balido con el rugir de leones y panteras. Sus discursos, que alborotaban las Cortes y los clubs, eran un conjunto de garrulidades terroríficas, de chascarrillos y vulgares idiotismos. Carecía de formas literarias, y su lenguaje familiar era a veces tan divertido como sus amenazas demagógicas, que aquella bendita generación no tomaba siempre en serio. Algunos le llamaban el *Guzmán* (el gracioso) de las Cortes. Tuvo además el pobre *don Juan Romero Alpuente* la desgracia de que en lo mejor de sus triunfos parlamentarios le saliera un enemigo folletinista, que usando el nombre de *don Pedro Tomillo Al-vado*, le puso de hoja de perejil.

«Caballeros comuneros —dijo Alpuente con voz que no tenía nada de temerosa—, o hay confianza en los hombres del partido, o no hay confianza en los hombres del partido. Si hay confianza en los hombres del partido, no se planteen cuestiones prematuras. Si algo debe hacerse se hará. No conviene precipitarse, no conviene comprometerse. Las cosas vendrán por sus propios pasos. El partido es el partido, y el que no crea que el partido es como debe ser, espere a ver en qué para el partido y se convencerá. *(Rumores. Asentimiento general.)*

»Por consiguiente —prosiguió, satisfecho del éxito de su exordio—, esperemos llenos de patriotismo, y no hablemos por ahora de republicanismo. El partido es un partido que debe estar preparado para empuñar el timón de la nave del Estado si se le llama con este fin. *(Muestras de regocijo.)* Y se le llamará, ciudadanos caballeros, ¿pues quién lo duda? El segundo Gobierno constitucional sigue la misma desatentada senda que el primero. El país está lo mismo hoy que ayer. El pueblo soporta las mismas cadenas; los tiranos no han cambiado, los mandarines siguen, los peligros crecen. El Gobierno cree que va a durar mucho, ¿pues no lo ha de creer? Pero yo quiero ver cómo se las compone con las tramas de la Junta Apostólica en Galicia, con los guardias destituidos, con los obispos rebeldes, con la conspiración de Vinuesa, con la del Abuelo, con los tumultos de Zamora, con el motín de Alcoy, donde han sido destrozadas todas las máquinas, con el robo de la valija de Aragón, con los sucesos de Valladolid... Me parece que les cayó que hacer, ¿eh? *(Risas.)* Yo pregunto, ¿cuál es el medio de que se acaben los trastornos? Establecer la libertad en toda su integridad. Esto es axiomático. Que los absolutistas vean una mano terrible dispuesta a caerles encima en cuanto chisten, y entonces se meterán bajo una silla. Y no me hablen a mí de conspiraciones demagógicas y republicanas. Aquí no hay nada de eso, y si lo hay es amaño de los constitucionales masones para desacreditar a nuestro partido. Ellos tienen el lema de *dar palos y gritar "que nos pegan"*, lo cual ya no hace efecto porque se va descubriendo la picardía. *(Carcajadas y bravos.)*

»Seamos prudentes, seamos cuerdos. Sigamos defendiendo nuestros sacrosantos principios... Hoy más libertad que ayer y mañana más que hoy... No nos arredremos, no volvamos la cara atrás. Adelante, siempre adelante. Pero vayamos con pie seguro. A su tiempo se enseñarán los dientes. Pues qué, ¿creen que si logramos empuñar el timón de la nave del Estado (esta figura de la *nave* era la única que se había asimilado en su carrera parlamentaria el orador comunero), vamos a estarnos mano sobre mano, sin hacer nada, como el Gobierno de la *coletilla*? Y ahora viene el repetir lo que ya se dijo en 1511:

> ¡Mirad qué gobernación!
> ¡Ser gobernados los buenos
> por los que tales no son!»

No, señores, es preciso que no se pueda decir de nosotros lo que de estos mandarines chinos. No seguirá el tole tole de oprimir al patriota y ensalzar al que no lo es. Se encomendarán los destinos de la Nación a los comprometidos por el sistema, no a los que no lo están. Se harán castigos ejemplares, se volverá todo del revés para que los pillos bajen y los patriotas suban. *(Muy bien.)* No se dará el caso de que de los veinte millones de españoles, suden y trabajen los dieciocho y apenas puedan llevar a la boca un pedazo de pan moreno, para que los otros dos millones se abaniquen y vivan rodeados de placeres. Entonces se permitirá que eso que llaman los infames *populacho* se reúna donde le dé la gana y grite y diga todos los defectos del Ministerio. La suspirada libertad será un hecho y no llevarán *albarda* más que los que quieran llevarla[6] *(Grandes aplausos)*.

»En suma, señores, el partido declara por mi conducto que no quiere ser *vasallo*; que planteará el sistema en toda su pureza. Si para esto es preciso la violencia, venga la violencia. Si es preciso la guerra civil, venga la guerra. La Providencia salvará al partido. No olvidéis, señores, que el *Criador del Universo bendijo también los esfuerzos que hicieron Matatías y sus hijos para evadirse de la justa dominación del impío Antíoco Epifáneo. Entre tanto,* desechemos la idea de República. La Constitución establece la Monarquía

---

6   Casi todos los párrafos de este discurso son auténticos. (N. del A.)

y nosotros respetamos al Rey constitucional. No se diga que el partido ha sido el primero en alterar la augusta ley. Dejémosles que ellos se caigan solos; y si nos hicieren ascos y no quisieren nuestra ayuda para mantenerse derechos, ¿me entiende usted?, si prefieren apoyarse en la Santa Alianza y en sus diplomáticos, enviados, farsantes, zascandiles, espías y soplones, en los que fueron pajes de escoba del Rey Pepillo, en los serviles españoles de todas clases y ropajes, con bandas, cruces y calvarios, en los de mitra, bonete e hisopo; en los seráficos, angélicos, en los tostadores y sus familiares, plumistas, guardas, alfileres, corchetes y agarrantes, en los que dicen *el Rey mi amo...* Entonces nos retiramos, dejándoles que vayan a donde quieran, pues como dicen en mi tierra, *cuanto más se desvía el borrego mayor topetazo pega.*»

Atronadoras exclamaciones de entusiasmo acogieron la frase final del discurso de Romero Alpuente, orador que, como se ha visto, no ha dejado de tener herederos en la política española.

Una voz que parecía cien voces, gritó:

—¡Viva Riego!

Contestó un alarido, y desde entonces el *importantísimo debate* se convirtió en un importantísimo aquelarre. Romero Alpuente se fue, y en su lugar el señor Regato se dispuso a presidir (no hay otro verbo que pueda emplearse propiamente) el resto de lo que no hay más remedio que llamar sesión.

Un orador pidió que se hiciesen manifestaciones contra la Santa Alianza en la persona de sus plenipotenciarios, idea que fue acogida con satisfactorio y general asentimiento por la Asamblea, y procedióse al nombramiento de una comisión que se encargase de ajustar las cuentas a los cristales de las casas donde vivían los embajadores de Austria y Rusia. No se había calmado la efervescencia causada por este suceso cuando un joven de buen porte tan correcto de traje como de estilo y hasta afeminado, pronunció un discurso de energúmeno sobre el plan de Vinuesa y el escarmiento que debía hacerse en la persona de aquel malvado *aborto del Infierno, compendio de todos los crímenes.*

Aseguró también que Vinuesa estaba conspirando dentro de la cárcel, y que si no se ponía remedio en ello, imaginaría un nuevo plan absolutista para matar la libertad. Acusó al infante don Carlos de complicidad con el cura de Tamajón, y afirmó que todo porrazo dado a Vinuesa sería porrazo dado a la Corte. Aumentando en fogosidad a cada instante, llegó a sostener que el Gobierno se estaba *portando traidoramente* en este negocio, y que a él (al orador) le constaba que había intenciones de absolver al de Tamajón y aun darle una mitra, si era menester. Aseguró que el pueblo no debía consentir tal iniquidad, porque si la consentía no era digno de la fama que había adquirido en Portugal, Nápoles y el Piamonte, países que nos habían tomado por modelo, estableciendo la libertad al mágico grito de «¡vivan los *discípulos de España!»*

Al discurso del joven contestó otro joven de muy distinta figura, educación y modales, (pues en aquella asamblea había locos de todas clases) diciendo que la culpa de todo la tenían los masones, que dando a la Nación el nombre de populacho y haciendo el bu con la anarquía, estaban poniendo las cosas como en los tiempos ominosos. Hizo reír al auditorio, afirmando que bien pronto se prohibiría con pena de pecado mortal pronunciar el nombre de Riego; pero que él (el orador) estaba resuelto a exhalar el último suspiro diciendo *¡Viva Riego!* en atención a que Riego *había enjugado el llanto del pueblo español.* Esta figura, tan original como patética, produjo gran entusiasmo, con el cual, excitándose el espíritu del orador, dijo que él sabía el modo de resolver el asunto de Vinuesa; que el pueblo, como soberano que era, podía hacer su real gana, porque el Gobierno recibía dinero de la Santa Alianza para ir arreglando la cama al despotismo, y esto no se debía consentir.

Mezclando berzas con capachos, aseguró que él había entrado en la prisión de Vinuesa y le había visto escribiendo planes y más planes; que corría mucho dinero absolutista para sacarle de la prisión y ponerle al frente de un Gobierno despótico, y que el orador y Pelumbres, al salir una mañana de la taberna, habían oído una conversación sospechosa entre dos clérigos, de la cual dedujeron que Vinuesa se comunicaba constantemente con sus cómplices. Concluyó diciendo que él (el orador) no se pararía en barras, y que si los conspiradores vieran media docena de cabezas clavadas en otras tantas pértigas junto a la Mariblanca de la Puerta del Sol, doblarían la *cerviz* (única palabra pedantesca que se permitió el orador en su largo discurso) ante el pueblo *re-soberano*.

Después de este joven plebeyo, otro joven decente habló de los que *clavaban constantemente el puñal en las entrañas de la madre patria*, y anunció su resolución de ocupar el primer puesto el día del peligro, sacrificando su existencia al triunfo de la libertad. Puso cual no digan dueñas a los masones, acusándoles de afrancesados e impostores, pues muchos, dijo, profanaban el nombre de Riego, tomándole en sus *asquerosas bocas*, siendo así que para pronunciar palabra tan angélica *debían enjuagarse un mes antes con miel rosada*. Afirmó que Calatrava era un bajo adulador, Feliu un traidor, Martínez de la Rosa un mandria, Cano Manuel un bobo, Toreno un pedante, Argüelles un embustero. Después de mucho divagar, propuso a la Asamblea que se diese un voto de gracias a don José Manuel Regato por lo bien que había conducido todos los asuntos de la Comunería desde su origen. Regato estuvo a punto de llorar de emoción, y para demostrar de un modo incompleto su agradecimiento, convidó a cenar a varios de los más granaditos. La sesión terminó alegremente entre las alegres endechas del himno, que sonaban bajo las bóvedas de la fortaleza:

> Es en vano calumnie la envidia
> al caudillo que adora el ibero;
> hasta el borde del hondo sepulcro
> nuestro grito será: ¡viva Riego!

El lector no será español si no recuerda al punto la música.

XX

En lo restante de la noche oíase por aquellos barrios el aullido de la Orden de Padilla, suelta por las calles. El himno, el *lairón*, cántico que por aquellos días había sustituido al feroz *trágala*, sonaba de calle en calle, como el ronquido de vinoso trasnochador. Íbanse perdiendo en el silencio de la noche, a medida que los grupos desaparecían, entrando en las tabernas, botillerías y cafés patrióticos. En uno de estos se vio que a deshora penetraba el señor Regato, acompañado de Pelumbres, Pujitos, dos de los jóvenes que pronunciaron discursos aquella noche, Salvador Monsalud y otros. Cenaron alegremente, sin dejar de la boca los negocios políticos, y sus proyectos eran atrevidos y grandiosos como las concepciones del genio. El señor Regato, no solo pagó todo el gasto, sino que ofreció dinero a los más necesitados, los cuales no tuvieron escrúpulo en tomarlo patrióticamente, por aquello de que tripas llevan pies, que no pies tripas.

Si Salvador Monsalud no se separara antes de tiempo de tan escogida sociedad, pretextando una enfermedad que no tenía, hubiera visto que el señor Regato, hombre opulentísimo, aunque nadie le conocía rentas, ni sueldo, ni industria, recompensó largamente a todos, dándoles lo necesario para la existencia y sostén de sus respectivas familias. Cuando esto pasaba, habíanse retirado también los dos oradores con el gran Pujitos, y solo quedaban en compañía del generoso comunero Pelumbres el herrero, don Bruno, *Chaleco*, y otros padres de la patria, de cuyas hazañas no puede tenerse idea sino presenciándolas, como las presenciará el lector en lo restante de este libro.

Salvador Monsalud fue a su casa cerca del día. Su cabeza era un volcán. Los discursos que había oído, las caras de los oradores, la fisonomía astuta de Regato, la candidez estúpida de otros, el ramplón jacobinismo de Romero Alpuente, hervían dentro de ella. Trató de dormir, pero la Asamblea sin apartarse de sus excitados sentidos, continuaba zumbando y gesticulando con sus cien voces roncas y sus doscientas manos amenazadoras. Al punto comprendió que era producto infame de candidez y de perversidad, la gárrula bastardía del entendimiento, explotada por una diplomacia satánica. Comprendió que se había metido entre hombres, la mitad tontos, la mitad feroces, pero que marchaban juntos a un fin claro, con alianza parecida a la del asno y el lobo en más de una fábula. Del esfuerzo que necesitaba hacer su espíritu para descender al trato con tales gentes no hay que hablar, porque se comprenderá fácilmente.

Había avanzado la mañana, sin que el novel hijo de Padilla hubiera podido conciliar el sueño, cuando entró Campos lleno de zozobra y agitación.

—Esto ya pasa de broma —le dijo—. La niña no parece. Hemos estado en el Retiro, y no está en el sitio que me indicaste. Valiente bromazo nos está dando la tonta... ¡Por los clavos de Cristo!, si no diera la casualidad de que Falfán de los Godos está fuera de Madrid, no sé cómo podríamos ocultarle que su novia se ha escapado de mi casa anteayer, y a estas horas no sabemos dónde está.

—En la carta que enseñé a usted me decía que no volvería a su casa.

—Temo cualquier necedad... Salvador, estoy muy inquieto —dijo Campos perdiendo aquella serenidad que indicaba en él un gran contento de la vida—. Sin duda esa loca está vagando por Madrid, y te busca de casa en casa, de café en café, como una perdida. ¡Qué deshonra!

—Creo lo mismo. Pero esto tiene que concluir.

—¿Estuvo ayer aquí?

—Dos o tres veces. Como no me ha encontrado en ninguna parte presumo que volverá. Si vuelve, señor Campos, ofrezco remitírsela a usted sin pérdida de tiempo.

—Es que debes hacerlo —dijo Cicerón con energía—. Es que si no lo haces, faltas a la solemne palabra que me diste, y entonces, amiguito, no hay nada de lo dicho. Ya tengo en mi casa tu nombramiento para la cárcel de la Corona; pero como yo no recoja hoy mismo esa oveja descarriada, creeré que me estás engañando, creeré que estás de acuerdo con ella, que la escondes en alguna parte, y...

El plácido semblante de Campos se enrojeció todo por la congestión que determinaba la ira.

—Mi determinación es irrevocable —contestó el joven—. Supongo... Casi estoy seguro de que volverá hoy. Avisaré a Lucas para que la deje subir.

—¿Convendrá traer acá dos individuos de la policía y un coche, que debe esperar en la calle de Bordadores? Conozco a Andrea y sé que no cederá por buenas.

—Nada de eso me corresponde a mí. Usted puede emplear los medios que quiera para llevársela. Yo no tengo que hacer sino poner fin a sus correrías y convencerla de que por más que me busque, no me encontrará en ninguna parte.

—Te comprendo —dijo Campos con viveza y señales de contento—. Tomaré mis medidas. No me moveré en todo el día de la tienda de Requejo, y Sarmiento y yo nos pondremos de acuerdo para que si la oveja viene a este aprisco no se nos escape.

Después de este diálogo, que se prolongó un poco más, aunque sin ofrecer en el resto de él nada digno de contarse, Campos se retiró. Monsalud, contra su costumbre, hizo propósito de permanecer en su casa todo el día. Sin hacer nada en ella, tenía la agitación y la movilidad exaltada de quien trae entre manos una ocupación grave. Iba y venía de una pieza a otra; hacía a su madre y a su hermana preguntas que ninguna de ellas entendía; se asomaba al balcón; hacía subir a don Patricio para darle órdenes; censuraba a veces que la casa no estuviese mejor dispuesta, y reprendía luego a las dos mujeres porque se agitaban para arreglar las habitaciones.

Cerca del medio día se retiró a su cuarto. Solita entró en él. Llevaba un pañuelo atado alrededor de la cabeza para resguardarse del sutil polvo que zorros y escobas levantaban, y cubría su cuerpo con una falda bastante antigua, pieza de desecho cuyas funciones se concretaban a los días de limpieza. La figura de la joven no era con tal atavío un modelo de elegancia.

—Hermana, estás que no se te puede mirar —dijo Salvador observándola con cierta pena—. Es preciso que te pongas guapa.

—¿Yo?... ¿Cuándo? —repuso la joven con la mayor turbación—. ¿Y a qué vienen ahora esas guapezas?

—Me gustaría verte hoy arregladita y linda, como tú sabes ponerte cuando quieres. No es esto decir que me disguste verte así. Acá entre los dos, siempre estás bien; pero...

—¿Vamos a algún baile? —preguntó Sola con malicia.

—No vamos a ningún baile —dijo Salvador con la torpeza que acompaña a las ideas de difícil explicación—; pero quisiera verte hoy como realmente eres; quisiera que cuantos entraran aquí te admirasen y reconocieran en ti...

—Tú te burlas de mí —dijo Solita llena de rubor—. Yo siempre estaré mal.

—¡Oh!, te equivocas —manifestó Salvador con un tono que antes era de benevolencia que de convicción—. Vamos, también querrás sostener que no eres guapa. Más de cuatro quisieran...

—No sé por qué me dices esas tonterías.

—Mira, hermana, te agradeceré que te pongas tu mejor vestido, que te arregles bien; pero muy bien.

—Ya sabes que estando mi padre en la cárcel no puedo ir a paseo ni al teatro.

—Si no pretendo llevarte a ninguna parte —dijo Salvador con impaciencia—. En fin, ¿te compones o no?

—Me compondré.

—Hazme ese gusto, hermana. Así no estás bien, y tú vales mucho. Yo quiero que se vea que tengo una hermana simpática, bonita... ¿me entiendes?

—Como si hablaras en griego.

—Pues vístete: ponte tu mejor vestido, ya sabes. Figúrate por un momento que soy tu novio. Vaya, ¿no tendrías interés en agradar a tu novio; no tendrías interés en que él te encontrara siempre linda?

—Si dijera que no, sería una melindrosa —respondió Soledad fingiendo que ponía en orden las sillas para que, vuelto el rostro, no se le conociera la emoción que experimentaba—. Pero como no eres mi novio ni lo serás...

—¿Te vistes, sí o no?

—Al momento, hombre, al momento.

Voló fuera del cuarto. Algún tiempo después regresaba vestida y ataviada con lo mejor que tenía.

—¡Oh!, ¡qué bien! —dijo Monsalud con sincera admiración—. Hermosa prenda se va a llevar ese bruto de Anatolio. Hermanita, estás preciosísima: te lo digo sinceramente.

El rostro de Soledad se encendió más, y viose en aquel puro cielo de modestia una chispa de vanidad que lo iluminó momentáneamente. Salvador no mentía, porque de muy distintas maneras está preciosa una mujer. En las incorrectas facciones de la hija del absolutista, en su descolorido semblante que a intervalos se inflamaba, en sus ojos donde jugueteaba el alma escondiéndose en la penumbra del pudor o mostrándose en la claridad del cariño, había lo bastante para turbar la paz de cualquiera.

—Siéntate a mi lado —le dijo Salvador—; parece que estás asustada.

—¿Yo?... No.

—Dame acá esa mano. Tienes las manos más bonitas que he visto. ¿Por qué las tienes tan frías y temblorosas?

—Es que las tuyas echan fuego y cuanto tocan lo encuentran helado.

—Ahora te has puesto como el papel... ¡qué palidez! Pues mira... Así descoloridita es como estás mejor. En tu cara se ve tu alma bondadosa. Me consuela mucho verte a mi lado. Necesita uno personas así, que le compadezcan mucho, que le tengan lástima, que le mimen.

—Y por qué te he de compadecer, si tienes todo lo que deseas, si estás como nadie. Yo sí que soy digna de lástima.

—Pero tú tendrás a tu padre, y yo jamás, jamás recobraré lo que he perdido.

Ambos callaron, inclinando cada cual su cabeza cargada de pesos enormes.

—Me parece que siento ruido —dijo Solita vivamente—. Bueno será prevenir a Rosa, para que si llega esa mujer que ayer estuvo tres veces y que tanto te molesta, no la deje entrar.

—No; ya he advertido a Rosa que la deje pasar —dijo Salvador con turbación—. Quizás no venga más.

El ruido cesó y la casa continuaba en silencio.

—Me alegro de que mi madre haya salido hoy —indicó Salvador.

—Me parece que está ahí —repuso Solita poniendo atención—. Siento pasos en la escalera.

—No; no es mi madre —indicó Monsalud con ansiedad vivísima.

—Los pasos son precipitados... Se oye una voz de mujer... ¿Voy a ver?

—No; estate aquí, y no te muevas de mi lado.

Callaron los dos. Solita miró a su hermano como asombrada. Salvador clavaba sus ojos en la puerta, donde no había nada todavía; pero de antemano su alma llena de ansiedad, observaba lo que había de venir.

Andrea apareció en la puerta. Estaba desfigurada por enfermiza palidez; sus ojos miraban todo con febril extravío, y el desmelenado cabello así como el vestido en desorden indicaban largas horas de insomnio, de lucha y de amargura.

Su primer movimiento fue un impulso poderoso hacia el hombre que buscaba y que había encontrado. Viose en su semblante la contracción que acompaña a un repentino desbordamiento de lágrimas. Pero dio tres pasos, y viendo que no estaba solo, se detuvo. ¡Qué choque de ideas en aquella cabeza! El impulso, el tierno avance expansivo, habían encontrado un obstáculo, un muro frío, y contra este la exaltada mujer se estrellaba palpitando y llena de congoja. Sus ojos atónitos, enrojecidos por el llanto, preguntaban sin pestañear: «¿qué chiquilla es esta?»

Salvador se levantó. Estaba lívido.

—Tengo que hablarte —balbució Andrea, viendo que daba un paso hacia ella.

Después dirigió a Soledad miradas recelosas e impacientes, como diciendo: «¿qué hace aquí esta mujer extraña? Que se vaya.»

—Es un error —dijo Salvador—. Usted no tiene nada que decirme, y se ha equivocado, sin duda. Yo no sé quién es usted.

—¿No sabes quién soy?... Yo te lo diré —exclamó Andrea, cruzando las manos—. ¡Que se marche esa mujer!

Con imperioso gesto señaló la puerta.

Soledad, tan aterrada como curiosa, pero sumisa siempre, se levantó. Salvador le dijo severamente:

—Quédate.

—¡Con que es decir!... —gritó Andrea con espantosa alteración de voz y semblante.

—Que usted es quien no está en su sitio aquí y debe retirarse —respondió el joven—. Sin duda ha padecido una equivocación.

—¡Perverso!... ¿dices eso de veras?

Andrea, al decir estas palabras, que salían de su pecho como bramidos, adelantó con los brazos abiertos hacia su amante. Los brazos tropezaron con dos manos de acero que los retorcieron, rechazando el hermoso cuerpo a que pertenecían.

—¡Oh, qué vil soy!... —gritó la indiana cayendo al suelo de rodillas—. ¡Rebajarme así!...

—¡Rebajarse así una marquesa!... —murmuró Salvador con sorda voz—. Señora, sentiré mucho que se ponga usted mala. ¿Quiere usted que se mande traer un coche para llevarla a su casa?

Andrea se levantó de un salto. La mirada que arrojó a su amante, como una saeta furibunda, turbó tanto a Monsalud, que este en breve rato no supo qué decir.

—Yo creí que eras un caballero —dijo la americana.

Se le conocía que estaba haciendo esfuerzos terribles para conservar una actitud digna. Los impulsos naturales la incitaban a gritar, a arrancarse el cabello, a coger entre las manos al hombre, como se coge un abanico, un juguete cualquiera, y destrozarle, haciéndole pedazos pequeñitos.

Monsalud se dirigió hacia la puerta. Sus ojos y su gesto decían: —Váyase usted.

—¡Pero si tú me oyeras!... —murmuró Andrea, pasando súbitamente de la ira a una aflicción profunda.

—No, no puedo oír a quien no conozco —repuso el hombre volviendo el rostro.

—¿No me conoce usted? —gritó Andrea con voz semejante a un rugido.

Parecía que se alzaba sobre las puntas de los pies. La mujer crecía. Sus brazos, tiesos hacia atrás; sus puños cerrados; sus labios descoloridos que temblaban; su fina nariz, que con nerviosas contracciones también expresaba la pasión desbordada; los músculos de su hermoso cuello, tirantes; sus ojos, que amenazaban entre llamaradas de despecho; el golpe violento de su pie en el suelo, como buscando apoyo para levantarse más... todos estos accidentes hubieran puesto miedo en el corazón más acostumbrado a tales embates.

—¿No me conoce usted? —repitió.

—No —repuso Monsalud.

—¿No me conoció usted?

—Tal vez, pero... ya no me acuerdo.

—Pues me conocerá usted —dijo Andrea con sofocada voz.

Dio algunos pasos fuera de la habitación; pero de súbito, con brusco movimiento, se volvió y entró resueltamente. Detúvose; miró a Solita. Hubo un momento de esos en que se ve inminente e inevitable el peligro de un choque material, aun contando con la reconocida dignidad de las personas.

Con la voz más áspera, más impertinente, más insolente y procaz que puede imaginarse, Andrea hizo esta pregunta:

—¿Y tú quién eres?

Solita quedose muerta de espanto. Su propia turbación le impidió correr hacia su hermano y abrazarse a él, buscando un refugio.

—Eso no se pregunta a los que están en su casa, sino a los que vienen de fuera.

Al oír esto Solita se reanimó. En aquel momento pensaba una cosa. Pensaba que si ella fuera mujer valerosa, echaría a escobazos de la casa a la insolente dama.

—¡Oh, qué vil soy! —repitió Andrea corriendo otra vez hacia la puerta—. ¡Rebajarme así...!

Apartando el rostro para no ver el de su amante, salió precipitada y atropellándose, de la casa. Habiéndosele unido su criada en la escalera, ambas bajaron.

Salvador se dejó caer en una silla, y apretando la cabeza entre las manos, se clavaba en el cráneo las uñas.

—¡Oh! ¡Dios mío!, ¡qué infeliz soy!... Sola, Sola, ¿has visto?... ¡Maldito sea yo mil veces! ¡Maldito sea el día en que nací!

—Pero esa mujer —balbució la muchacha, saliendo de su estupefacción—, es un demonio... Comprendo que te cause tanto furor...

—¡No es demonio, es un ángel; y no me causa furor, sino que la adoro!... ¿No la viste? ¿Has visto mujer más hermosa?

—Tú...

—¡La adoro, me muero por ella!... Pero tú eres una tonta y no puedes comprender esto. Sola, hermana mía, lloro porque... No puedo... ten compasión, ten lástima, mucha lástima de mí.

Solita tuvo tanta lástima, que se echó a llorar.

XXI

La calle de la Cabeza es una de las más tristes de Madrid. Compónese toda ella de casas viejas y feas, entre las cuales descuellan la enorme fachada meridional de la del marqués de Perales y otra que tiene grabada sobre la puerta esta inscripción: *Aparta, Señor, de mí lo que me apartó de ti.* Contrastando con las vías cercanas, aquella no tiene tiendas, y la mayor parte de las puertas están cerradas, a excepción de las cocheras y cuadras que por allí mucho abundan. Hacia el Ave María la calle se eleva, como si quisiera subir a los balcones de las casas. Hacia la Comadre se hunde, buscando los sótanos. Algunas acacias, que se asoman por encima de altos muros junto a San Pedro Mártir están mirando con tristeza al escaso número de transeúntes. Se oyen tan pocos ruidos allí que la calle no parece estar en Madrid y a dos pasos del Lavapiés. Toda ella tiene un aspecto sombrío, un tinte lúgubre, una mala sombra que no puede definirse, una atmósfera que abruma, un silencio que hiela. Las calles, como las personas, tienen cara, y cuando esta es antipática y anuncia siniestros designios, una fuerza instintiva nos aleja de ella.

Vulgarmente se cree que en la calle de la Cabeza no ha pasado nunca nada digno de contarse. Por el contrario, es una calle trágica, quizás la más trágica de Madrid. La tradición que le da nombre, y que no carece de mérito en lo que tiene de fantasía, es como sigue: Vivía por aquellos barrios un cura medianamente rico. Su criado, por robarle, le asesinó, cortándole ferozmente la cabeza, y con todo el dinero que pudo encontrar huyó a Portugal. No fue posible descubrir al autor del crimen, y enterrado el clérigo, bien pronto su desastroso fin quedó olvidado. Pero el asesino, después de haberse dado muy buena vida en Portugal durante muchos años, volvió a Madrid hecho un caballero, aunque no tanto que olvidase su primitiva condición de criado. Solía ir él mismo al Rastro todas las mañanas a hacer su compra, y un día adquirió una cabeza de carnero. Llevábala bajo la capa, y como chorreaba mucha sangre, que iba dejando rastro en el suelo, fue detenido por un alguacil, que le mandó mostrar lo que oculto llevaba. ¡Horrible espectáculo! Al echar a un lado el embozo, el criado alargó en la derecha mano la cabeza del sacerdote a quien le diera muerte.

¡Milagro, milagro! Este fue el grito general. Confesó todo el asesino y le llevaron a la horca, acompañado de la cabeza del sacerdote que había sido de carnero, y cuya vista horrorizaba y edificaba juntamente al pueblo. Murió, según dicen, con grandísima devoción y arrepentimiento, y hasta que no entregó su alma a Dios, no recobró la testa del cura su primitiva forma carneril. Felipe III, que a la sazón nos gobernaba, mandó labrar en piedra una cabeza que se puso en la casa del crimen para memoria de aquel estupendo suceso.

En este siglo la calle de la Cabeza presenció muy de cerca el horrible asesinato del marqués de Perales el I.º de diciembre de 1808.[7] Cuando las

---

7   Véase *Napoleón en Chamartín*. (N. del A.)

revueltas políticas del 14, vio encarcelar a los diputados y ministros, y aquel silencio tétrico fue turbado en más de una ocasión por los rugidos de la plebe furiosa embriagada. Nuestra narración nos lleva ahora a la citada calle y a uno de sus edificios más antipáticos y más feos: la cárcel eclesiástica o de la Corona, que estaba en la esquina de la calle Real de Lavapiés, y que todavía existe, aunque destinada a cuadras o cocheras.

Un portalón daba entrada al patio, que no había sufrido variaciones esenciales y tenía en dos de sus lados columnas de piedra para sostener la crujía alta. Las prisiones estaban en el piso bajo y en los sótanos, y consistían en calabozos inmundos, algunos con rejas a la calle. Dos puertecillas abiertas a un lado y otro del zaguán indicaban el cuerpo de guardia y las habitaciones de algunos empleados de la cárcel. Todas y cada una de las partes del edificio, dentro y fuera, arriba y abajo, ofrecían repugnante aspecto de incuria, descuido y degradación.

La ignominia de la cárcel empezaba desde la puerta. En la esquina del edificio se veían multitud de inscripciones terroríficas e indecentes. A conveniente altura, una de esas manos de artista que tanto abundan en España había pintado una horca de la cual pendía un cura, y debajo se leía *Tamajón*. En la misma puerta otro artista había trazado una especie de cuadro de ánimas donde varios curas recibían tizonazos de los demonios, y más lejos varios milicianos nacionales, caracterizados en la pintura tan solo por el morrión, asaban un cerdo que llevaba el nombre de *Vinuesa*. En el portal repetíanse las horcas y además otra pintura ingeniosa. Un grotesco y ventrudo muñeco, que tenía en la panza el consabido letrero, abría la boca. Como si esta fuera la de un horno, varios milicianos o figurillas de morrioncete metían por ella con sendas palas un objeto en que se leía *Constitución*. Por debajo una escritura infernal rezaba el *Trágala, perro, tú servilón*.

Vinuesa estaba en un calabozo del piso bajo. En la puerta negra habían trazado con tiza la horca y el ahorcado, repetidas formulillas, como *Muera el traidor*, y una cuarteta que decía:

> ¡Considera, alma piadosa,
> en esta nona estación,
> el árbol de que colgaron

al cura de Tamajón!

Dentro del calabozo no reinaba oscuridad profunda. Veíase al infeliz reo arrojado en el suelo sobre un jergón inmundo. Era un hombre viejo, aunque entero, de cuerpo pequeño y que debió de ser fornido; pero la larga prisión habíale extenuado considerablemente. Su pelo entrecano; su barba blanca, muy crecida por no haberse afeitado durante el encierro; su rostro en que se pintaban resignación y amargura, dábanle aspecto venerable que sin duda no tenía cuando andaba suelto por la Villa, o haciendo planes en su casa de la inmediata calle de San Pedro Mártir. Vestía sotana suelta, raída y llena de jirones, y un gorro negro de punto, calado hasta más abajo de las orejas, le cubría la cabeza. Cuando no estaba echado sobre el miserable jergón, se ponía a pasear de un ángulo a otro o se sentaba en la única silla, apoyando los brazos sobre una mesa negra, y la cabeza en los brazos para dormir un poco. En la mesa negra estaba pintada también con tiza la horca y un diablillo que tiraba de los pies del ahorcado. En las paredes se leían varias estrofas de las más indecentes del *Lairón*. Pero al desgraciado preso no le mortificaba tanto leerlas como oírlas, y este era su principal tormento.

Todos los chulillos que pasaban de vuelta para el Lavapiés a la madrugada; todos los rondadores guitarristas que iban a recorrer las calles; todos los grupos de vagos que regresaban de los clubs o de las logias; todos los patriotas que salían de las tabernas a hora avanzada, y los chiquillos al salir de la escuela por las tardes o al ausentarse de ella para ir de huelga o pedrea al Mundo-Nuevo, hacían escala al pie de la reja del calabozo de Vinuesa; así es que este oía constantemente durante dieciocho horas de las veinticuatro del día, los famosos versos:

Dicen que vienen los rusos
por las ventas de Alcorcón.
Lairón, lairón.
Y los rusos que venían
eran seras de carbón
Lairón, lairón.

Estas eran las estrofas comunes, pues las picarescas e indecentes, en que se atribuían al *cura de Tamajón* las mayores atrocidades y desvergüenzas, no pueden copiarse. El populacho veía en Vinuesa un galanteador de muchachas, corruptor de doncellas, tercero, mancebista y cuanto abominable y ruin puede imaginarse. Nada de esto es verdad. Su único delito había sido el plan que conocemos; pero si hubiera faltado a las leyes morales con perversidad e indecencia, habría purgado sus culpas con el infierno expiatorio que tenía en la prisión. Era este un lúgubre ventanillo cuadrado y pequeño, con una cruz de hierro en el vano. Por allí entraba la voz terrible del populacho cantando infames coplas, amenazando e insultando sin cesar al pobre reo. Vinuesa aborrecía el nefando agujero por donde le entraba la luz y la ira de la nación vengativa; y por verle tapado, aunque le dejase a oscuras, diera lo restante de su vida y la esperanza de libertad. Si lograba conciliar el sueño, no dejaba de ver aquel boquete horrible, que en su mente febril representaba como el ojo y la boca de la inmunda canalla, que sin cesar le vigilaba y le escupía.

Gil de la Cuadra estaba encerrado en un calabozo de otra crujía, y no gozaba de la preeminencia de vistas a la calle. En su encierro había bastante claridad, y tenía mejores muebles que Vinuesa, entre ellos una cama en alto. También su puerta se ornaba con inscripciones; pero en lo interior no las había. Mortificábanle principalmente los gritos, cantos y disputas de los milicianos nacionales, que tenían su cuerpo de guardia en el zaguán, y que alborotaban en el patio mucho más de lo conveniente.

Bastante después del encierro sintiose atacado de dolores en las articulaciones de las piernas, y no dudó que su reumatismo constitucional le iba a hacer una nueva visita. Guardó cama, resignándose al suplicio de sus dolores con paciencia cristiana, y tuvo varias alternativas de alivio o recrudescencia. A falta de auxilios médicos, disfrutó de los cuidados de un calabocero algo piadoso, que por haber padecido del mismo mal, no solo poseía recetas y cierta ciencia práctica, sino también una compasión hacia todos los reumáticos.

De esta manera transcurrieron muchos días. Lo que más hondamente perturbaba la naturaleza moral y física del ex-oidor era la incomunicación y con esta la negra tristeza en que vivía, si aquello era vivir. Solo, febril, contemplando perpetuamente su situación, midiendo sin cesar la considerable distancia que le separaba de su hija, pasaba las largas horas del encierro, y veía la lenta serie de noches y días, marchando como las ruedas de una máquina de tormento. A ratos oraba, a ratos derramaba amargas lágrimas; por breves momentos recibía consuelo de su propia imaginación, representándose la libertad y la paz de su casa; pero estas bellas sombras pasaban pronto, y el calabozo le ponía delante sus cuatro paredes inalterables. Conocido el estado de su ánimo, lleno de amargura, se comprenderá cuáles serían su asombro y emoción al ver que un día se abrió la puerta del calabozo, que entró un hombre, y que en aquel hombre reconoció, después de congojosas dudas, la persona auténtica de Salvador Monsalud.

Este corrió a abrazarle y Gil de la Cuadra se desmayó de alegría.

—¡Mi hija, mi hija!... —murmuró cuando recobraba el uso de la palabra—. ¿Ha muerto?, ¿vive?

—¡Ánimo, señor Gil! —gritó Monsalud—. Pronto verá usted a su hija, que está buena como nunca, y muy contenta al saber que pronto estará usted libre.

—¡Yo libre! —exclamó el anciano abrazando a su amigo.

—Todavía no; pero pronto será.

—¿Y Anatolio?

—No ha venido aún.

Siguió haciendo preguntas, menudeándolas con tanta prisa que casi no daba tiempo a la contestación, y al fin se ocupó de su causa que había dejado para lo último. Monsalud, en breves términos, le explicó, si no todo, gran parte de lo que había hecho, así como las circunstancias de su presencia en la cárcel y el destino que desempeñaba.

—Tengo la seguridad —dijo—, de que conseguiré un objeto en el cual he empleado tanta actividad, tanta fuerza, tanta paciencia. La santidad de la obra emprendida, que es el cumplimiento de una de las primeras leyes cristianas, me hace creer que esta vez, como otras, mi trabajo no será estéril. He sufrido contrariedades, amigo mío, contrariedades graves; pero al mismo tiempo he empezado a conocer uno de los mayores goces que puede sentir el hombre y que hasta ahora...

—No había usted conocido.

—Al menos en tan alto grado.

—El goce incomparable de hacer bien a un semejante —dijo Cuadra con voz balbuciente por la emoción.

—Ese, sí, y el de poder dar forma al agradecimiento expresándolo en hechos.

—¡Oh!, sí, también es un goce inaudito.

—Y tranquilizar la conciencia.

—Es verdad.

—Porque el recuerdo de las grandes faltas —añadió Monsalud—, no se atenúa sino con la práctica constante de buenas acciones.

—También, también.

—Todo me anuncia que esta vez mi afán no tendrá, como otras veces, un éxito desdichado. El corazón mío, que es la desconfianza misma, me está diciendo ahora: «triunfamos, triunfamos de seguro.» Será usted libre, amigo mío, y lo será pronto. Solo le recomiendo a usted un poco de paciencia. Consuélese usted con saber que me tiene muy cerca, y que estoy discurriendo los medios de rematar nuestra obra.

Gil de la Cuadra, arrojándose en brazos de su protector, lloró como un niño.

XXII

Mientras esto ocurría, todo Madrid se alarmaba con una estupenda noticia. Por todos los barrios, por todos los clubs, por todos los círculos corría una noticia, que muchos suponían increíble, por lo disparatada, y otros aceptaban con resignación como una nueva prueba de los desaciertos y traiciones del Ministerio. El fiscal de la causa formada contra Vinuesa no pedía para este más que diez años de presidio. El pueblo irritado, a quien habían hecho creer que la muerte del arcediano no era bastante castigo para las culpas de este, vio en los diez años de presidio una pena tan suave, que más que pena le parecía recompensa. De los demás conspiradores absolutistas nada se decía aún; mas era probable que recibirían en pago de sus infamias algunos años de encierro, es decir, confites.

No es preciso indicar que en todo Madrid, y principalmente en los barrios bajos era un Evangelio la opinión de que *había corrido mucho dinero* para absolver a los malhechores, y los más listos decían:

—¿Pues qué?, el Rey no podía dejar perecer a sus amigos.

En esto se equivocaban, porque Fernando se distinguía de todos los malvados por un funesto sistema de abandonar cobardemente a cuantos le habían servido, y aun gozarse de un modo incalificable en la desgracia de ellos, como lo prueban, entre otras muchas cosas, las célebres palabras que pronunció ante los guardias fugitivos y vencidos el 7 de julio. La verdadera causa de la lenidad relativa del fiscal y más tarde del juez, fue que el Ministerio y los masones habían llegado a comprender cuán bárbara y soez era la excitación vengativa del populacho, a pesar de haberla excitado ellos mismos en febrero y marzo, y quisieron rendir homenaje a la humanidad y la justicia, evitando un sacrificio inútil. Hemos llamado lenidad a la pena anunciada, porque con respecto al furioso ardor de la canalla lo parecía; pero en rigor de justicia era una atrocidad, que solo tiene disculpa en las infames transacciones a que obligan los yerros políticos.

En los *comuneros* la noticia fue chispa arrojada a la mina. La fortaleza reventó y una explosión de salvajismo, de barbarie, de odio y necedad atronó la *Plaza de armas*. Los honrados y los inocentes, que no eran los menos bajo el estandarte de Padilla, hacían coro a los malvados, por la solidaridad que entre todos reinaba. Eran los primeros envueltos en el torbellino, y sin saberlo, estaban tan locos como los demás, mejor dicho, los honrados y los inocentes eran los verdaderos locos, porque los perversos conservaban bajo la borrachera de venganza su nefanda razón. Pero en realidad, la noticia de la blandura del juez, más les agradaba que les afligía. Servíales de pretexto para poner en ejercicio su ideal de barbaridades, atropellos y desafueros, y de admirable tema para gritar contra el Gobierno, llenándoles de befa y escarnio. Acogieron, pues, el suceso con el frenesí del beodo a quien dan aguardiente, y se hartaron de furia, de exaltación política, poniéndose como demonios en la sesión que celebraron la noche de la noticia.

Romero Alpuente, a quien respetaban, no pudo presidir la sesión, porque le fue imposible sofocar el tumulto. Regato emitía con su habitual tono de importancia las opiniones más furibundas. Mejía sudaba gritando, y con el rostro encendido, gesticulaba sin poder conseguir que le oyeran. Pelumbres daba golpes en los bancos con un bastón semejante a la lava de Hércules. Don Patricio, renunciando a ser oído por toda la Asamblea, pronunciaba, ora frases áticas, ora apóstrofes demostenianos en un pequeño grupo que se formó a su lado. En suma, la *Plaza de Armas* más que guarnición regular, parecía un ejército indisciplinado, un manicomio insurrecto o un infierno en que fuese ley la libertad individual para hacer diabluras. Cada cual pedía una cosa distinta, y es incomprensible que no se rompieran la cabeza unos a otros, único medio y fórmula de conciliar todas las opiniones.

Era que comúnmente la Asamblea en pleno no resolvía nunca nada, siendo más bien doctrinales, digámoslo así, sus sesiones que ejecutivas. La alta dirección de la *Comunería* estaba, como la de los masones, en un pequeño consejo, en cuyo seno ha llegado la hora de que nos introduzcamos osadamente. Hemos presentado en otro libro la camarilla de Palacio.[8] Tócales ahora su vez a las camarillas populares, poderes igualmente misteriosos y perturbadores, y la dificultad de nuestro trabajo aumenta, porque las camarillas eran dos: la del populacho o de los exaltados, y la de los constitucionales o moderados. Procedamos con método.

Camarilla del populacho. No tenía local fijo. Reuníase algunas veces en un departamento reservado del café de Lorencini; otras, en el mismo local de la Asamblea o en casa de Regato. La reunión de ella que nosotros vamos a presenciar no fue celebrada en ninguno de estos parajes, sino en una taberna de la calle de la Estrella. De los veinte diputados comuneros no asistió ninguno; de los periodistas, solo Mejía; de los que tenían cargos oficiales en la Asamblea de Padilla, solo Regato; de los viejos, solo don Patricio Sarmiento; pero no faltaba ni uno siquiera de los amigos de Timoteo Pelumbres, ni tampoco la pandilla de milicianos nacionales, en la cual alzaba el gallo con altanera superioridad Pujitos. Sumaban entre todos once personas, y para poder discutir con más libertad, Regato mandó al tabernero que cerrase, luego que todos estuvieron dentro, y cuando el vino empezó a hacer su oficio para que las lenguas pudiesen desempeñar mejor el suyo.

—Queridos compañeros —dijo Regato—, estamos perdidos.

---

8   Véanse las *Memorias de un Cortesano de 1815*. (N. del A.)

Esta frase hábil produjo la sensación apetecida.

—Perdidos, porque el Gobierno nos va a meter el diente, y los hombres gordos de nuestro partido se esconden en su casa llenos de miedo.

—Romero Alpuente —dijo uno—, tiembla como una gallina mojada.

—Desde que se ha dicho que el Gobierno va a pegar, nuestros diputados ya están buscando vendas.

—Está visto que para reclutar gente valerosa —dijo Regato, a quien agradaba mucho la veneración con que era oído—, no hay que contar con la gente de lengua y pluma. ¡Pobre pueblo, siempre sudando por gobernar como manda la ley de Dios, y siempre engañado por tanto pillo! Está visto que mientras el pueblo no diga: «pues quiero y esto ha de ser», y lo haga como lo dice, no tendremos libertad.

—Pero cuando el pueblo quiere portarse como quien es —manifestó Pelumbres—, vienen los *futraques*, llenos de jabón y pomada, y sacan los catecismos de la política para decirnos cosas lelas y de mil flores... Con lo cual se acaba todo, y en buenas palabras resulta que somos unos zopencos y ellos unos Salomones. Nosotros trabajamos y ellos comen.

—Señores —repitió Regato dando un suspiro—, estamos perdidos. El Gobierno, viendo que no servimos para nada, (y no me vuelvo atrás...) que no servimos para nada, va a pegar, pero a pegar muy fuerte.

Breve silencio siguió a estas palabras.

—Los palos serán para el que los aguante, que yo...

—Los palos serán para todos —afirmó Regato en el tono de la mayor competencia—. Yo sé de buena tinta lo que trama el Gobierno; lo sé todo, y pues venimos aquí para ver cómo nos defendemos, lo voy a decir.

—El Gobierno va a cerrar los cafés.

—Y a reformar la Milicia Nacional de modo que no entren sino los que él quiera.

—Y a corregir la Constitución.

—Y a poner dos Congresos: uno como el que está, y otro de clérigos, obispos, generales, marqueses, camaristas y toda la recua de alabarderos, persas y serviles.

—Y a suprimir todos los periódicos —indicó Pujitos, dando a entender de este modo sus aficiones literarias.

—Y a mandar a Riego a Filipinas.

—Todo eso y mucho más hará el Gobierno —dijo Regato—; pero como a quien más aborrece es a los buenos patriotas, empezará su obra acogotando a los buenos patriotas, que somos nosotros.

—Nosotros —repitieron algunos.

—Y pasando la mano por el lomo a los serviles, que serán los mandarines de mañana. ¿Qué significa la libertad de Vinuesa?

—¿La libertad?

—La libertad, sí. Para los bobos, eso de los diez años de presidio significa... Diez años de presidio; pero para nosotros, que somos tan listos y vemos un mosquito en la punta de una torre, esa pena no es más que la absolución del cura.

—Es lo mismo que yo pensaba.

—Le sacan de la cárcel; hacen la pamema de llevarle a Ceuta; métenle en cualquier convento, donde habrá abundancia de buenas magras, pollos con tomate, gran trago de vino y muchachas bonitas; dicen luego que se ha escapado, y al poco tiempo, indulto. Tras el indulto viene la canonjía y tras la canonjía la mitra.

—Pues estamos bien —dijo uno con impaciencia, golpeando el suelo con su bastón—. Protesto.

—Protesto yo también —exclamó Pelumbres.

—Si la Sociedad de los *Comuneros*, que empezó con tan buen pie, no saca ahora la cabeza, ¿para qué sirve?

—Para nada, Sánchez, para nada —repuso un hombre que era tratante en cueros—. Dende que oí discursos y vi papeles y *toma la palabra, daca la palabra*, se me cayeron las alas del corazón... ¡botijos!, yo no sirvo para esto.

—Es muy posible que el Gobierno tenga la alevosa intención de indultar a Vinuesa y aun darle una mitra —dijo con gravedad un individuo de aspecto decente, furibundo patriota cándido que tenía dos tiendas y un buen nombre que no hace al caso—; yo creo cuanto ha dicho el amigo Regato, porque el Gobierno es en la superficie liberal y en el fondo absolutista.

—Si Riego estuviera en Madrid, otro gallo nos cantara, amigos —indicó Regato—. Yo de mí sé decir que si tuviera dos docenas, dos docenas nada más de buenos patriotas, intentaría cualquier sublimidad.

—Cualquier hazaña épica, digna de perpetuarse en mármoles —dijo don Patricio—. Señor Regato, manifieste usted con claridad su pensamiento. ¿Se trata de que Madrid se levante en masa y arroje del gobierno a ese Ministerio, y convoque otras Cortes, y le caliente las orejas al *Rey neto*?

—Eso es difícil hoy; pero no lo será dentro de seis meses, cuando estemos mejor organizados y se multipliquen las *Casas fuertes* de los regimientos y se reciba el dinero que nos han prometido de América. Contentémonos ahora con dar una prueba de nuestro mucho poder, de lo que somos y lo que valemos, para que tiemble el cobarde tirano y nos tengan miedo los mandarines.

—Ved aquí, amigos míos —dijo Sarmiento—, cómo admirablemente concuerda con mi opinión la del señor Regato. Siempre he sostenido la necesidad de elevar la voz para que nos oigan, de alzarnos sobre las puntas de los pies para que nos vean, de presentarnos en todas partes para que nos toquen, mientras llega la hora sublime de los bofetones.

—Yo no entiendo de estas máquinas sutiles —manifestó, con la ingenuidad de la barbarie, el llamado Sánchez, que era miliciano y había sido primero cortador de carne y después empleado en cárceles—. Yo lo que sé es que si conviene dar porrazo se dé porrazo. No hay más que dos políticas: dar y recibir.

—En lenguaje sencillo —dijo Mejía—, ha expresado Sánchez la idea de que mientras no se puede realizar una insurrección que dé la victoria al pueblo, se hagan manifestaciones patrióticas con objeto de que se nos considere como un elemento importante, capaz de cualquier cosa en el Gobierno o en la oposición.

—A eso iba —indicó Regato con acento magistral—. En pocas palabras, señores; el Gobierno dice blanco, pues nosotros decimos negro; el Gobierno quiere coles, nosotros lechugas; el Gobierno dice *por aquí no se va*, nosotros decimos, *por ahí iremos*.

—El Gobierno dice, *no más clubs*, nosotros respondemos *vengan clubs*.

—El Gobierno quiere poca Milicia, nosotros mucha Milicia.

—El Gobierno perdona a los absolutistas, pues condenémosles nosotros.

—Condenémosles, caballeros —gritó el tratante en corambres—. ¡Botijos! Si nosotros no hacemos la justicia, ¿quién la va a hacer?

Dando golpecitos en la mesa con el fondo del vaso, después de beberse el contenido, entonó esta canción:

Ay le le, que toma que toma,
ay le le, que daca que daca,
ya no bastan las razones,
apelemos a la estaca.

—El ciudadano don Bruno ha tocado el punto más delicado de la política actual —dijo Regato—. El pueblo, señores, no debe consentir la impunidad de quien ha trabajado y trabaja aún en contra del pueblo.

—¡Botijos!... No.

—De ninguna manera.

—Consentirlo sería gravísimo desacierto —afirmó Sarmiento.

—Como me llamo Pelumbres, tan cierto es que todo el día he estado pensando en que debíamos hacer justicia, porque podemos y debemos hacerla. Y si el pueblo no es soberano para esto, ¿para qué lo es?

—A fe de Mejía, sostengo que cuando los jueces son inmorales y corrompidos, el pueblo no tiene más remedio que echársela de juez.

—Pues con una palabra basta —afirmó el tratante en pellejos.

—Es preciso sacar a Vinuesa de la cárcel antes que le indulten.

—Y ahorcarle —dijo Sánchez, apretándose su propia garganta.

—En la plazuela de la Cebada.

—En la plaza de Palacio, delante del balcón de Su Majestad —gruñó Pelumbres.

—Admirable y sensata idea —dijo Regato—; pero me parece irrealizable. No es preciso que se lleven las cosas a ese extremo de perfección.

—No puedo aconsejar tranquilo la muerte de un hombre —afirmó Sarmiento con gravedad—; pero hay sacrificios necesarios, indispensables, y el cura de Tamajón debe morir. También hay en la cárcel de la Corona un dichoso Gil de la Cuadra, ex-vecino mío, que es uno de los servilones más furibundos, y un conspirador terrible.

—Gil de la Cuadra —dijo Regato haciendo memoria—. ¡Ah!, ya. Le protege Salvador Monsalud, después de haberle enamorado a su mujer, como me consta. Váyase lo uno por lo otro.

—El traidor Monsalud se dirá de aquí en adelante —indicó Pelumbres—. Ese canalla, después de entrar en nuestra sociedad ha admitido un destino del Gobierno.

—En la cárcel de la Corona precisamente —indicó Mejía—. No lo hubiera creído. Puesto de confianza, señores. Aquí hay gato encerrado.

—Tengo a Monsalud por una persona decente —dijo don Patricio—. Es amigo mío y no le creo capaz de servir a los masones. Le he oído hablar pestes de esos señores.

—Sea lo que fuere —dijo Sánchez—, ello es que antes de meter semejantes tipos en nuestra sociedad, debiéramos pensarlo mucho.

—Es justa la censura, aunque confieso que yo le presenté —dijo Regato—; pero no hay motivo para desconfiar de tal joven. Tengo motivos para creer que puedo dominarle en un momento dado. Ese hombre será mío cuando yo quiera. En vez de importarnos que esté empleado en la cárcel, debemos felicitarnos de ello. Sacaremos partido de esta circunstancia.

—¡Re-botijos!... ¡Si está en mi lugar y en el puesto de que me echaron hace dos meses esos mamones!... ¿pues no ha de importarme? Es un caballerito a quien tengo atravesado aquí.

—Dejemos esta cuestión mezquina, señores, y volvamos a lo principal —dijo Regato—. ¿Hay aquí gente de valor?

—Basta y sobra; pero si se quiere cosa mayor, con dar la voz en ciertos barrios se tendrá toda la gente que se quiera.

—Señor don Bruno, ¿se puede ir a donde se quiera?

—Al cabo del mundo. Digan hora y lugar y allá estaremos todos. No saldrá tan mal como la noche de los embajadores del Ruso y el Turco.

—Mañana... Mañana... —dijo Regato meditando—. ¿Cuál será la mejor hora?

—Por la noche.

—No, por el día.

—A las doce del día —gritó el más decente de todos—. No se trata de ninguna traición, sino de una obra de justicia.

—¡Excelente idea! A las doce del día.

—*Coram populo* —murmuró Sarmiento.

—¡Botijos!, a las doce en punto.

—Y ahora —dijo Regato levantándose—, a prepararse. La cosa puede ser sencilla si el Gobierno deja a la Milicia en la guardia de la cárcel. Pero si pone tropa...

—Si se atreve a poner tropa, entonces...

—Que ponga tropa —gritó Pelumbres dando un puñetazo—, y se hará justicia a la tropa.

Eso es, justicia a la tropa.

Porque no es más que justicia.

—Esta noche hay otra vez Asamblea, señores —dijo Regato con misterio—. Mucho cuidado con los caballeros comuneros de corbatín almidonado y palabrejas cultas. Dirán, como esta noche, que estamos locos.

—¿Se guardará secreto?

—Hasta donde se pueda; pero hay que reclutar gente, mucha gente.

—¡A la *Fortaleza*, a la *Fortaleza*!

—En la *Fortaleza* hay espías y traidores que todo se lo cuentan al Gobierno.

—Si el Gobierno lo sabe, mejor —vociferó Pelumbres—. ¿Qué apostamos a que voy a Palacio y se lo digo yo mesmo al Rey?

Una carcajada general acogió estas palabras.

—Las cosas claras. Se va a hacer justicia. Yo lo digo a todo el que me quiera oír. ¡Muera Tamajón!

—¡Muera Tamajón! —repitieron todos menos Regato.

Este con voz apagada y razones conciliatorias quiso aplacar a sus amigos; pero estaban muy encariñados con la idea emitida por el dos veces gato, para dejársela quitar. Hay que pensarlo mucho antes de arrojar la piltrafa a esta especie de carnívoros; pero una vez arrojada, el que aspire a quitársela se expone a recibir un mordisco o arañazo. Así lo comprendió el fundador de la Comunería. Cuando los individuos de su alto Consejo salieron a la calle rumiando el sangriento manjar que les había puesto en la boca, el cobarde Regato se asustó un poco; pero aún tenía seguridades de no ser sospechoso, y entre Pelumbres y don Bruno marchó resueltamente a la Asamblea, que aún estaba abierta.

XXIII

Poco después de este suceso las *Plazas fuertes* y *Salas de armas* encerraban un partido en ebullición. Pasada la media noche la mayor parte de los comuneros sabían que estaba acordada para el día siguiente la muerte de Vinuesa. A la madrugada, sabíanlo también los masones por su bien servido espionaje, y conmovido el *Grande Oriente* ante amenaza tan audaz, deliberó con calor y afán tan importante asunto. Lo que allí se dijo verase a continuación.

Camarilla constitucional. Reuníase casi siempre en el Grande Oriente, con asistencia de muchos hombres que se tenían por lumbreras, de otros que realmente lo eran y de muchos que si carecían de soberbia o de mérito, cobraban buenos sueldos en las oficinas de Reino. En la Masonería había, según los datos más verosímiles, cincuenta y dos diputados. De los ministros, la mitad por lo menos cargaban el mandil. Pocos eran entonces los hombres notables, por su talento oratorio o por su pluma, que no doblasen la cerviz ante el misterio eleusiaco, y muchos que después han figurado en los partidos reaccionarios adoraron la Acacia. Tal fue el atractivo del Orden masónico, que aun se dice trataron con él clérigos no apóstatas y un general de franciscos que después fue arzobispo.[9] Para que nada faltase, los del Arte-Real vieron en las logias a un Infante, que recibió el nombre de *Dracón*, con la risible particularidad de que le llamaban Bracón. Un general muy célebre era designado *Bruto II*. Puede dudarse que el mismo Fernando VII *recibiese salario* masónico; pero no que los nombres más ilustres y respetables del presente siglo, los nombres de Argüelles, Calatrava, Quintana, San Miguel, Flores Estrada, Galiano y otros figuraron en las listas de Maestros, siendo probable que todos ellos fueran *Sublimes perfectos*.

La camarilla, en la hora que nos es permitido asistir a ella, estaba formada por seis individuos nada más, cuyos nombres, a excepción del de Campos, deben mantenerse en secreto. Si en el trascurso de la relación son conocidos, enhorabuena; pero no se culpe al novelador de haber manoseado nombres pertenecientes a personas de distinto valor, pero todas respeta-

---

9 Fray Cirilo de Alameda desmintió de un modo enérgico la aseveración de Galiano. (N. del A.)

bles, algunas de las cuales han respirado hasta hace poco... y quizás haya alguna que respire todavía.

Los de la camarilla se reunían en la logia, pero allí estaban familiarmente y sin ceremonias de rito, como clérigos en la sacristía. De los seis, cuatro eran diputados; y de estos, dos habían sido ministros y uno lo era en aquellos días. De los dos restantes, uno casi no era masón, hallándose en la categoría de *durmiente*, y el otro era Campos. Atención.

Tiene la palabra un joven de treinta y tres años, alto, elegante, fino, airoso. Sus modales y su vestido eran como su estilo, la corrección misma. Su rostro morenísimo y su gran boca dábanle aspecto de fealdad; pero tenía la belleza de la expresión y un claro sello de hidalguía y caballerosidad que cautivaba. Sus ojos eran negros y vivísimos, llenos de esa luz particular que indica poderosa erección de la fantasía; sus cabellos alborotados y fuertes, algo parecidos a los de Chateaubriand, rodeaban una espaciosa y limpia y celeste frente, emblema del privilegiado artista. Era su voz grave y persuasiva, y si su estilo carecía de arrebato, tenía en cambio la serenidad más simpática y un acento que subyugaba oídos y corazones.

—Nosotros —dijo señalando a su amigo que junto a él estaba—, estamos decididos a no asociar nuestro nombre a los errores que se están cometiendo. Amamos la libertad con delirio; pero aborrecemos los excesos del populacho y la ignominiosa licencia. Antes que empujar a la Nación por este carril que la precipitará en el abismo, nos retiraremos de la política, perderemos toda influencia, perderemos nuestro propio prestigio, y entonces la vergüenza de haber contribuido a este desorden nos servirá de expiación. No se nos oculta que el absolutismo volverá, y quizás pronto, si a tiempo no se pone mano en reparar el Reino que se desquicia; y el absolutismo vendrá porque las instituciones vigentes no ofrecen condiciones de vida saludable y duradera, porque carecen de fuerza para contener en límites razonables la iniciativa popular y son incapaces de fundar nada sólido. Que el Gobierno, sabedor de la inicua amenaza de los exaltados, evite que se consume un horrendo delito; haga entender a esa gente que su destino y misión no es todavía ni será en mucho tiempo dirigir la cosa pública; establezca el imperio de la razón, de la calma, del buen sentido, y entonces variaremos de opinión. Mientras esto no suceda, la división será completa, y si hoy permanece oculta por nuestra prudencia, mañana trascenderá a las Cortes, y de las Cortes a todo el país.

—Y se formará el partido *anillero* o de los *amigos de la Constitución* — dijo un viejo alto y flaco, nervioso y lleno de vivacidad, que respondía entre masones al nombre de *Coriolano*, y era célebre por un folleto contra los absolutistas y varios escritos de Economía política—. Esta nueva escuela será funesta. Tendremos al fin tantos partidos como hombres, y no habrá un solo individuo que se resigne a pensar como los demás.

—La Sociedad de los amigos de la Constitución —dijo el compañero del primer orador que junto a él se sentaba—, responde a la necesidad imperiosa de establecer un término medio entre las antiguas leyes, que viven encarnadas en el país, y los principios liberales. ¿Por qué no hemos de decirlo? Yo, por lo menos, tengo mi ideal en la *Carta* francesa, con las dos Cámaras y el voto absoluto.

Oyose un murmullo de desaprobación.

—Condenemos igualmente —dijo con gravedad el de los cabellos alborotados y la boca grande—, toda clase de reuniones como esta, que o sirven para fomentar el jacobinismo y ofrecer un secreto peligroso a las intrigas y a las ambiciones, o no sirven para nada.

—Estamos disputando sobre si nos hemos de dividir más todavía, mientras una cuestión palpitante, fundada en una alarma quizás falsa, reclama nuestra atención. Este asunto no tiene espera. Nos está llamando, y nosotros le volvemos la espalda para discutir sobre si debemos ponernos un anillo en el dedo o un triangulillo de latón en el ojal.

El que esto dijo era un hombre de más de cuarenta años, moreno como el anterior, de facciones bastas y gruesos labios. Su cuerpo era fuerte y algo pesado; carecía de soltura, gracia y flexibilidad; pero en cambio parecía poseedor de una gran energía. Lástima que esta energía, circunscrita al entendimiento y al estro poético, no trascendiese a la voluntad.

Completaban su persona cabeza admirable, abultada y lobulosa; ojos grandes y hermosos; una frente a la cual no faltaba sino el laurel para ser olímpica; expresión grave y tono sentencioso en la voz. Allí dentro le llamaban *Pelayo*.

—Es verdad, es verdad —dijeron los demás—. A la cuestión.

—Los comuneros han decidido sacrificar a don Matías Vinuesa —manifestó Campos, que parecía secretario de la Junta.

—Causa horror el ver que estas atrocidades se cometan; pero causa más horror aún que se anuncien —afirmó el que oímos al principio de la sesión.

—Yo no lo creo —dijo el poeta—. Los que se ocupan en propagar alarmas han escogido esta para el día de mañana. Reconozco que el pueblo está irritado...

—Con razón —manifestó Coriolano—. La sentencia del juez es capaz de sublevar al pueblo más generoso. ¿Por qué se vocifera tanto contra el populacho, cuando sus excesos no son más que el rechazo, digámoslo así, de las osadías de los absolutistas? No, no está el mal en la canalla, que es honrada y generosa: no morirá la libertad en manos del pueblo, sino en manos de los que quieren establecer una transacción imposible con el despotismo.

Coriolano, que se había expresado con energía, miró a los dos *anilleros*. Estos callaban, aunque uno de ellos era gran retórico.

—No disculpo ni disculparé a los exaltados que protestan contra la sentencia del juez —dijo *Pelayo* con calor—, pero téngase presente que ha tiempo quedan impunes los mayores atentados y crímenes de los absolutistas. Dicen que Vinuesa es tonto; yo no lo creo. Su plan indica maquiavelismo, y por lo menos las intenciones de este clérigo han sido perversas. Ganar y corromper la tropa, sublevar al pueblo, sorprender a los principales diputados y a las primeras autoridades, sacrificarlas inmediatamente a la seguridad y a la venganza del partido conspirador y alzar sobre la sangre de aquellas víctimas el pendón de la tiranía y de la intolerancia; estos son los proyectos contenidos en los atroces papeles de Vinuesa. Convicto y aun confeso el miserable preso, no debe librarse de la suerte rigurosa a que se exponen siempre los que traman semejantes atentados contra la existencia de un Gobierno establecido. El juez que ha despachado esta causa ha dicho públicamente que cualquiera de los cargos que obraban contra el reo era capital, y que por consecuencia era imposible salvarle. ¿A qué este cambio repentino? ¿Por qué con tales antecedentes, Vinuesa no ha sido condenado más que a diez años de presidio? Semejante condescendencia ha llamado justamente la atención pública. Hasta se asegura que la Audiencia en vez de agravar la pena la suavizará más. Dícese que han mediado presentes a los cuales la integridad del juez ha resistido con nobleza y con honor; pero que después han intervenido ciertos recados imperiosos de Palacio, a cuyas fulminantes amenazas no ha podido sustraerse el magistrado, haciéndole blandear desgraciadamente en su fallo.[10]

—Siempre han de achacarse todos los yerros a la incorregible mano oculta —dijo con desabrimiento el retórico.

—¡Siempre se han de achacar al populacho! —exclamó colérico el que respondía al nombre de Coriolano—. La plebe es causa de todo. La Corte y el Rey no hacen más que rezar. Con tan admirable sistema de crítica, resulta infaliblemente que la Constitución es detestable y que debe convertirse en Carta.

—El populacho y la Corte —afirmó el retórico— son igualmente culpables. Pero si se encomienda al primero el castigo de la última, esta vencerá.

—Eso es lo que no sabemos —repuso con inquietud y cierta excitación el economista—. Por de pronto, tenemos que, según lo que acaba de decir nuestro discreto amigo, la irritación del pueblo contra Vinuesa y contra el juez Arias está justificada.

—Braman de cólera los genios impacientes —sostuvo Pelayo— al contemplar semejante impunidad, y hasta los más templados prevén y lloran las tristes consecuencias que necesariamente ha de producir... Pero no puedo creer que un partido popular haya acordado fría y villanamente el sacrificio del reo. Tanta bajeza es inverosímil.

—Es cierta —dijo Campos, que hasta entonces, reconociendo su inferioridad, había permanecido mudo—. La Asamblea comunera es un volcán que vomita sangre.

—Pero ¿no queda duda de que han acordado eso?

—No queda duda. Lo sé por los espías que tengo allí.

—Si el Gobierno se hace cómplice de iniquidad tan grande —dijo con honrada convicción el de los alborotados cabellos—, merece la execración del género humano.

Uno que hasta entonces no había pronunciado palabra adelantó su cuerpo hacia la mesa, tirando de la silla, y habló de este modo:

---

10   Este párrafo no es del novelista, es de las *Cartas a Lord Holland*. (N. del A.)

—No puedo callar después de lo que he oído. Se quiere que el Ministerio lo hago todo, y nadie le ayuda, nadie, señores, cuando tiene que defenderse contra la oposición de moderados y exaltados, y contra las conspiraciones de absolutistas y comuneros, que se dan la mano para trastornar al país. Pero el Gobierno no merecerá la execración del género humano. ¿Acaso es él quien ha alentado las conspiraciones de los serviles? Si ha habido cohecho en el asunto de la causa de Vinuesa, la venalidad estaba consumada antes del 4 de marzo en que entramos nosotros. No podemos estar mudando jueces todos los días.

—No se trata de mudar jueces; se trata de impedir que una gavilla de asesinos deshonre la revolución.

—¡Patrañas! Señores, es preciso acostumbrarse a no ver asesinos en todas partes.

El que esto decía era un hombre casi anciano, masón, bastante listo y de mucha práctica en los negocios administrativos. ¿Por qué ocultar su nombre, que por sí se vela bastante con su propia oscuridad? Era don Mateo Valdemoro, ministro de la Gobernación. En la hora de la madrugada en que le vemos, quedábale solo un día de poltrona.

—Yo creo que hay por lo menos exageración —dijo *Pelayo*.

—Aunque sea exageración, deben tomarse precauciones —indicó Campos.

—Pero, señores, es ridículo que por una alarma necia, llenemos las calles de artillería —indicó el ministro, creyendo que emitía una idea feliz—. Parecería una provocación, y lo que no es más que una alarma insignificante, podría trocarse en formidable motín. Nada me mortifica tanto como la idea, muy generalizada, de que el Gobierno simpatiza con Vinuesa, con el *Abuelo* y con los demás absolutistas presos.

—¿Entonces el plan del Gobierno es cruzarse de brazos y dejar hacer? —preguntó con severidad el literato.

—El Gobierno castigará los desmanes.

—¿Qué desmanes?

—Los que se cometan; pero no hará alarde de despotismo, no provocará al pueblo.

—Porque le tiene miedo.

—No tiene miedo, sino prudencia. La excitación que existe contra Vinuesa es natural y lógica. Si acuchillamos al pueblo, porque no simpatiza con los absolutistas, pasaremos por serviles, y nuestro lema es Constitución.

—Yo sigo creyendo que no habrá nada —dijo *Pelayo*, hombre que en su gran talento, tenía la más patriarcal buena fe—. Repito que el pueblo es bueno.

—Si no le instigaran los tunantes...

—Es más —añadió el ministro—. Si acuchillamos al pueblo, daremos un gustazo a la Corte, Vinuesa estará libre dentro de dos meses, y las cárceles llenas de liberales.

—Pues ahorquen ustedes a Vinuesa —dijo con la mayor viveza el retórico—. Esto sería lógico. Lo absurdo es absolverle y permitir las horribles venganzas del populacho.

—Siempre el populacho... Es decir, el gato —indicó *Coriolano*.

—Si ahorcamos a Vinuesa, exacerbaremos a los serviles y a la Corte —dijo el ministro en tono de perspicacia—. Prudencia por un lado y por otro, es lo que conviene. ¿No es sistema de ustedes contemporizar con todos?

El de los erizados pelos, es decir el retórico o el literato, a quien esta pregunta se dirigía, estuvo un momento sin saber qué contestar.

—Sí, contemporizar —repuso al fin—, establecer un equilibrio perfecto, dando la mano a unos y a otros; pero no a los infames, no a los asesinos.

—Estamos juzgando un suceso que no ha pasado todavía ni pasará probablemente —dijo Pelayo—. ¿A qué hablar de asesinos? Yo defiendo y defenderé siempre al pueblo. Si alguna vez asesina, hácelo con el puñal que le entregan los de arriba.

—Sea de oro, sea de hierro, lo que importa es que no haya puñal —objetó el retórico—. En una palabra, señores, estamos reunidos para acordar si se debe impulsar al Gobierno a tomar una medida enérgica.

—¡Una provocación!... Yo opino como el ministro —manifestó Pelayo—. El pueblo es bueno, es generoso; pero no debe ser provocado.

—Pues preparémonos a que sea nuestro dueño —dijo el que había demostrado más seso—. Señores —añadió levantándose—, mi compañero y yo nos retiramos para no volver más aquí.

El viejo economista tiró al retórico de los faldones de su levita, diciéndole con buen humor:

—Señor cartista: no nos deje usted tan despiadadamente. Somos amigos y zanjaremos nuestras diferencias de familia. Discutamos.

—Me parece que se ha discutido bastante. ¿No ha llegado aún la ocasión de hacer algo?

Aquel hombre que tan bien se expresaba, demostrando tener en su espíritu el instinto de la eficacia política, era de voluntad flaca, como los demás. La sensatez de sus ideas era un fenómeno comprendido dentro de la serena esfera de las aptitudes literarias, y al expresarse con tanta cordura, hablaba su talento, no esa facultad prodigiosa en que se confunden perspicacia y acción, conformando al hombre político. La misma perplejidad que tanto combatía le contaminó cuando fue ministro. Amaba la *Carta*; pero cuando pudo ocuparse de ella con éxito, pensaba demasiado en la de Horacio a los Pisones.

—Todo puede arreglarse —dijo Pelayo—. Por sí o por no, y aunque hay en esto mucho de ponderación, creo que se debe quitar la guardia de milicianos que está en la cárcel de la Corona, y reemplazarla con tropa de línea.

—Eso me parece una necesidad imperiosa —añadió Campos, atreviéndose, contra su costumbre, a algo más que callar y tomar lo que le dieran.

—Al menos eso probaría cierta prudencia en el Gobierno —dijo el de la Carta deteniéndose, mas sin volver a sentarse.

—No, la verdadera prudencia —objetó Valdemoro—, consiste en no poner ni quitar ninguna guardia, porque eso sería origen de sospechas, hablillas, escándalos y seguramente de disturbios graves.

—Adiós, señores —dijo el simpático y cortés joven de treinta y tres años.

—Mudar la guardia me parece una provocación —repitió el ministro consultando fríamente el rostro de los tres que a su lado quedaban.

Ninguno dijo nada.

—Si se hace con maña y habilidad —dijo Pelayo—, quizás no.

—Señores —manifestó el ministro con la inquietud propia del que se ve abrumado de responsabilidad—. Es muy fácil resolver todas esas cuestiones fuera del Gobierno, y cuando uno se mete tranquilamente en su casa sin dar cuenta a Dios ni al Diablo de lo que hace. Ustedes hablan, como los libros, un lenguaje discreto; pero la práctica, señores, la práctica es cosa muy distinta. ¡Mudar una guardia! Parece la cosa más sencilla del mundo dicho así, como si se tratara de mudarse una camisa; pero los que estamos dentro del Gobierno vemos las cosas de su tamaño. Repito que mudar mañana la guardia es pegar fuego a una hoguera. El Gobierno trabajará; el Gobierno tiene algunas influencias en las clases populares; aún puede contar con algunos comuneros que le sirven... No pasará nada, respondo de que no pasará nada.

—Mi compañero y yo —dijo el retórico dispuesto a retirarse definitivamente—, apreciamos la buena voluntad del Gobierno; creemos que sus intenciones no pueden ser mejores; pero no podemos seguir asintiendo en esta junta secreta a los actos de debilidad y a la indeterminación que caracteriza a la política presente. En las Cortes evitaremos todo lo posible la escisión, pero nuestra conciencia nos impide continuar aquí. Está probado que la Sociedad a que hemos pertenecido estorba toda política formal, y es un aliciente para las ambiciones, para los disturbios populares, y aun para las sediciones del ejército. Hace tiempo que deseamos la ruptura; hoy se nos presenta una ocasión y la aprovechamos. Gobiernen ustedes en armonía misteriosa con los manejos de la Corte, porque las dos políticas contrarias que bajo tierra y en la oscuridad funcionan luchando, se acuerdan en una cosa, en hacer polvo y ruinas de la grandeza y poderío del Reino. Inspiren ustedes al Gobierno y a las Cortes, dominándoles por medio de la amenazadora extensión de estas Sociedades, y haciéndose pagar su protección con los destinos, las fajas, las mitras, las cruces que aquí se reparten. Yo renuncio a los beneficios y a la responsabilidad de esta labor oscura y funesta. Adiós, amigos míos; la diferencia de opiniones no entibia la amistad de toda la vida, la amistad de Cádiz en los días de gloria, la amistad del Peñón de la Gomera en los días terribles. ¡Quiera Dios que no volvamos a abrazarnos en los presidios de África!

Dicho esto se retiraron. ¡Ay! Desgraciadamente para España, en aquellos hombres no había más que talento y honradez; el talento de pensar discretamente y la honradez que consiste en no engañar a nadie. Faltábales esa inspiración vigorosa de la voluntad, que es la potente fuerza creadora de los grandes actos. Los que salían, a pesar de su sensato hablar, eran tan niños como los que se quedaban en el *Grande Oriente*. Entre todos juntos y fundiéndolos a todos, a pesar de la aptitud versificante y poética de algunos, no se habría podido obtener el brazo izquierdo de un Bonaparte, ni de un Cisneros, ni de un Washington, ni siquiera de un Cromwell o un Robespierre. ¡Extraña ineptitud ocasionada por la servidumbre! En la uña del dedo meñique de una mujer, Isabel la Católica, había más energía política, más potencia gobernadora que en todos los poetas, economistas, oradores, periodistas, abogados y retóricos españoles del siglo XIX.

¿Qué resolvió el *Grande Oriente*, después de la escisión? Cosas graves. Mudar algunos mandos militares, negar dos canonjías, recomendar a los pueblos la elección de dos diputados masones, adjudicar tres subastas, escribir las bases de una transacción contra los comuneros, leer algunas cartas que hablaban de conspiración, enterarse de las confidencias hechas por empleados de Palacio, subvencionar un periódico, adjudicar trece destinos a otros tantos masones, dar una pensión a la viuda de un perseguido a causa del *Sistema*, echar tierra sobre un expediente de contrabando, etc.

¿Cuál de las dos camarillas es más responsable ante la historia, la del populacho o la de los hombres leídos? No es fácil contestar. La primera, en medio de su barbarie, había resuelto algo en el asunto del día; la segunda, a pesar de su ilustración, no había resuelto nada.

XXIV

Salvador conoció desde la noche del 3 al 4 el infame proyecto de sus compañeros de caballería. Si no pudo injerirse en la camarilla, asistió a la Fortaleza. Oía y callaba, esperando utilizar las circunstancias; y como había adquirido y fomentado buenas relaciones con comuneros de todas clases, creía seguro salir adelante con su buen propósito. El plan de hacer justicia en la persona de Vinuesa le pareció irrealizable, porque contaba con la energía de las autoridades. Sintió impulsos de poner en conocimiento de Campos algunas preciosas noticias y datos adquiridos en la Asamblea, para que aquel las comunicase al Gobierno; pero su natural honrado y leal se sublevaba contra la delación.

En la mañana del 4 entró en la celda de Gil de la Cuadra, y le dijo:

—Ánimo, señor reo; esta noche saldremos de aquí. Tengo todo preparado.

El anciano, de rodillas, apoyando su cuerpo en el lecho, cruzó las manos y se puso a rezar fervorosamente.

Poco después Salvador atravesaba el patio de la cárcel, cuando se sintió llamar. A su lado vio una cara entre burlona y suspicaz, unos taimados ojos verdosos que gatunamente le miraban, una mano blanca que con suavidad le agarraba el brazo. Era el señor Regato. Vestía el uniforme de capitán de la Milicia.

—Amiguito —le dijo—, tenemos que echar un párrafo. Subamos.

Instaláronse solos en una pieza del piso alto, y don José Manuel habló de este modo:

—Tengo el corazón oprimido, amigo Salvador. Ya sabe usted que el pueblo está furioso... y con razón, con muchísima razón. El Gobierno se empeña en perdonar a Vinuesa, regalándole más tarde una mitra, y el pueblo, que después de todo es soberano, se empeña en que *Tamajón* debe ser ahorcado. ¿Qué tal? Aquí tiene usted dos reyes que se desafían sobre el cuerpo de un pobre sacerdote.

—No creo posible que esos hombres feroces consigan su objeto... Tal ignominia no pasará en España. Lo espero así para honor de esta Nación.

—¡Oh!, no conoce usted los arranques del pueblo español. La resolución de los comuneros, nuestros amigos, es definitiva. Ya he tratado de contenerles, porque no me gusta el derramamiento de sangre; pero me ha sido imposible. Intentarán hacer justicia.

—Pero no lo conseguirán. El Gobierno es malo; pero está compuesto de hombres honrados.

—El Gobierno se cruzará de brazos, amigo mío —dijo Regato, poniendo gran interés en aquel diálogo—. He visto a Campos al amanecer y me ha dicho que el *Grande Oriente* reprueba la justiciada del pueblo, pero que no hace nada.

—Dicen que se quitará la guardia de milicianos.

—Error; no se quitará guardia ninguna. El Gobierno arde en sentimientos humanitarios; pero no quiere hacer frente al oleaje popular, por temor de ser arrastrado. Teme que se le acuse de servil; teme las murmuraciones y se ruboriza si le dicen que protege al absolutismo.

El asombro no dejó hablar a Monsalud durante breve rato.

—Eso no puede ser —exclamó al fin pálido de ira—. ¡Tal infamia no cabe en corazones españoles!

—El Gobierno no hará nada. Quizás algunos de sus individuos se aprestarían a la resistencia si supieran lo que va a pasar, pero no lo saben. Los masones se lavan las manos como Pilatos; han cogido miedo a la comunería. En verdad que somos temibles.

—Lo que usted me cuenta, señor Regato —dijo Salvador levantándose con inquietud—, aparece una pesadilla horrible. Según usted, es muy posible que esa canalla abominable trate hoy de invadir este edificio, sin que el Gobierno se lo impida.

—¡Es verdaderamente espantoso! —exclamó Regato afectando sensibilidad—; pero me parece que podrá evitarse una desgracia... Compadezco con toda mi alma a ese pobre don Matías. ¿No es verdad que es una lástima que le maten así tan brutalmente?

—No; no puede ser. Esto se quedará en amenaza ridícula.

—Que no es amenaza ridícula digo... —afirmó Regato acercando más su asiento al de Monsalud y pasándole la mano por el hombro—. Mire usted; a mí se me ha ocurrido que podríamos salvar al pobre arcediano.

—¿Cómo?... —preguntó vivamente Monsalud con el interés que le inspiraban siempre las buenas obras.

—Le asombrará a usted que me inspire lástima ese desgraciado. Yo soy así, más liberal hoy que ayer, y mañana más que hoy; pero bien está la sangre en las venas donde Dios la ha puesto, ¿eh?

Monsalud, recordando lo que había oído a Campos respecto al sospechoso liberalismo de Regato y algunas noticias que él mismo había adquirido, se explicó fácilmente la compasión del comunero.

—Yo no soy amigo suyo, ni lo fui nunca —prosiguió don José Manuel recogiéndose dentro de su reserva como el caracol en su casa—. Los demonios le lleven. Lo que quiero decir es que pudiéndose evitar la muerte de un semejante, debe evitarse.

—Parece difícil y sin embargo es sencillo. Cálmese el furor de la canalla; póngase una buena guardia en el edificio, y todo está concluido.

—Ninguna de esas dos cosas puede hacerse.

—Pues entonces...

—Usted no carece de talento —dijo Regato sonriendo—, y sin embargo no comprende mi idea. Siga aquí la guardia de milicianos... Supongamos que viene eso que usted llama populacho...

—Y que los milicianos, recordando que son hombres de honor, españoles y cristianos, defienden la entrada.

—No... Supongamos que no la defienden.

—Entonces entra la canalla.

—Eso es, entra...

—Abre el calabozo.

—Abre el calabozo... y no encuentra a Vinuesa.

—¡Ah!, ya... que se escape...

—O que se esconda.

—Pero sus enemigos le buscarán.

—Que le busquen. Con tal que no le encuentren...

—Pero ya sabe usted que cuando la ferocidad popular pide una víctima, si no se le da...

—Sacrifica al primero que encuentra.

—Es posible que la falta de Vinuesa la pague otro preso quizás más inocente que él... No, no me conviene ese plan.

—¿Y qué nos importa que la falta de Vinuesa la pague otro?

Monsalud miró a Regato con tanta severidad, que el dos veces gato entornó sus párpados para mirar al suelo.

—¡Ah!, ya comprendo —dijo afectando buen humor—. Usted no quiere que le toquen a su Gil de la Cuadra, que es, entre paréntesis, el más malo de todos y el que merecería cualquier castigo.

—Es verdad que le protejo —dijo Salvador.

—Como que se ha metido usted en esta inmundicia solo por salvarle.

—También es verdad.

—Como que fue usted conmigo a los comuneros solo con el fin de hacerse amigos entre la gente exaltada.

—También es cierto. Ese conocimiento tan hábil de mi conducta y de mis intenciones me mueve a declarar que poseo del mismo modo parte de los secretos de una persona a quien yo conozco.

—Con tal que no se refiera usted a las infames calumnias que dicen contra mí los masones...

—Yo no me refiero a calumnias. Usted ha desempeñado su misión incitando al pueblo a lanzarse en una vía de atrocidades sangrientas.

—Calumnia.

—Usted cumple también su misión, procurando que después del atentado quede vivo el arcediano; y con tal que el pueblo consume su bestial proyecto y tenga una víctima... poco importa lo demás.

—Yo no quiero que haya víctimas —dijo Regato comprendiendo que era mejor hablar con franqueza—. Lo que quiero es que Vinuesa no corra peligro, y que si ha de haber sacrificio, recaiga en la cabeza de algunos de tantos pillos como llenan esta cárcel y la de Villa. Contaba con eso y cuento todavía.

—¿Y qué papel debo yo desempeñar en esto? —preguntó Monsalud con cierta perplejidad—. Porque usted me habla en el tono del que solicita ayuda.

—Exactamente. El alcaide de la cárcel es hombre con quien no se puede contar. Usted que ha venido aquí por una intriga; usted que ha venido aquí con el exclusivo objeto de salvar a un hombre, es quien puede hacer esta buena obra.

—¿Cómo? —preguntó el joven deseando saber hasta dónde iba el diabólico entendimiento del agente secreto de Su Majestad.

—Aprovechando la borrachera que tomará hoy al medio día, según su santa costumbre, el señor Alcaide...

—¿Para poner en libertad a Vinuesa?

—Eso no puede ser, porque los milicianos no lo permitirían. Soy listo y comprendo que si fuera posible este modo de escapar, ya lo habría usted intentado en favor de Gil.

—Seguramente.

—Lo que yo quiero es que mude usted a Vinuesa de calabozo.

—Le buscarán.

—No le buscarán, si se pone otro en su lugar.

—Eso es entregar un hombre a los asesinos.

Regato no supo qué contestar. Estaba impaciente y nervioso, y agitábase en su silla tomando diferentes posiciones a cada minuto.

—Hombre de Dios —gritó al fin—. Me sorprenden esos escrúpulos. ¿No hay en la cárcel un Barrabás? Que muera Barrabás y que se salve Jesús. Concedo con muchísimo gusto que Gil de la Cuadra no sea el sustituto.

—Esa farsa infame no es propia de mí —contestó el joven—, si el populacho quiere una víctima, no seré yo quien fríamente se la entregue, como el leonero que escoge la res más gorda para darla a las fieras con que se gana la vida.

—Señor don Rígido —dijo Regato sin poder disimular su enfado—, maldito si le sientan a usted esos humos de juez severo. ¿A qué tanta nimiedad y sutileza de abogado para un asunto tan sencillo? Usted ha empleado toda clase de recursos para sacar de aquí al que con más justicia está preso.

—Usted juzga mal a mi amigo —repuso Monsalud con serenidad—, y es extraño porque le conoce bien. No aparece complicado más que por unas cartas que se hallaron entre los papeles de Vinuesa, y el juez debe de haber comprendido que apenas merece castigo, pues solo le condena a cuatro años de presidio, pena relativamente leve en estos tiempos.

—Nada de eso hace al caso —dijo Regato como hombre afanado que se decide a marchar derechamente hacia su objeto—. Usted creerá tal vez que yo no correspondería a su buena voluntad con otra buena voluntad, a su beneficio con otro beneficio.

Diciendo esto, el dos veces gato se llevó la mano a un cinto, y desliándolo hizo sonar su contenido, un metal precioso que hace enloquecer a los hombres. Monsalud sintió un impulso de ira y crispando los dedos miró el cuello del agente de Su Majestad. Pero la razón no le abandonaba, y calculó que era muy prudente contenerse para imaginar algún ardid que sin comprometerle, le librara de las enfadosas sugestiones de aquel hombre.

—Guarde usted su dinero, señor Regato —dijo con serenidad—. Yo no soy Pelumbres.

Regato no dijo nada y puso el cinto sobre la mesa.

—Este soberbio no cede con cualquier bicoca —pensó—. Será preciso hacer un sacrificio, un verdadero sacrificio.

—Yo creí —indicó Salvador disimulando su ira con una apariencia festiva—, que ya no le quedaban a usted más ochentines de los que el Gobierno dio a la Casa Real.

—Son onzas de oro —dijo Regato con naturalidad—. Ya sé que usted me dirá mil lindezas y pedanterías. No parece sino que es un crimen aceptar obsequios en pago de un servicio leal. Bueno, señor mío, usted se lo pierde. Viva usted de sus rentas, viva de sus fincas, ya que donosamente rechaza lo que le cae...

Levantose enseguida y dando varios pasos en diferente sentido, se detuvo ante el joven, le puso la mano en la cabeza y se la movió con gesto entre cariñoso y amonestador.

—Y si no —añadió—, no hay nada de lo dicho. Por eso no hemos de reñir. Cada uno tiene su conciencia como se la hizo Dios. Hay escrúpulos respetables. Yo no censuro que haya personas así... tan atiesadas. Lo que siento es que se va usted a ver en un mal paso, caballerito. Si yo le he propuesto lo que ha oído, es por encargo de varios amigos, y ellos no son como yo, mansos y pacíficos y que con todo se conforman, sino muy fieros y vengativos. Capaces son de darle un disgusto a mi señor don Rígido... ¿Qué cree usted? —prosiguió poniéndosele delante y clavando en él sus ojos cuya pupila brillaba con dorados y verdes reflejos—. Ya anoche estaban mis amigos muy incomodados con usted, llamábanle traidor por haber aceptado un destino de esa canalla masónica.

Monsalud seguía meditando.

—Y en rigor... —añadió el agente de Su Majestad—, la conducta de usted no ha podido ser más sospechosa. Anoche tuve que platicar mucho para defenderle a usted... «Es un traidor», decían. «Pues si no nos sirve en su destino de carcelero, haciendo lo que le mandemos, lo pasará mal...» En fin, como son unos bárbaros, no es de extrañar que digan barbaridades. Yo me miraría muy bien antes de enemistarme con ellos.

El otro seguía meditando.

—Yo se lo digo a usted con franqueza —continuó Regato animándose al ver la perplejidad del joven—, porque somos amigos, porque tengo particulares simpatías con usted, conociendo como conozco sus méritos, su buen corazón y mucho entendimiento. Tenga usted muy presente mi advertencia, pero muy presente. Si se resiste a ayudarme, no salga usted solo por las noches, ni vuelva a poner los pies en la Asamblea ni en sitio alguno donde nos reunamos. Además, los antecedentes políticos de usted no son tales que pueda el caballerito estar tranquilo, si alguien se propone hacerle daño.

—No creo tener enemigos —dijo casi maquinalmente el joven.

—Téngalos o no, usted es un hombre que no ha dejado de cometer errores en su vida.

Salvador le miró con tristeza.

—Y entre ellos se cuenta —continuó Regato—, el haber tenido relaciones con Amézaga, el poseedor de los secretos del Rey en Valencey.

—¡Yo!... —dijo Monsalud lleno de estupor.

—No me lo negará usted a mí. Amézaga, que se cortó el pescuezo con una navaja de afeitar antes que se lo retorciera el verdugo, concluyó como debía concluir. Usted que le ayudó en la publicidad de los célebres secretos, no fue objeto de persecuciones ni aun de sospechas, porque supo esconderse; pero ¡ay, insigne joven!, usted no podrá librarse de una causa el día en que cualquier mal intencionado quiera hacerle daño... Usted tuvo correspondencia con Amézaga...

La cara atónita de Monsalud estaba diciendo: —Es verdad.

—Amézaga le escribió a usted varias cartas que le comprometen, pero de una manera... La causa está abierta. Ya sabemos que este es uno de los asuntos en que Su Majestad no perdona. Se trata de sus chicoleos en Valencey, de sus diabluras con los Bonapartes... En fin, esto es grave, y no hay Gobierno, por patriotero que sea, que no apoye a nuestro Rey.

—Eso es historia antigua —dijo Salvador con desdén.

—Antigua, sí; yo no he visto las cartas de Amézaga dándole instrucciones a usted y a otros conspiradores para publicar las aventurillas de Su Majestad; pero el amigo mío que las posee, me ha dicho que son terribles. Con la mitad de aquello se sube al cadalso en todos tiempos.

Salvador sentía viva agitación.

—En el año 19, usted conspiraba; usted se vio obligado a esconderse hoy aquí, mañana allí, para burlar a la policía. En una de estas mudanzas un amigo mío se apoderó de un paquete de cartas que tenía mi señor don Salvador en la gaveta de su mesa. Según me ha dicho, las había políticas, amorosas, familiares, de todas clases.

—Es verdad que perdí unas cartas; ¿pero qué...?

—Que el poseedor de ellas las guarda como oro en paño. Ni siquiera a mí me las ha querido mostrar. ¿Sabe usted quién es? Alonso Sánchez, que fue de la policía y ahora está cesante y como cesante desesperado. Posee una admirable colección de papeles curiosos... Es amigo mío, muy amigo mío.

Monsalud no contestó. Regato, al decir lo que antecede, apretó el brazo contra su cuerpo, complaciéndose en sentir bajo el uniforme el contacto de un cuerpo semejante en tamaño y dureza a un paquete de papeles. Había mentido como un bellaco. Las cartas firmadas por Amézaga y dirigidas a Monsalud en julio del 14 las tenía él, juntamente con otras de dudoso valor político por ser esquelas de amores o de familia. Habíalas recibido del agente de policía y las guardaba, como otros muchos tesoros epistolares, esperando que llegase la ocasión de utilizarlas. El astuto intrigante daba gran importancia a todo papel que en su mano por cualquier evento caía, y los tenía clasificados por autores con una escrupulosidad cariñosa, semejante al celo de los anticuarios y bibliófilos.

Aquella mañana antes de dirigirse a las cárceles de la Corona, abrió una arqueta que encerraba numerosos paquetes, parecidos a expedientes, y después de recorrerlos brevemente con la vista, sacó uno que decía: *Amézaga, Salvador Monsalud.* Guardolo en un profundo bolsillo interior con que había dotado a su casaca de miliciano, para que el uniforme, según decía festivamente, no fuera prenda inútil.

—Señor Regato —dijo Monsalud—. Todo eso de los papeles de Amézaga me tiene sin cuidado en lo referente a lo que usted me propone hoy. Pero me gustaría recobrarlos, ¿por qué he de decir otra cosa?

—¡Bribón! —dijo Regato para sí, oprimiendo dulcemente el bulto de papel—. Como no cedas ni a las onzas, ni a las amenazas, te venceré con esto.

XXV

Ninguna importancia dio Monsalud a tal incidente. Fijábase ante todo en la amenaza de concitar contra él el odio de los Pelumbres y comparsa. Esto le pareció un verdadero percance, porque Regato en tal especie de guerra era omnipotente. Considerando la maldad de aquel hombre, vio un peligro real y cercano, comprendió que no eran palabras vanas las referentes a la brutalidad vengativa de los amigos del agente de Su Majestad. Su mente se llenó súbitamente de las ideas evocadas por el peligro, y pensó en los medios de librarse del que con una mano ofrecía oro y con otra porrazos.

—Este tunante —pensó Monsalud—, no me perdonará. No soy quien soy, si dejo a este reptil en disposición de morderme.

Cuando esta idea cruzó por su mente, tuvo otra felicísima: seguir aparentando perplejidad para que Regato le creyese inclinado a una inteligencia.

—Mucho lo piensa —dijo para sí don José Manuel—. Su indecisión es buena señal. No se enfurece, no grita, no dice una palabra de su honor. Sacaré el dinero para que viéndole... pues...

—Déjeme usted pensar un rato lo que debo hacer —dejo Monsalud.

Conservando una seriedad ficticia, Regato empezó a contar dinero sobre la mesa.

—No se trata de ningún desafuero —dijo—, sino de un servicio. Mi objeto solo es que Vinuesa no muera, y que la irritación del pueblo pase sobre él como pasan las olas por encima de una roca sin conmoverla. Si el pueblo registra demasiado los calabozos y quiere hacer alguna atrocidad en cabeza absolutista, lo más acertado me parece sacar a Vinuesa de su encierro, esconderle en las bohardillas... y nada más. El Alcaide es un borracho y un fanático. No me atrevo a hablarle porque estamos reñidos desde hace tiempo. Ni él me traga a mí ni yo a él, ¿entiende usted? Va para un año que no pongo los pies en esta casa y no conozco a nadie en ella. Pero usted puede hacerlo todo. Los milicianos que están de guardia no es fácil que se enteren.

—¡Oh!, sí, es muy fácil —dijo Monsalud.

—Pide mucho —pensó Regato—, habrá que hacer un sacrificio mayor.

¡Ah!, tunante —pensó Monsalud mirándole fijamente pero sin dejar conocer su idea—; tú has creído jugar conmigo, y yo, aunque no soy agente de Su Majestad, ni dispongo de fuerza alguna, ni de grandes caudales, te voy a sentar la mano de tal modo que has de acordarte de mí toda tu vida.

La sonrisa del triunfo presente o anunciado por el corazón alteró el semblante pálido y serio de Salvador; pero Regato, sin advertir nada, continuaba manoseando las peluconas.

—Te juro, miserable —prosiguió Monsalud, pensándolo—, que el lazo que voy a armarte y en el cual vas a caer como un pajarillo inocente, se deja atrás a tus diabólicos ardides. Cuenta, cuenta dinerito.

—¿Lo ha pensado usted? —preguntó Regato.

—Hombre, sí que lo he pensado... ¡Qué demonios! Este es un país donde las personas honradas no pueden conservar su honradez. No hay medio de vivir; todo cuesta un ojo de la cara.

—Tiene apuros... —pensó Regato—. Cayó. La historia de siempre.

—Por el momento —dijo Salvador—, guarde usted ese dinero. Puede pasar alguien, oír su seductor sonido y entonces... las sospechas...

—Está bien, muy bien —manifestó el comunero miliciano encerrando las onzas en el cinto.

—Y ahora discurramos lo que se ha de hacer.

—Es muy sencillo, sacarle del calabozo sin que lo vea nadie, y subirle a las bohardillas. Salga usted a ver si ya el señor Alcaide está durmiendo la mona. A los demás empleados de la cárcel se les puede dar algo... Eso a juicio de usted.

Monsalud empezó a dar paseos por la habitación. El plan que rápidamente había concebido para dar una severa lección y un castigo muy duro al agente presentósele muy difícil de realizar.

—Atarle aquí, ponerle una mordaza y subirle a las bohardillas —pensó—, es muy aventurado. Gritará... Da la maldita casualidad de que no hay un solo calabozo vacío. ¿Pero no habrá algún calabozo vacío?... El 17 se ocupó ayer... El 14 no se desocupará hasta mañana.

Siguió meditando.

—No debe perderse el tiempo —dijo súbitamente Regato—. Entremos ambos en el encierro de Vinuesa. Son las tres y media. El Alcaide duerme la siesta. Hable usted con los caloboceros que puedan estorbar. Los milicianos están en el cuerpo de guardia, y si hay algunos en el patio, se les convidará a todos a café. Mande usted traer copas y café, diciéndoles que es hoy su cumpleaños.

Monsalud se echó a reír.

—No está mal cumpleaños el que a ti te espera —pensó.

Ya tenía un nuevo plan.

—Espéreme usted aquí —dijo—. Voy a dar una vuelta por la cárcel. Veré si duerme el Alcaide, diré dos palabras a los calaboceros, aunque se me figura que no serán necesarias tantas precauciones. La prisión de Vinuesa está bajo la escalera, y no será preciso pasarle por el patio, ¿entiende usted?

—Entiendo... ¡Oh!, las cosas se presentan bien —dijo Regato—. En fin, vaya usted... No olvidarse de las copas. Con los milicianos no se puede contar sino engañándoles, lo cual es facilísimo. Dígales usted que se han recibido noticias de que viene Riego con su ejército, con veinte ejércitos como los de Jerjes, a conquistar Madrid. Yo no bajo, porque se me pegarían, no dejándome respirar.

Monsalud salió de la pieza, recorrió la cárcel, habló brevemente con el Alcaide que en aquel momento se disponía a dormir la siesta. Este, recomendándole mucha vigilancia, le dijo:

—Me parece que no tendremos la jarana que se anunció. Alarmas, alarmas de los desocupados. No se ha visto ahora un solo grupo sospechoso en toda la calle, y me parece que tendremos un día tranquilo. Además, la Milicia no toleraría ningún desmán. Está decidida a que nadie traspase el umbral de la cárcel.

Pasado algún tiempo después que el Alcaide se encerró en su cuarto, Salvador convidó a los milicianos, siguiendo las advertencias de su sobornador, y dio luego varias órdenes a los dos calaboceros que estaban a la sazón en la casa, enviándoles a puntos de donde no pudiesen volver antes de un cuarto de hora. Con estas ligeras precauciones había seguridad completa, como se verá ahora mismo.

Bajo la escalera de la cárcel, en el oscuro hueco que formaba el primer tramo, había una puerta pequeña y poco visible. Era la puerta del calabozo en que estaba Gil de la Cuadra. Aquella prisión era la única en la cual se podía entrar sin atravesar el patio y las crujías bajas del edificio. Monsalud tomó un pedazo de tiza, y en la puertecilla dibujó groseramente una horca con su correspondiente ahorcado, cuidando de poner debajo *Tamajón*. Enseguida subió: de un cuarto oscuro destinado a trastos sacó dos objetos que guardó cuidadosamente, dirigiéndose al punto en busca de Regato. Pocos momentos después ambos estaban frente a la puerta del calabozo.

—¿Con que aquí está ese desgraciado? —dijo el agente de Su Majestad—. Sí, ya veo la célebre horca y los letreros.

Monsalud abrió, y entraron. Al principio la oscuridad no les permitió ver objeto alguno.

—Señor don Matías —dijo Regato adelantando en las tinieblas.

—¿Quién es? —murmuró Gil de la Cuadra.

—Señor Vinuesa...

Monsalud cerró por dentro.

Pasó un rato antes de que el agente conociese el engaño.

—¿Qué es esto? —gritó—. Engaño, traición... ¡Salvador!

—Engaño, traición —repitió este.

—Infame, abre pronto, o te ahogo —exclamó el gato, ciego de ira y amenazando con las crispadas zarpas el cuello del joven. Haciendo un movimiento rápido, echó mano a la espada.

Monsalud levantó el brazo derecho y descargó sobre el agente una bofetada olímpica, una de esas bofetadas supremas y decisivas, que recuerdan la quijada de asno de que se servía Sansón. Regato cayó al suelo. En pocos segundos Salvador le amordazó.

—Ahora —le dijo—, desnúdate... ¡pronto!

Nunca el agente se había parecido tanto a un gato. Arañó al joven, y falto de habla, bufaba sordamente.

—Desnúdate pronto, o te aplasto, reptil. Necesito tu uniforme de miliciano.

Gil de la Cuadra miraba con estupor aquella escena.

—Necesito tu uniforme.

Monsalud tiraba de las mangas, desabrochaba los botones. En poco tiempo el morrión, los pantalones, la casaca y la espada de Regato, fueron arrojados al rincón opuesto. Inmediatamente el joven sacó una larga cuerda y con mucho trabajo, porque el gato se defendía rabiosamente, le ató con tal fuerza que no podía moverse. Las argollas que había en la pared de la prisión sirvieron para sujetar al nuevo preso, que hubo de quedar adherido, clavado al muro como un murciélago.

—Señor Gil —dijo Monsalud imperiosamente—, póngase usted ese vestido de miliciano. Pronto será de noche. ¡A la calle!

Gil de la Cuadra no apartaba los ojos del triste espectáculo que tenía delante.

—Pronto... ¡el uniforme! —repitió Monsalud—. Saldrá usted ahora y le ocultaré en mi cuarto hasta que sea de noche... Pronto.

Gil de la Cuadra obedeció, y en silencio empezó a vestirse.

Hubo una pausa de silencio profundo. Pero luego sintiose un rumor que crecía, crecía, y de rumor se trocó en mugido sordo, confusas palabras de gente, gritos, pasos, puertas que se cerraban. Sonaron varios tiros.

Monsalud, después de asegurar con toda su fuerza la cuerda que ataba a Regato, salió lleno de zozobra del encierro.

XXVI

Poco después del medio día una horda de caníbales se reunía en la Puerta del Sol, mejor dicho, se diseminaba, marchándose cada animal por su lado, después de acordar juntarse por la tarde en el mismo sitio. Así lo hicieron, y las autoridades miraban aquello como se mira una fiesta. Después de las cuatro los grupos volvieron a invadir la Puerta del Sol. Había en ellos una frialdad solemne y lúgubre, como de quien no fía nada al acaso ni a la pasión, sino al cálculo y a la consigna. La autoridad seguía no viendo nada, o negligente o cómplice o imbécil que las tres cosas pueden ser. Los grupos susurraban, y por un momento vacilaron; pero al cabo de cierto tiempo dirigiéronse por la calle de Carretas y las de Barrionuevo y la Merced, a la cárcel de la Corona. Llenose la calle de la Cabeza en su mayor parte. Destacábase al frente de uno de los grupos el ciudadano Pelumbres, arengando como una bestia que hubiese aprendido durante corto tiempo y por arte milagroso, el lenguaje de los hombres. Casi todos llevaban armas menos él.

Considerando que su persona no estaba completa, pidió una navaja; mas como nadie se hallase dispuesto a tal generosidad, dirigió su mirada de buitre a todas partes. Hacia la calle de San Pedro Mártir estaban construyendo una casa. Pelumbres se acercó a la empalizada; vio algunas piedras de granito a medio labrar y encima de ellas un gran martillo.

—Para el sastre la aguja —dijo—, la lezna para el zapatero; el cuerno, para el toro, y para el herrero el martillo.

Cuando se dirigió con su arma al hombro a la esquina de la calle de Lavapiés, sus compañeros rompían a hachazos la puerta de la cárcel. Los milicianos, no queriendo sostener una lucha contraria, según su criterio, al progreso, ni tampoco entregarse sin resistencia, habían asegurado la puerta con un solo cerrojo, y en el zaguán se disponían intrépidos a descargar sus armas... Al aire.

La puerta no se resistió mucho. Lo que empezaron los hachazos, dos docenas de coces lo concluyeron. Disparáronse al aire varios fusiles de milicianos, la turba penetró en el patio de la cárcel, rápida como un brazo de agua, rugiente y soez. Hay un grado de ferocidad que la Naturaleza no presenta en ninguna especie de animales; solo se ve en el hombre, único ser capaz de reunir a la barbarie del hecho las ignominias y brutalidades de la palabra. Viendo a los hombres en ciertas ocasiones de delirio, no se puede menos de considerar a la hiena como un animal caritativo.

El calabozo de Vinuesa era bastante conocido de casi todos los que entraron. Cómo lo abrieron no se sabe. La turba que en la calle era gruesa, se afiló para entrar en la cárcel. Para penetrar por una puertecilla estrecha tuvo que aguzarse más. Parecía una serpiente de largo cuerpo y cabeza estrecha, introduciendo su boca por una hendidura. El cuerpo se agrandaba en el patio; enroscándose salía a la calle, daba varias vueltas por las inmediatas, y la cola, parte en extremo sensible y movible, culebreaba en la plazoleta de Relatores. La cola se componía de mujeres. Cuando Vinuesa vio que entraban en su calabozo aquellos hombres terribles, comprendió que su fin era inminente. Poniéndose de rodillas y cruzando las manos, gritó:

—¡Perdón, perdón!

El calabozo retumbaba con las imprecaciones. Viose en el aire un círculo rápido y espantoso trazado por un pedazo de hierro adherido al extremo de un palo, que blandían manos vigorosas. El martillo describió primero un círculo en vano, después otro... y la cabeza del infeliz reo recibió el mortal golpe. Siguiole otro no menos fuerte y después diez navajas se cebaron en el cuerpo palpitante.

Lavaban los asesinos el martillo en la fuente de la calle de Relatores, cuando el Gobierno resolvió desplegar la mayor energía. ¡Qué sería de esta Nación si la Providencia no le deparase en ocasiones críticas el tutelar beneficio de su Gobierno! La noticia del crimen corrió por Madrid, y la villa, que es y ha sido siempre una villa honrada, se estremeció de espanto y piedad. El Gobierno se estremecía también, y declaraba con patriótico celo que no descansaría hasta castigar a los culpables. Para que nadie tuviera duda de su gran entendimiento y perspicacia política, mandó que inmediatamente se pusiera fuerza del ejército en el edificio, y por si alguien tenía dudas todavía de su diligente y paternal actividad, ordenó que al instante, sin pérdida de un momento, *se instruyesen las oportunas diligencias*. Quejarse de un Gobierno así es quejarse de vicio.

XXVII

Cuando Gil de la Cuadra y Regato se quedaron solos, siguieron oyendo aquel rumor de voces que resonaba en el patio de la cárcel. Durante más de un cuarto de hora el estrépito fue grande. Gil de la Cuadra, comprendiendo que el populacho había invadido el edificio, se puso de rodillas, y cruzando las manos, rezó en voz alta.

El otro desgraciado se hinchaba y gruñía. De su rostro congestionado afluía copioso sudor. Trataba de romper sus ligaduras y de escupir su mordaza; pero unas y otra habían sido puestas por buena mano. Por último, después de repetidos esfuerzos, de su boca pudo salir una voz, más que voz, silbido, que decía: —¡Piedad, piedad!

Gil de la Cuadra se acercó a él y limpiole el sudor de la frente. Las miradas de Regato eran tan expresivas pidiendo compasión; las contracciones de su cara tan violentas, que el primer preso no pudo resistir el estímulo de sus sentimientos compasivos, y le quitó la mordaza.

—¡Ah... gracias, gracias! —exclamó el agente de Su Majestad, aspirando con delicia el aire fétido de la prisión—. Aire, aire... Me ahogo aquí.

—Pero con esto concluyen mis complacencias —dijo Cuadra—. No le quitaré a usted la cuerda; eso no.

—Toque usted mi cintura —murmuró Regato—. ¿Qué suena en ese cinto? Dinero. Todo eso y la libertad... pero suélteme usted.

—No puedo.

—¡Y el populacho ha entrado en la cárcel! ¿Ha sentido usted, señor Gil?

—Sí, me pareció que entraba en el patio una ola del mar... Ahora parece que ha cesado el rumor. Se alejan.

—Se alejan, sí. Pero aún se sienten voces. Ese malvado volverá a entrar aquí... ¡Favor, pueblo!... ¡Pueblo mío, favor!

Los gritos de Regato no traspasaban los muros de la prisión.

—Señor Gil —exclamó con acento de desesperación—: saque usted mi espada y máteme. Un hombre de mi temple no puede soportar este suplicio.

—Calma, calma, señor don José Manuel —dijo Cuadra poniendo la mano sobre la cabeza del agente—. Yo suplicaré a mi amigo que no le haga a usted daño alguno... Pero tarda, tarda.

—¡Su amigo!, ¿pues no tiene la vileza de llamarle su amigo? —dijo Regato poniéndose tan encendido como cuando tenía la mordaza.

—Mi amigo, mi protector, mi salvador... pues si él no existiera, ¿qué sería de mí?... pero tarda, ¿no es verdad que tarda?

—¡Estúpido viejo! —gritó Regato fuera de sí—, ten vergüenza, y córtate la mano antes que estrechar con ella la mano de ese hombre...

—¡Yo!... En mi corazón no existe ya ni puede existir el odio. Y si existiera, para ese joven no tendría sino amor, una admiración respetuosa, un afecto paternal.

—Es verdad que hay cariños muy singulares —dijo Regato sonriendo con infernal malicia—. Yo conocí a un sujeto que sacaba a paseo, llevándole a cuestas, al cortejo de su mujer.

Gil de la Cuadra creyó que Regato sufría enajenación mental. Lleno de compasión se acercó a él.

—Vendrá pronto —le dijo—. Yo intercederé por usted... pero tarda, ¿no es verdad que tarda? Ahora apenas se oye ruido.

—Intercederá usted —añadió Regato con afán de perversidad—. Y si le pide algo en cambio, le dará usted su mujer... No, porque murió; pero aún tiene usted una hija. Sin embargo, como él la tiene en su casa, se habrá cobrado por adelantado.

—Señor Regato —dijo Cuadra con severidad—. El lenguaje de usted es propio de un loco.

—¡Imbécil, imbécil!, el de usted es propio de un ciego... ¡Pobre doña Pepita! Era una excelente señora, y tan guapa... Seguramente si no hubiera dado con un esposo tan crédulo como usted...

—Señor Regato —exclamó Cuadra con enojo—. Le digo a usted que se calle.

—No digo más sino que aquella señora era una buena pieza.

—La desastrosa situación de usted me impide contestar a esa insolencia como se merece.

—¿De veras cree usted que la hermosa dama era un modelo de virtudes?

—Sí, canalla, sí lo creo —gritó trémulo de ira Gil de la Cuadra, llevando su vacilante mano a la espada.

—Pues mis noticias son que pecó varias veces. Dígalo Salvador Monsalud que fue su cortejo... ¡Oh, Dios mío! Estoy preso, estoy atado... pero en mi horrible situación me das armas; me das este veneno que escupo y con el cual mato.

—¡Miserable!...

Gil de la Cuadra corrió hacia él y le oprimió el cuello.

—Ahógame, necio —gruñó Regato—, ahógame. Mi último suspiro será para echarte en cara tu vilipendio. Ese hombre, ese amigo mío...

—¡Qué dices!...

—Te burló, te burló. En Francia, todos los españoles lo sabían menos tú...

Gil de la Cuadra vacilaba. Una idea cruzó como un relámpago por su cerebro; una idea confusamente mezclada con recuerdos, palabras, coincidencias, detalles.

—El majadero no lo cree —dijo Regato, ya libre de las manos que le apretaban el cuello—. Voy a darle pruebas para que calle.

—¡Pruebas! Usted está loco. Cállese usted. Esto es una farsa... ¡Pero ese hombre no viene, Santo Dios!

—Pruebas, sí. Ponga usted la mano sobre el costado derecho, en la pechera del uniforme mío que tiene puesto. ¿Qué hay en ese bolsillo?

—Un bulto, una cartera.

—Un paquete. Sáquelo usted.

—Ya está. Cartas...

—Lea usted...

—¿Qué esto? Una carta firmada *Amézaga*.

—Siga usted, hojee usted ese precioso libro. Tras esa joya vendrá otra.

Gil de la Cuadra, acercándose al ventanillo por donde entraba una débil luz, recorría una tras otra y con ardiente curiosidad las cartas.

—A prisa, a prisa. Pase usted todas las primeras. ¿Qué viene ahora?

—Una lista con varios nombres.

—Adelante... ¿Y ahora?

—Una...

Gil de la Cuadra calló de improviso. El corazón saltole en el pecho. Quedose frío, mudo, atónito, lleno de espanto, como el que se ve en el borde del abismo y comprende en veloz juicio que no hay más remedio que caer.

—¡Ah! —dijo Regato—. El imbécil ha puesto al fin la mano sobre el delito de su esposa. Es tan bruto que necesita tocarlo para comprenderlo.

Gil de la Cuadra seguía leyendo.

—¿Qué dice la carta? —añadió el agente—. Tras esa vienen otras muchas. Yo he pasado buenos ratos leyéndolas. ¡Cómo palpita en ellas la pasión! ¡Qué vehemente ardor!... Y los dos amantes disimulaban bien... ¡Cuántas precauciones para engañar al bobillo! ¡Se encuentran en esas cartas traiciones inauditas, alevosías de él y de ella! La señora parecía más apasionada que... Nuestro amigo.

Gil de la Cuadra seguía leyendo. De repente se desplomó. Un *ay* de dolor, una exclamación aguda y penetrante, parecida a las que exhalan los que sufren repentina muerte, salió de sus labios. Cayó al suelo. Su mano estrujaba un papel.

—El incrédulo parece convencido... ¡Miserable viejo, ahí tienes a tu Providencia, ahí tienes a tu Salvador, ahí tienes a tu amigo querido!... ¡Le has entregado a tu hija!

Cuando esta última palabra resonó en la prisión, estremeciose el cuerpo del anciano herido en su alma. Irguiendo la cabeza, abrió los ojos, diose furibundo golpe en la frente con la palma de la mano, y repitió:

—¡Mi hija!

Un instante después Gil de la Cuadra estaba sentado en el suelo con los ojos fijos, el cuerpo encorvado, los labios entreabiertos, atónito, lelo, estúpido.

Abriose la puerta. Monsalud entró.

XXVIII

—Vamos, señor Gil —dijo—. Vamos al punto.

Nadie contestó. El joven aguardó un instante. Traía una luz.

—¡Ah! —exclamó viendo que Regato continuaba en su sitio—. Pasará usted aquí la noche, hasta que haya un alma compasiva que le saque. Han asesinado a Vinuesa. Dicen que habrá esta noche nueva visita a los calabozos.

Regato no contestó nada. Monsalud se dirigió a Gil de la Cuadra.

—Vamos —le dijo—. ¿Por qué se arroja usted al suelo en el momento de salir?

Extendió el brazo para alzarle; pero el anciano, rechazándolo con fuerza. Él solo se levantó.

—Vamos fuera —repitió Monsalud—. Llegó el momento... ¡libertad!...

—De ti, de tu mano —exclamó Gil de la Cuadra con profunda ira—, no la quiero.

Salvador, estupefacto y espantado, no supo qué decir.

—Vamos —exclamó al fin.

—No quiero.

—Salgamos.

—¡Contigo jamás!

—¿Qué dice usted?... Amigo... por favor.

—¡Miserable, apártate de mí! —gritó Cuadra dirigiendo a su libertador una mirada en que se reconcentraba todo el desprecio de que es capaz un alma—. Me manchas, me ofendes, me repugnas.

—¡Qué locura! Vamos pronto —dijo Salvador tomándole por un brazo—. Piense usted en su hija que espera.

—¡Mi hija, mi pobre Solita! —exclamó el anciano cubriendo con ambas manos su rostro.

Este recuerdo, estas ideas produjeron conmoción profunda en su ánimo. De súbito el instinto de libertad surgió poderoso en su alma. Corrió hacia la puerta y salió. Monsalud fue tras él.

—Déjame, no me toques, malvado... ¡Te desprecio, te aborrezco, me causas horror!

Salvador se detuvo. Su conciencia había dado un grito espantoso.

—No me has salvado, no me has salvado, no; es mentira —murmuró Gil de la Cuadra—. Tú no puedes haber hecho una buena acción. Déjame, déjame. No quiero verte más.

Estaban en el patio de la cárcel.

Era el momento en que los soldados enviados por el Gobierno ocupaban el edificio, arrojando de allí a los milicianos.

Gil de la Cuadra, huyendo de Monsalud que corría tras él, cayó al suelo. El joven se le acercó. Le habían ocurrido no sabemos qué palabras que le parecieron convincentes. Acercose un soldado, y golpeando con el pie a Gil de la Cuadra, dijo:

—Un miliciano borracho. A la calle pronto.

El anciano no podía moverse. Monsalud tomándolo en brazos, le sacó fuera de la cárcel.

—¡Déjame, déjame, maldito! —murmuraba el anciano.

Quiso andar, quiso huir, pero le faltaban las fuerzas. Monsalud le sostenía, y así llegaron hasta la plazuela de Lavapiés, donde aguardaba un coche. Salvador cargó de nuevo al anciano y lo entró en él. Solita le recibió en sus brazos.

—Entra tú también, hermano.

Gil de la Cuadra había perdido el conocimiento; pero seguía diciendo: —¡Maldito!

—Yo no —repuso Salvador—. Adiós, hermana, ya sabes dónde has de ir.

—Pero tú... Entra de una vez.

—No, adiós; jamás volveremos a vernos... Adiós.

Cuando el coche partió hacia las afueras de Madrid, Monsalud, dirigiose hacia el interior de la villa. Más de una vez se detuvo ante cualquier esquina en la actitud desesperada de un hombre que ha decidido estrellarse la cabeza contra las paredes. Andaba sin dirección fija y pasaba de una calle a otra. En una de las vueltas estuvo a punto de ser atropellado por una carroza que entraba en el ancho pórtico de histórico palacio. Era la carroza del marqués de Falfán de los Godos, y conducía a los que ya eran marido y mujer. En la frente de esta no se había secado aún el agua bendita que tomara antes de salir de la parroquia.

Fin del Grande Oriente
Madrid. Junio de 1876.

Libros a la carta

A la carta es un servicio especializado para

empresas,

librerías,

bibliotecas,

editoriales

y centros de enseñanza;

y permite confeccionar libros que, por su formato y concepción, sirven a los propósitos más específicos de estas instituciones.

Las empresas nos encargan ediciones personalizadas para marketing editorial o para regalos institucionales. Y los interesados solicitan, a título personal, ediciones antiguas, o no disponibles en el mercado; y las acompañan con notas y comentarios críticos.

Las ediciones tienen como apoyo un libro de estilo con todo tipo de referencias sobre los criterios de tratamiento tipográfico aplicados a nuestros libros que puede ser consultado en Linkgua-ediciones.com.

Linkgua edita por encargo diferentes versiones de una misma obra con distintos tratamientos ortotipográficos (actualizaciones de carácter divulgativo de un clásico, o versiones estrictamente fieles a la edición original de referencia).

Este servicio de ediciones a la carta le permitirá, si usted se dedica a la enseñanza, tener una forma de hacer pública su interpretación de un texto y, sobre una versión digitalizada «base», usted podrá introducir interpretaciones del texto fuente. Es un tópico que los profesores denuncien en clase los desmanes de una edición, o vayan comentando errores de interpretación de un texto y esta es una solución útil a esa necesidad del mundo académico.

Asimismo publicamos de manera sistemática, en un mismo catálogo, tesis doctorales y actas de congresos académicos, que son distribuidas a través de nuestra Web.

El servicio de «libros a la carta» funciona de dos formas.

1. Tenemos un fondo de libros digitalizados que usted puede personalizar en tiradas de al menos cinco ejemplares. Estas personalizaciones pueden ser de todo tipo: añadir notas de clase para uso de un grupo de estudiantes,

introducir logos corporativos para uso con fines de marketing empresarial, etc. etc.

2. Buscamos libros descatalogados de otras editoriales y los reeditamos en tiradas cortas a petición de un cliente.